그라니트
용들의 땅
GRANITE

그라니트 : 용들의 땅 6

이경영 판타지 장편 소설

초판 1쇄 찍은 날 § 2016년 6월 16일
초판 1쇄 펴낸 날 § 2016년 6월 23일

지은이 § 이경영
펴낸이 § 서경석

편집책임 § 조현우

펴낸곳 § 도서출판 청어람
등록번호 § 제387-1999-000006호
등록일자 § 1999. 5. 31
어람번호 § 제1-2461호

주소 § 경기도 부천시 원미구 부일로 483번길 40 서경B/D 3F (우) 14640
전화 § 032-656-4452 팩스 § 032-656-4453
http://www.chungeoram.com
E-mail §chungeorambook@daum.net

ISBN 979-11-04-90851-4 04810
ISBN 979-11-04-90405-9 (세트)

그라니트

용들의 땅

GRANITE

6

이경영 판타지 장편 소설

도서출판 청어람

GRANITE
그라니트

용들의 땅

CONTENTS

47
위대한 예언

스위트 베르자르가 사망하기 딱 1개월 전.

　스위트 베르자르를 쫓던 반달리온은 그녀의 기척이 마지막으로 감지된 장소에 도달했다.

　인간의 모습을 한 채로 그곳에 온 반달리온은 자신의 파뿌리 같은 하얀색 단발머리를 매만지고는 한숨을 쉬었다.

　"오늘 보여주고 싶었던 건 이건가?"

　그는 탁자 모양으로 깎인 산의 아래를 봤다.

　그 침식지형 밑에는 일출의 빛을 받아 일곱 가지 색을 띤 채 흐르는 운해(雲海)가 있었고, 그 구름의 바다는 지평선 끝까지 펼쳐져 장관을 이뤘다.

　반달리온은 무심한 표정으로 그 절경을 둘러봤다.

　그가 코트에 집어넣고 있던 단말기가 부르르 떨렸다.

단말기를 꺼내 든 반달리온은 웬일이냐는 듯 눈썹을 움직이며 전화를 받았다.

"오늘은 관광지 소개로 부족했나 보구려. 스위트 베르자르여."

—저기, 고민이 좀 있어서 말이죠. 들어줄 수 있나요?

단말기에서 들려온 그녀의 이야기에 반달리온은 너무 황당하여 웃지도 못했다.

"…스위트 베르자르여, 부디 주제 파악을 하시오."

—알아요. 알고 있어요. 하지만 당신네들한테 쫓기느라 친구들과의 연락선을 제 손으로 모두 끊어서, 이제 대화할 사람이 당신이랑 계절에 한 번 꼴로 만나는 제 가족밖에 없다는 걸 모르시나요?

"그럼 그 가족들과 고민을 나누면 되지 않소?"

—고민하는 이유가 바로 그 가족의 일이에요. 우리 사이에 이제 못 할 얘기는 없잖아요?

"…우리 사이가 어떤 사이인지 매우 크게 오해하고 있구려."

스위트 베르자르를 쫓는 것 외에 딱히 할 일이 없었던 반달리온은 어쩔까 하다가 근처에 보이는 바위에 가서 앉았다.

"난 가족을 만든 적이 없어서 당신의 고민을 들어줄 수 있을지 모르겠소."

—괜찮아요. 얘기만 들어주시면 돼요.

"좋을 대로 하시오."

—오, 고마워요. 이거 받으세요.

반달리온은 반사적으로 왼손을 들었다.

그의 손에 잡힌 것은 캐러멜이었다.

'바로 옆에 있군.'

반달리온은 다시 주변을 살폈으나 그의 감각에 잡히는 것은 아무것도 없었다.

그는 종이 포장을 뜯고 캐러멜을 입안에 넣었다.

생전 처음 먹어보는 캐러멜의 맛은 그의 미각을 강하게 자극했다.

"고민이 뭐요?"

─제 첫째를 마주하기가 너무 두려워요. 사춘기라 그런지 뭘 해줘도 그리 기뻐하지 않더군요. 첫째랑 화해하고 싶은데, 뭔가 방법이 없을까요?

반달리온은 그런 걸 자기가 어찌 아냐고 반문하려다가 문득 표정을 바꿨다.

"그러고 보니 내 스승도 딸을 혼자 키우면서 고민을 많이 했소. 하지만 이성을 사귄 적도 없었던 나에겐 너무나 거리가 먼 이야기였소. 상대하기 귀찮아서 따님과 함께 여행이나 갔다 오라고 대충 말을 던졌는데, 나중에 스승께서 나에게 고맙다고 하더구려. 덕분에 딸과 사이가 좋아졌다고 말이오."

─시간이 해결해 줄까요?

"잘은 모르겠지만… 당신 딸이 당신을 닮았다면 그 아이도 당신을 이해하기 위해 필사적으로 생각하고 있을 것이오. 당신이 나를 뿌리치기 위해 필사적인 것처럼 말이오."

─역시 당신은 꽤 좋은 분이군요.

그녀의 말에 반달리온은 코웃음을 치며 캐러멜을 씹었다.

─혹시 제가 이 자리에서 투항하면… 제 가족들의 안전을 보

장해 주실 수 있나요?

"내가 당신을 정신적으로 몰아세우는 데 성공하긴 한 것 같소. 아무튼 난 당신네 가족에게는 아무런 관심이 없소. 내가 원하는 건 당신과의 승부에서 승리하여 당신을 사로잡는 것뿐이오."

그 말을 한 반달리온의 눈앞에 황토색 더벅머리의 오파로아 여성이 나타났다.

"제가 졌어요, 반달리온."

그녀, 스위트 베르자르가 지친 미소를 지으며 말했다.

순간 눈을 부릅뜬 반달리온은 오른손 주먹으로 바위를 내리쳐 부쉈다.

"이런 식으로 우리의 승부를 모독하지 마시오, 마스터 어쌔신이여!"

"……."

"오늘 일은 잊겠소. 가시오."

"…미안해요."

그녀는 주머니에서 노란색의 캐러멜 상자를 꺼내 반달리온의 무릎 위에 놓았다.

"당신이 뭔가를 그렇게 맛있게 먹는 건 처음 보네요. 다음에 봐요, 반달리온."

스위트 베르자르는 다시 사라졌다.

무릎 위의 캐러멜 박스를 한참 바라보던 반달리온은 코트 주머니에 그것을 넣으며 자리를 옮겼다.

그는 자신이 왜 굳이 귀찮은 길을 걷고 있는지 이해할 수가 없었다.

그리고 1개월 후. 그와 스위트 베르자르의 승부는 최악의 형태로 끝나고 말았다.

＊　　　　＊　　　　＊

'내가 그때 그녀의 항복을 받아들였다면 어땠을까?'

포프의 부름에 응하여 드래곤의 모습을 한 채 나타난 반달리온은 땅에 쓰러져 피거품을 토하는 포프를 내려다보며 과거를 회상했다.

'포프 베르자르가 나를 완성시키기 전에… 내가 먼저 포프 베르자르를 완성시켜 버린 것이군.'

그가 지상에 착지했다.

반달리온이 숲에 착지함과 동시에 모든 헌터의 단말기가 격렬하게 진동했다.

'초대형 생명체 포착?'

데스디아가 지휘하는 주력 공격대는 당장 상황을 확인하지 못하여 쩔쩔맸다.

그러나 치프를 비롯한 정찰팀이 돌아오기를 기다리던 선발대는 달랐다.

그들은 숲 저편에서 날개를 활짝 펴고 고개를 드는 드래곤, 반달리온의 모습을 확인하자마자 넋이 날아갈 정도로 놀랐다.

그 자리에 주저앉는 자부터 시작하여 주력 공격대에 있는 친구에게 반달리온의 머리와 날개를 촬영하여 보내는 자도 있었다.

정보의 전달은 순식간이었고 결국 주력 공격대까지 크게 흔들렸다.

현재 선임으로서 선발대를 맡은 카발리오 베리몬도 놀라기는 마찬가지였지만 그는 다른 이들처럼 혼비백산할 만큼 어수룩한 자가 아니었다.

'이거 큰일이군. 선발대와 주력 공격대 전체가 저 드래곤 하나 때문에 와해될지도 몰라.'

그는 모인 사람 대부분이 고블린만 생각하고 온 자들임을 알고 있었다. 푼돈을 벌러 온 자들에게 드래곤이라는 초대형 변수는 미친 상황이나 다름없었다.

'일단 후퇴해서 재정비해야 하나? 아니면 지금 당장 큰아버님께 연락해서 사람을 더 모아야 하나? 아니, 그라니트 용역 외에 대형 수송기를 가진 용역회사가 몇 군데 없는데?'

카발리오마저 생각의 늪에 잠겨 버리기 직전, 통신채널에서 데스디아의 고함이 거하게 터졌다.

—당황하지 마! 지금이 기회다! 드래곤 때문에 고블린들이 허둥대고 있어!

그녀의 말대로 카발리오가 드론을 이용해 실시간으로 수집하고 있는 고블린들의 움직임이 달라졌다. 제방 같이 단단했던 고블린들의 대열이 지금은 파도처럼 요동치고 있었다.

—주력 공격대는 동쪽으로 이동해서 녀석들을 친다! 선발대는 치프와 정찰팀이 돌아오면 내가 지정해 준 이동 경로에 맞춰서 서쪽으로 이동, 적들의 뒤를 쳐!

―잠깐, 누님! 아까 고블린들이 가위처럼 조여들 준비를 하고 있다고 그러셨잖아요? 괜히 선발대를 이동시켰다가 선발대가 다른 대열의 고블린들에게 뒤통수를 맞으면 어떡해요?

통신채널 속에서 데스디아에게 질문한 자는 악어 머리 켐리였다.

―다른 곳의 고블린들은 저승에서나 만날 수 있을 테니 안심해! 어머님과 탈리가 그쪽을 맡았어!

―예? 언제요?

―됐으니 선발대는 놈들의 뒤를 노릴 생각만 해! 선발대가 얼마나 빠르고 정확히 움직이느냐에 따라 우리가 그 드래곤과 얽힐 확률도 내려간다고!

데스디아는 지금 나타난 드래곤이 반달리온이며 그가 포프의 문제로 이곳에 왔다는 사실을 알기에 그렇게 확정적으로 얘기할 수 있었다.

그러나 그 사실을 전혀 모르는 헌터들은 아무리 데스디아의 이야기라고 해도 믿을 수가 없었다.

―드래곤들이 이쪽을 덮치지 않는다는 보장이 있는 거요, 부사장?

질문한 사람은 카발리오였다.

―당신이 그것만 증명해 주면 우리 선발대는 지옥으로 내려가는 계단도 밟을 수 있소!

데스디아는 카발리오가 생떼를 쓴다고 생각지 않았다. 광신도도, 군대도 아닌 자들이 목숨을 걸고 있는 판인데, 그 판을 짠 장본인이 안전을 증명해 주는 것은 필수 불가결이었다.

—롸켓! 지금 나타난 드래곤의 머리 위에 자리를 잡아! 고도는 500미터 유지!

—휘우! 생명 수당이군!

롸켓이 위험한 놀이기구에 푹 빠진 사람처럼 괴성을 지르며 응답했다.

알케온, 죠니가 몰고 있는 수송기와 함께 숲 인근을 빙빙 돌던 롸켓의 수송기가 데스디아의 지시에 따라 반달리온 쪽으로 향했다.

반달리온의 바로 위쪽에 자리 잡은 롸켓은 데스디아의 지시를 어기고 고도를 더 내렸다.

롸켓의 수송기가 반달리온의 머리에 닿을까 말까 한 고도까지 내려가자 선발대의 헌터들이 바짝 긴장했다.

반달리온은 수송기를 흘끔 봤을 뿐, 지상에 있는 어떤 존재들을 팔다리로 뭉개고 꼬리로 휩쓰는 것에만 집중했다.

롸켓은 분명 데스디아가 뭔가를 알고 있기에 자신을 선택했다고 믿었다.

'결정하고 지시할 때의 모습이 너무 화끈해서 착각하는 사람이 많은데, 부사장은 안전을 우선시하고 변수를 없애는 우직한 스타일의 지휘관이야. 요행 따윈 모르지!'

롸켓이 지금껏 보고 느낀 데스디아는 그러한 리더였다.

중요한 순간마다 정신 상태를 의심케 하는 강수를 써서 적과 아군을 들었다 놨다 하는 치프와는 정반대의 스타일이었다.

아무튼 롸켓이 그녀의 지시를 즉시 수행한 덕분에 혼란의 나락으로 떨어질 뻔했던 선발대의 마음은 빠르게 수습되었다.

―드래곤이랑 싸워본 사람 찾으신 분?

치프가 정찰팀과 함께 숲을 빠져나오며 통신채널에 끼어들었다.

반달리온의 존재감 때문에 치프가 있다는 걸 깜박할 정도였던 선발대는 그들을 보자마자 땅이 꺼져라 안도의 한숨을 터뜨렸다.

카발리오가 치프에게 달려갔다.

"사장! 포프는? 포프는 어디 있소? 어떻게 된 거요?"

그 듀베리아 남성은 정말 다급한 목소리와 몸짓으로 포프에 대한 걱정을 드러냈다.

"그래서 말인데요, 이제 카발리오 씨가 이 선발대를 지휘해 주셔야 할 거 같아요."

"설마 포프에게 무슨 일이 있는 거요? 살아 있긴 하오?"

"예, 살아 있어요."

치프가 헬멧에 손을 댔다.

"롸켓, 들리나? 지금 드래곤 근처에서 무슨 일이 벌어지고 있는지 공개적으로 보고해 줄 수 있겠어?"

―어… 방금 전에 나타난 드래곤이 헤라클레스와 케이론들을 쓸어버리고 있소.

헤라클레스와 케이론이란 말에 모든 헌터의 분위기가 다시 변했다.

그들은 개미들처럼 각자에게 주어진 역할을 확실히 수행하는 환상종이며 건하운드 등의 중화기를 동원하지 않으면 정면으로 상대하는 것이 불가능에 가까운 강력한 존재였다.

만약 그들이 이 숲의 전쟁에 본격적으로 참여할 경우 상당수의 헌터가 죽을 수도 있었다. 헌터들은 숲 속에서 건하운드를 쓸 수 없지만 헤라클레스와 케이론은 몸 자체가 흉기이기 때문이었다.

"포프가 거기에 있을 텐데?"

─아, 확인했소. 부상이 좀 심하오. 늑골이 부러졌구려. 하지만 드래곤이… 제길, 뭐지? 드래곤이 포프를 보호하고 있소!

"그럼 롸켓 아저씨가 거기서 좀 지켜보고 있어줘. 수송기 고도는 데스디아 말대로 올리는 게 좋을 거야. 그 바닷가재처럼 생긴 놈들이 혹시라도 아저씨를 노릴 수도 있으니까."

─알겠소.

통신을 마친 치프는 카발리오의 어깨를 두드렸다.

"카발리오 아저씨께선 뎃디의 지시대로 움직여 주세요. 고블린들을 최대한 빨리 정리해야 또 다른 변수에 대처할 수 있을 테니까요."

"뭔가 또 벌어진단 말이오?"

"제가 포프랑 비행기를 타면 꼭 큰일이 터지더군요."

"……"

"여자애랑 그런 식으로 얽히면 안 좋은데 말이죠."

"그럼 사장은 어찌할 거요?"

치프는 숲을 향해 돌아섰다.

"애 찾으러 가야죠."

"…꼭 데려와 주시오."

왼손 엄지를 치켜들어 응답을 대신한 치프는 다시 숲으로 뛰어 들어갔다.

그는 숲을 달리며 지금까지의 상황을 되짚어봤다.

'진 플레커가 브리치에 대한 권한을 갖고 있다는 건 확실해 졌어. 고블린들 전부가 미끼고 진짜는 아직 나타나지 않았다고 봐야 해. 그 바닷가재들 역시 애피타이저일 뿐일 거야.'

그는 숲 위에 떠있는 브리치를 봤다.

흑철색의 브리치 곳곳에서 붉은색의 빛이 점멸했고 그 한가 운데에는 검은색의 안개 내지는 구름의 격류가 소용돌이치고 있었다.

'내 생각엔 저것부터 부숴놔야 일이 좀 편할 것 같은데?'

치프는 냉정하게 브리치부터 처리할지, 아니면 부상당해 피 를 토하고 있는 포프를 구할지 고민했다.

'포프가 있는 장소에는 5분 내로 당도할 수 있을 것 같으니 포프를 구하자마자 데스디아에게 브리치를 떨어뜨리라고 해야 겠군. 하지만 이건 과욕인데?'

그는 불확실한 요소가 너무 많은 상황에서 두 가지의 일을 동시에 처리하는 것이 얼마나 위험한 일인지 알고 있었다.

잘못하면 둘 다 망치거나 포프를 구하자마자 진이 발악하여 헌터들이 몰살당할 수도 있었다.

'그래도 포프가 피 섞인 기침을 한다는 건… 늑골이 폐를 찌 르고 있다는 뜻이야. 그냥 두고 볼 수는 없지.'

그는 숲의 지도를 다시 띄웠다. 카발리오가 띄운 초소형 드 론들은 반달리온이 있는 장소를 제외한 모든 곳의 정보를 얻어 놓은 상태였다.

원래 고블린들은 선발대를 잡기 위해 두 줄의 큰 대열을 만들어 두고 있었다.

서쪽의 대열은 데스디아를 포함한 공격대와 선발대가 앞뒤로 포위하여 섬멸할 예정이었다. 그리고 동쪽의 대열은 헤이파와 탈리케이아가 맡은 상태였다.

치프는 지도를 보고 휘파람을 불었다.

동쪽의 대열의 절반이 이미 지도에서 지워진 상태였다.

'뎃디가 자신 있게 얘기한 이유가 있었군.'

치프는 포프에게 가는 도중에 별일이 없길 바라면서 더욱 빨리 숲을 달렸다.

*   *   *

헤이파와 탈리케이아는 아름드리나무 뒤편에 몸을 숨긴 상태였다.

그녀들이 거쳐 온 방향의 숲은 죽은 고블린들의 시체와 피, 내장으로 뒤덮여 있었다.

그들의 내장과 내장 사이에 낀 벌레들이 숨을 쉬기 위해 탈출했다.

고블린들이 그만큼 빠르게 사망했다는 증거 중에 하나였다.

두 명의 전현직 워치프는 각자의 무기를 점검했다.

둘의 장비는 활과 대량의 화살, 대렵도 한 자루, 그리고 대인용 곡도였다.

곡도의 외형은 지구에서 해군 의장용으로 여태껏 사용하는 세이버(Saber)과 비슷했지만 길이는 알타이르인에 맞게 길었고 칼날의 무게와 예리함은 전투용으로 전혀 문제가 없었다.

헤이파와 탈리케이아의 곡도에는 중요한 차이가 있었다.

헤이파의 것은 데스디아가 지구에서 가져온 것이었고, 탈리케이아의 것은 그녀가 가문의 무기고에서 가져온 것이었다.

탈리케이아는 그 점이 마음에 안 들었다.

"스승님. 그 칼, 마음에 드십니까?"

방진용 복면으로 입과 얼굴을 가린 탈리케이아가 헤이파에게 물었다.

"음, 아주 좋구나. 무게중심이 엉망이라 다루기가 불편하지만 칼날에 피가 엉겨 붙지 않는 것은 매우 마음에 든단다. 게다가 고블린들을 갑옷째로 벤 게 십여 차례인데 칼날이 새것 같아. 지구에 연락해서 제대로 된 칼을 하나 주문하고 싶구나."

헤이파의 대답에 탈리케이아가 움찔했다.

"스승님! 스승님께선 알타이르 전사들을 대표하시는 분입니다! 그런데 지구의 물건을 쓰신다면……!"

"지구인의 씨앗을 받으러 여기에 왔으면서 별걸 다 따지는구나."

탈리케이아와 마찬가지로 방진용 복면을 쓴 헤이파가 탈리케이아를 살펴봤다.

"어쨌거나 네가 갖고 온 칼날은 벌써 엉망이 됐구나."

"이걸 제 어머니께서 보시면 크게 꾸중하실 겁니다."

"네 엄마에겐 내가 얘기하마. 디레이샤는 우리 집에서 만든 떡을 정말 좋아하거든."

"……."

"아무튼 탈리. 칼은 거두고 이제부터는 활을 쓰도록 해라."

"예, 스승님."

헤이파의 지시대로 칼을 칼집에 넣은 탈리케이아는 활을 들고 화살을 시위에 걸었다.

"내가 신호를 보내면 쏴라. 표적 판단은 너에게 맡기마."

"맡겨주십시오."

대화를 끝낸 헤이파는 곧장 나무 뒤로 돌아섰다.

소리 없이 접근하던 고블린 세 마리가 그녀와 딱 마주쳤다.

셋은 헤이파의 신장과 기세에 바짝 얼어붙었다. 헤이파는 셋 중에서 좌우에 위치한 고블린의 목을 날린 후 가운데 한 마리의 심장에 칼을 박고는 가슴 높이로 들어 올렸다.

그녀는 그 상태로 숲을 질주했다.

고블린들의 화살이 그녀의 칼에 꽂힌 고블린에 맞아 의미를 잃었다.

화살의 비가 멈추고 손도끼와 단검들이 날아왔다. 양쪽의 거리가 그만큼 가까워졌다는 의미였다.

고기 방패가 되어 화살을 받아주던 고블린의 시체가 땅에 떨어졌다.

그것을 본 고블린들이 공격을 집중하려 했으나 헤이파의 모습은 없었다.

나무 사이를 박차고 뛰어올랐던 헤이파가 왼손으로 나무의 가장 윗부분을 틀어쥐었다.

나무에 손가락을 박고 매달린 헤이파의 눈빛이 은색에서 푸른색으로, 이어서 녹색으로 차례차례 변했다. 그녀의 눈에는 고블린들의 열기가, 귀에는 그들의 심장 소리가 들려왔다.

마지막으로 나무와 땅의 정령들이 수풀과 땅속에 몸을 숨긴 고블린들의 위치까지 그녀에게 알려주었다.

칼자루를 바짝 쥔 그녀가 고개를 들었다.

숲 저편에 반달리온과 롸켓의 수송기가 보였다. 뭔가를 짓밟고 있는 반달리온의 모습은 분노에 차 있었으나 왠지 모르게 갑갑해 보이기도 했다.

'자제하고 있는 것 같은데… 어설프군.'

그녀가 다시 지상으로 눈을 돌렸다.

'어서 이 녀석들을 해치워야겠어.'

그녀가 나무를 놓고 사지를 펼치며 땅으로 낙하했다. 새의 지저귐과 비슷한 신호음을 내는 것도 잊지 않았다.

고블린들의 무리 한가운데에 착지한 그녀는 땅에 꽂았던 칼을 뽑았다.

정수리부터 척추까지 꿰인 고블린이 칼에 들려 나왔다. 땅속에 몸을 숨기고 있던 고블린들의 지휘관이었다.

반사적으로 헤이파를 공격하려던 고블린 두 마리가 화살에 당했다. 움찔한 고블린들은 그 화살들이 나무들을 뚫고 일직선으로 날아왔다는 사실에 경악했다.

숲의 바닥으로부터 폭풍이 일어났다. 고블린들의 눈높이까지 떠오른 나뭇가지와 나뭇잎들이 그들의 시야를 방해했다.

헤이파와 교감한 바람의 정령들이 저지른 짓이었다.

녹색의 아지랑이를 몸에 휘감은 헤이파는 고블린들 사이를 엄청난 속도로 오가며 그들의 머리를 날렸다.

무기를 마구 휘두르며 반항하는 놈들도 있었으나 그들의 절반은 멀리서 탈리케이아가 쏘는 화살에 맞아 즉사했다.

알타이르 전사들이 사용하는 화살 중에는 특이한 것이 많은데, 그중에는 생명체의 몸에 박히자마자 화살촉이 갈라지는 것도 있었다.

그 화살에 맞은 생명체는 몸 안쪽이 완전히 망가지거나 큰 개의 머리가 들어갈 만큼의 구멍이 나게 된다.

지금 탈리케이아가 사용하는 화살들이 그것이었다.

나무를 멀쩡하게 뚫은 화살촉은 고블린의 몸에 박히면서 형태가 변해 그들의 내장을 곤죽으로 만들었다.

무엇보다 화살들은 헤이파의 속도와 움직임에 전혀 지장을 주지 않았다.

인간의 눈으로는 화살을 마구잡이로 날리는 것처럼 보이겠지만 실은 아주 미세한, 콤마 단위의 시간 차가 존재했다.

헤이파가 변칙적으로 움직이지 않는 한 탈리케이아의 화살이 빗나갈 일은 없었다.

그리고 그 협공으로 인해 고블린들의 잔존 병력은 10분도 안 되어 깔끔히 밀려 버렸다.

수풀 속에서 날아온 독침이 헤이파의 칼에 닿자마자 칼날 위에 곱게 누웠다. 독침에 발라진 독극물이 퍼지지 않게 하기 위한 헤이파의 묘기였다.

"탈리의 화살이 다 떨어졌나? 그렇다고 이 꼴이라니, 아직 가르칠 게 많군."

탈리케이아 쪽을 한 번 본 헤이파는 수풀을 향해 다가갔다.

"아, 알타이르… 라샤이드 헤이파!"

수풀 속에서 고블린의 목소리가 흘러나오자 헤이파가 한숨을 내쉬었다.

"흠, 날 아나? 난 현역 워치프에서 은퇴한 지가 꽤 됐는데? 그렇다면 그대는 대단히 오랫동안 세상을 살아온 고블린이겠군. 워치프의 토벌을 두 번이나 겪는 것도 큰일인데… 반가우면서도 안타깝군."

그녀가 수풀을 걷어찼다. 척추가 부러져 몸이 접힌 늙은 고블린이 숲 저편을 향해 날아갔다.

헐레벌떡 헤이파 곁으로 온 탈리케이아가 그녀 앞에 몸을 숙였다.

"준비해 온 화살이 모두 소모되어 그만… 송구합니다, 스승님."

"흠, 자고로 워치프인 자는 꽃을 꺾어 쐈도 적을 쓰러뜨릴 수 있어야 하거늘."

"부족한 이 제자를 용서해 주십시오!"

"네가 아직 내 밑에서 배우는 입장이었다면 모를까, 현역이라는 자가 남의 목숨을 거둬 가는 와중에 그런 소리를 하면 못쓰지. 오늘은 아직 이 땅에 적응하지 못하여 그랬다고 생각해 주마."

헤이파는 자신이 가진 화살의 절반을 탈리케이아에게 넘겨주었다.

"첫째야, 이쪽은 모두 처리됐단다."

—이쪽은 1분 뒤에 접촉합니다.

"독을 쓰는 놈이 많으니 모두에게 주의시키려무나."

—예, 어머님. 그런데 탈리는 무사합니까?

방금 실수 비슷한 것을 저지른 탈리케이아는 그 통신을 듣고 굳은 표정을 지었다.

"워치프가 워치프를 걱정해? 이런 무례한 녀석 같으니!"

—아, 어머님. 저는…….

"둘 다 정신이 나갔군! 네년과 탈리 모두 사람들 앞에서 볼기를 칠 테니 각오하렸다!"

헤이파가 말한 '사람들'은 그라니트 용역 사람들이었다.

그러나 통신채널을 통해 그 이야기를 들은 헌터들은 그것을 그렇게 받아들일 생각이 없었다.

—옷 위로 때리실 겁니까? 아니죠? 아니라고 해주세요!

—둘 중 한 명의 엉덩이에 나뭇잎 모양의 문신이 있을 거야!

—엉덩이도 갈색일까?

—제길, 너무 신나서 집중이 안 돼!

—닥치고 사격 준비! 눈을 어디에 두고 있나!

데스디아의 격노가 통신채널을 흔들었다.

헤이파는 통신기에서 손을 뗐다.

"철없는 것들. 직접 주무르지도 못할 볼기에 흥미를 갖다니."

헤이파는 대담하게 투덜거렸으나 옆에 있는 탈리케이아는 수치심에 얼굴을 들지 못했다.

"존경합니다, 스승님."

"너도 애를 몇 번 낳으면 신경도 안 쓰게 될 테니 걱정마라."

헤이파가 팔짱을 꼈다.

"그보다… 이제 어쩌지? 포프를 구하러 가야 하나?"

"그편이 낫지 않겠습니까? 아까 들린 통신의 내용으로 봐서 포프라는 아이는 내상을 입은 것이 분명합니다."

"음, 그렇다면 포프를 구하는 것으로……."

둘의 주변이 순간 어두워졌다가 밝아졌다.

움찔한 헤이파는 반달리온이 있는 곳을 향해 뭔가 거대한 생명체가 날아갔음을 느끼고는 즉각 나무를 타고 올라갔다. 탈리케이아 역시 마찬가지였다.

붉은색의 외골격으로 단단히 무장한 드래곤 하나가 반달리온 쪽으로 급강하하더니 그를 두 발로 깔아뭉갰다.

"스승님, 또 다른 드래곤입니다!"

"…이럴 수가!"

헤이파가 급히 통신기에 손을 댔다.

"응답하시오, 파울라 장로! 파울라!"

그러나 붉은색의 드래곤, 파울라는 응답은커녕 자신의 기습으로 인해 쓰러진 반달리온을 미친 듯이 공격했다.

*   *   *

"불쌍한 포프 같으니! 너만 드래곤 친구가 있는 줄 알았니? 파울라는 나의 소중한 친구야! 오늘을 위해 친구로 만들어놨다고! 정말 세뇌가 될 줄은 몰랐지만!"

진이 파울라에게 연거푸 공격당하는 반달리온을 보며 미친 듯이 웃었다.

쓰러진 채 반달리온의 보호를 받던 포프는 눈빛이 탁해진 채 반달리온을 공격하는 파울라를 보며 눈물을 글썽였다.

'장로님……!'

근처의 숲이 부스럭거렸다.

"뭐야? 구해야 하는 여자가 두 명이 됐네?"

진이 흠칫하여 목소리가 들린 쪽을 봤다. 포프도 폐가 찢어지는 듯한 고통을 감수하고 고개를 들어 그쪽을 봤다.

치프가 포프와 마주 보며 어깨를 으쓱했다.

"이제 너랑 비행기 따윈 절대로 안 탈 거야."

포프에겐 징크스에 대한 대꾸를 할 여유가 없었다.

기척을 지운 진 플레커가 강철 나이프를 든 채 치프의 뒤를 노리고 있었기 때문이다.

진은 아주 능숙하고 조용하게 뛰어올랐다.

그녀가 노리는 곳은 치프의 헬멧과 전투복이 이어지는 취약점이었다.

만약 그녀의 손에 들린 칼이 히트 블레이드였다면 그처럼 정밀하게 노릴 필요는 없었을 것이다.

하지만 그녀가 갖고 있던 히트 블레이드들은 안드레이와 포프를 연달아 상대하는 과정에서 모두 잃거나 부서져 버렸다.

그녀가 오늘 하루 겪은 싸움은 그녀의 예상을 넘어선 소모전이었던 것이다.

늑골에 폐가 찔린 포프는 치프의 뒷목을 향해 진이 떨어져 내리는 모습을 그냥 구경할 수밖에 없었다.

'사장님……!'

단검이 치프의 헬멧 아래를 찌르기 직전이었다.

왼쪽으로 돌아서며 물러난 치프가 진의 왼팔을 붙든 뒤 밧줄을 내리듯 잡아당겼다. 그 기술적인 동작으로 인해 진은 얼굴부터 땅에 처박혀 버렸다.

치프는 진의 팔을 단단히 붙들었다.

"음, 역시 기자님은 왼손잡이였어."

그러고는 발로 그녀의 팔꿈치를 밟아 팔의 관절을 부수려고 했다.

진은 동물에 가까운 순발력으로 몸을 돌려 치프의 발을 피하고 자신의 팔을 잡은 그의 엄지를 역으로 노렸다.

치프는 그녀를 그냥 놓으며 그녀의 허리 아래를 발끝으로 걸어찼다. 그가 신은 군화의 밑창, 특히 앞부분은 아주 단단하여 둔기처럼 상대의 뼈를 끊을 수 있었다.

보호대 덕분에 충격만 받았을 뿐, 척추와 골반이 끊어지는 상황을 피할 수 있었던 진은 땅에 엎드리는 듯한 자세로 착지하고는 천천히 일어났다.

치프는 허리 좌우에 손을 얹었다.

"듣고 싶은 얘기가 많아서 그냥 하반신 불구로 만들려고 했는데, 질기네."

"흥, 그보다… 내가 보이나? 날 감지할 수 없다고 직접 말했잖아?"

"알케온의 수송기에서? 그때는 수송기 곳곳에 당신이 열심히 붙여놓은 도청 장치가 있었잖아? 다음에 기회가 되면 도청기

대신 폭탄을 설치하도록 해. 저승에서 다시 돌아올 방법부터 마련해야겠지만 말이야."

치프가 어깨를 으쓱했다.

진이 그의 말을 듣고 느낀 황당함과 분노는 허리와 골반 사이에서 올라오는 통증을 억누를 정도였다.

"…그럼 아까 내가 포프에게 접근할 때도 일부러 모른 척했던 건가?"

"포프와 단둘이 있게 해줘야만 기자님이 더 많은 얘기를 해줄 것 같았거든. 딱히 포프가 질 거 같지도 않았고."

"저 꼬마가 날 이길 거라 생각했다고? 터무니없는 자신감이군!"

진이 격분했다.

"실제로 졌잖아? 얘기도 잘해줬고."

치프는 짧고 차갑게 대답했다.

"…듣고 싶은 게 뭐지?"

허탈한 목소리로 질문한 진은 이곳이 자신의 무덤이 될 거라는 느낌을 받았다.

'저놈의 손바닥에서 벗어날 방법이 떠오르질 않아.'

진은 정상적인 방법을 동원해서는 이곳에서 벗어날 수 없을 것 같았다. 치프의 분위기는 마치 더 먼 곳을 바라보기 위해 분노를 억누르고 있는 괴물처럼 보였다.

'헬터스크에게 발각되어 죽기 직전까지 몰렸을 때도 이렇진 않았어. 저 녀석, 대체 정체가 뭐지?'

그녀는 망설였다. 비장의 수를 동원한다면 치프는 물론 이 행성에 있는 생명체 대부분을 몰살시킬 수 있을 것 같았지만 그 수단의 대가는 그녀 자신의 목숨이었다.

"아, 그전에 잠깐만."

치프는 오른손 뒤쪽에 숨기고 있던 주사를 제대로 들었다.

진은 움찔하여 자신의 코트 안쪽을 봤다. 딱 두 개 남았던 응급용 주사 중에 하나가 사라져 있었다.

"내 특기가 실은 소매치기야."

치프는 포프의 목 아래쪽에 주사기를 대고 버튼을 눌렀다. 주삿바늘과 약물이 스프링에 의해 튕겨 나와 포프의 목에 꽂혔다.

포프는 몸속에서 뭔가 빠직빠직 움직이는 것을 느꼈다.

폐를 찌르고 있던 늑골들이 주변 근육에 의해 잡아 뽑혀서 원래의 자리로 되돌아가고 있었다. 망가진 폐도 급속도로 재생되었다.

포프가 일어나려 하자 치프는 손으로 그녀의 쇄골 사이를 눌렀다.

"좀 더 누워 있어. 넌 쉬어야 해."

"사, 사장님! 장로님을 죽이지 말아주세요!"

"응?"

치프는 갑자기 무슨 소리냐고 물으려다가 그녀가 잭팟의 처리 과정을 똑똑히 봐버린 것을 떠올렸다.

"이건 너와 나만의 문제가 아니야, 포프. 다른 헌터들이 장로님을 목격했어. 그들이 어떻게 받아들일 것 같아?"

그는 포프의 앞머리를 두드려 준 뒤 진을 향해 걸어갔다.

포프는 말문이 막히고 눈앞이 깜깜했다. 약의 영향이 아니라 치프의 질문 때문이었다.

그녀는 답을 내놓을 수가 없었다.

치프가 진의 앞에 섰다.

"일단 궁금한 거 하나 풀어주실까?"

"뭐지?"

"장로님 말이야. 드래곤들이 세뇌당할 수 있다는 사실은 좀 겁나거든. 엠페라투스도 아니고 오파로아의 암살자에게 말이야."

"나도 정확한 원리는 몰라. 난 나에게 주어진 도구를 썼을 뿐이야."

"도구?"

도구라는 말에 치프는 누군가를 떠올렸다.

"기자님, 혹시 메이건이라는 이름의 드래곤을 알아?"

"당신네가 엠페라투스에게 건네준 드래곤 말이야? 자세히는 몰라. 하지만 내가 관측 장치로 살핀 메이건의 모습은 대단히 바보 같았지."

"실제로 머리에 든 게 모조리 빠져나간 상태였거든. 난 라이트스톤을 의심하는데, 혹시 파울라 장로님을 세뇌시킨 것도 라이트스톤에게 제공받은 물건인가?"

그 이야기는 파울라를 제압하기 위해 사력을 다하고 있는 반달리온의 귀에까지 들어갔다.

그는 메이건에 대해 아무런 감정도 없었으나 날개 달린 자의 의식이 다른 생물에 의해 조작된다는 사실만큼은 크게 경계하고 있었다.

진이 피식 웃었다.

"라이트스톤? 잘 모르겠네. 난 헬터스크에게 지급받은 물건을 썼을 뿐이야."

"헬터스크가 그 물건을 파울라 장로에게 사용하라고 지시했나?"

"잘 아네? 파울라는 다른 드래곤과 달리 상냥하고 친절할 거라고 그가 얘기해 줬어. 3세대 드래곤들과는 다를 테니 걱정 말라고 했지. 믿긴 어려웠는데… 실제로 그렇게 되니까 신기하기도 했어."

"그래? 그럼 내가 헬터스크를 붙잡아서 털면 그 세뇌 기술이나 장치를 입수할 수 있을까?"

치프의 질문에 진은 다시 웃었다.

"왜? 드래곤들을 세뇌하고 싶어?"

"오늘같은 꼴을 두 번 다시 보고 싶지 않아서 말이야."

"그럼 헬터스크를 괴롭히도록 해. 난 세뇌를 푸는 법도 모르고 그와 관련된 장치도 없어."

진이 다시 나이프를 잡았다. 왼손에는 등산용 피켈처럼 보이는 암살 도구를 들었다.

"A-1730. 우리 다시 싸워볼까? 다시 생각해 보니까 내가 당신을 못 이길 것 같진 않거든? 왠지 정면으로 진지하게 상대하면 죽일 수 있을 것 같아."

"그럼 기자님이 손해를 볼 일은 없을 거야. 난 당신을 하체불구 정도로 만들고 싶을 뿐이거든."

"왜 그렇게 너그럽지? 설마 날 끌고 가서 고문할 생각인가?"

그녀는 안드레이에게도 비슷한 질문을 했었다.

그 사실을 모르는 치프는 고개를 설레설레 저었다.

"정말 중요한 정보를 가진 사람에게 야만적인 수단을 쓰는 건 옛날 방식이지. 고문을 너무 심하게 하면 얻을 수 있는 정보의 질도 떨어지거든. 술만 마셔도 헛소리를 하는 게 사람인데, 고문이면 뭐……. 그리고 난 남을 고문하는 걸 싫어해. 그냥 그에 대한 재능이 있을 뿐이야."

진은 그의 이질적인 발언에 소름이 돋았다.

"그럼 날 설득해서 네 편으로 만들려고?"

"어라? 순진하네?"

치프의 헬멧 밖으로 웃음소리가 났다.

"뇌만 적출해서 분석실로 보낼 거야."

"……."

"뇌에 담긴 모든 것을 디지털 데이터로 변환시키는 기술은 지구에서 이미 100년 전에 안정화됐지. 지금은 의료 목적으로만 사용할 수 있지만… 뭐, 쓸데없는 얘기는 됐고, 정보가 뽑힐 동안에는 아무것도 못 느낄 테니까 걱정하지 마. 머리만 잘라서 지구로 보낼 테니 능욕당할 일도 없을 거야."

자신의 터무니없는 미래를 잠깐 상상한 진은 정말 살기 위해서 치프에게 뛰어들었다.

공포에 등이 떠밀려 달려 나간 진을 기다리는 것은 그 공포의 근원이었다.

치프의 발차기가 순간 내리꽂혀 오자 진은 반사적으로 오른팔을 쇄골 부위에 댔다. 치프의 군화 뒤축은 그녀의 쇄골을 정밀하게 노려 들어왔고, 그 충격으로 인해 진의 오른팔은 물론 쇄골까지 부서질 뻔했다.

포프의 정직한 전투 방식과는 전혀 다른, 오히려 진이 여태껏 추구해 왔던 '효율' 중시의 격투술이었다.

'진정하고 내 장점을 살려야 해! 속도로 녀석을……!'

그러나 진은 허리 아래가 풀리며 주저앉았다. 아까 치프에게 걷어차였던 척추 아랫부분이 결국 문제를 일으킨 것이다.

손바닥으로 그녀의 뺨을 강하게 후려친 치프는 그녀의 코트를 벗기고 손에 쥔 무장들도 발로 걷어차 날려 버렸다. 얼굴에 낀 고글도 손으로 쥐어뜯었다.

나이프를 이용해 그녀의 옷에 숨겨진 비상용 도구들마저도 해체해 버렸다.

치프는 오른손으로 그녀의 멱살을 잡아 들어 올렸다. 그것만으로는 불안했는지 그녀의 늑골 아래쪽을 왼손 주먹으로 후려치는 것도 잊지 않았다.

그녀의 입에서 뿜어진 토사물이 치프에게 쏟아졌다. 헬멧과 전투복이 지저분해졌지만 치프는 꿈쩍도 하지 않고 진의 복부를 두어 번 더 후려쳤다.

"살아서 고문을 받을 기회를 주지. 당장 장로님의 세뇌를 풀어."

"…모르는데 어쩌라고?"

"하아……."

그녀를 땅에 메쳐 엎드리게 한 치프는 군화로 그녀의 허리와 목 아래쪽을 차례차례 밟았다. 척추 두 군데가 부러진 진의 팔다리가 뭍으로 꺼낸 물고기마냥 팔딱거렸다.

"모르면 어쩔 수 없지. 즐거운 지구 여행이 되길 빌게."

치프는 왼손을 들어 손짓했다.

주변의 수풀들이 흔들리더니 광학 위장 등으로 몸을 숨기고 있던 UNSMC 대원들 십여 명이 모습을 드러냈다.

"목 잘라서 박스에 넣어. 하늘나라에서 조셉이 만족할 만큼 깔끔하게."

"예, 원사님."

그들이 '작업'을 준비하는 사이 치프는 헬멧에 손을 댔다.

"셀레스티아, 내 말 들려?"

―으, 응. 치프.

"알고 있겠지만 장로님의 상태가 안 좋아. 지금은 저분을 제압해야 할 거 같은데, 반달리온 혼자로는 힘들 것 같아. 저 친구가 딱히 우리 편도 아니고 말이야."

―응…….

"범인의 말로는 방법이 없대. 아무래도 너희가 결정해야 옳을 것 같아."

―하지만 파울라 장로님은…….

"난 저런 상태에 빠진 자들을 오로지 한 가지 방법으로만 편하게 해줬어. 그러니 나보다는 너희가 결정하는 게 낫겠지. 제발 방법이 있기를 빌게, 셀레스티아."

치프는 셀레스티아 스스로가 결심하기를 바랐다.

그들의 그 통신 내용은 포프도 들을 수 있었다.

포프는 제발 좋은 방향으로 해결해 달라는 듯 고개를 저었으나 진에 대한 '작업'과 치프의 호위를 맡은 UNSMC들은 치프답지 않게 꾸물댄다며 시큰둥한 표정을 지었다.

'그보다 드래곤들의 육박전이라는 거… 장난 아니네.'

UNSMC 대원들은 파울라와 반달리온의 격투와 그로 인한 충격파, 그리고 지진 등에 바짝 질렸다.

몸길이가 140미터를 넘는 초대형 생명체들이 대단히 빠른 속도로 충돌하여 서로의 비늘과 외골격을 부수는 모습은 대단히 위협적이었다.

그에 너무 신경이 쏠려서일까.

냉동 보관용 박스와 레이저 절단기를 준비하던 UNSMC 대원들이 움찔했다.

완벽하게 무력화된 진 플레커의 몸에서 검은색의 기운이 올라왔다. 그 기세와 범위, 높이가 헤라클레스들을 불러낼 때보다 더했다.

"네놈들 따위에게 내 목숨을 내놓을 것 같아? 꺼져 버려!"

그녀의 몸에서 뿜어진 검은색의 힘이 UNSMC들을 뒤로 넘어뜨렸다. 치프는 곧장 포프 위에 엎드려 자신과 그녀를 보호했다.

진의 몸이 공중으로 붕 떠올랐다.

"애초부터 장난으로 시작한 일이 아니야! 이 자리에 있는 놈들은 내가 다 죽여주마! 회사에 숨어 있는 베르자르의 핏덩이들도 10분 내로 죽을 거야! 자매단에 의해!"

암살자들을 회사로 보냈다는 그녀의 말에 포프가 꿈틀했으나 치프는 그녀를 꽉 눌렀다.

그럴 수밖에 없었다.

어딘가로 이동 중이라는 보고만 꾸준히 들려왔던 또 하나의 브리치가 지금 숲 위에 떠 있는 브리치 위에 나타난 것이다.

붉은색의 전류를 서로에게 보내며 반응하던 두 개의 브리치가 팔찌처럼 겹쳤다. 겹쳐진 브리치의 한가운데에서 쏟아진 빛이 진에게 듬뿍 쏟아졌다.

"신들이 말하더군! 신수(神獸)를 불러내 부리기 위해선 제물이 필요하다고! 내가 그 제물이고, 내가 곧 신수가 될 것이다!"

브리치에서 쏟아지던 빛이 붉은색의 깃털로 바뀌었다.

"1세대 드래곤들조차 꺼려했던 존재가 이 행성을 죽음으로……!"

분노와 광기가 뒤섞인 진의 목소리가 서서히 사라졌다.

이윽고 하늘에 나타난 것은 빛을 머금은 붉은색 깃털의 초대형 괴조(怪鳥)였다.

* * *

신수가 그라니트 행성에 강림하기 직전, 딕슨은 회사 본관 앞에서 포프의 동생들과 함께 시간을 보내고 있었다.

포프와 헤어스타일만 다른 그 깡마른 소녀들은 딕슨이 던져 주는 배구공을 시큰둥하게 주고받았다.

"아저씨, 이거 계속해야 되나요?"

말총머리를 한 둘째 포린이 질문하면서 배구공을 그에게 던졌다.

"둘 다 재구축 치료를 받았잖아? 특히 포린, 넌 잃었던 왼손을 되찾았고 말이야. 이렇게 재활 운동을 열심히 해야만 재구축 부작용 억제제를 끊을 수 있어."

"좀 더 재밌는 운동은 없나요?"

남자아이처럼 머리를 짧게 깎은 셋째 포티가 따분함에 지친 표정으로 물었다.

"미안, 내가 재활 전문은 아니라서 말이지."

"흐음……."

여자애 둘이 동시에 한숨을 터뜨렸다.

"그런데 여기 사장님은 나이가 어떻게 되시나요?"

포린이 물었다.

"응? 원사님 나이는 왜?"

"딕슨 아저씨보다 젊어 보이셔서요."

"겉보기는 그렇지만 실제 나이는 마흔이 넘으셨어."

딕슨은 아이들이 충격을 받을 거라 생각했다. 하지만 포린과 포티는 고개를 끄덕이며 뭔가 납득했다는 표정을 지었다.

"놀랍지 않아?"

"글쎄요, 마흔이라는 나이가 딱히 와 닿지도 않고… 또 우리 언니 취향이 중년 남자거든요."

"…그렇구나."

딕슨은 허탈한 표정을 지었다.

"근데 좀 걱정이에요."

이번엔 포티가 말했다.

"걱정? 왜?"

"재구축 치료는 비싼데, 저랑 둘째 언니 모두 재구축 치료를 받았잖아요? 그것도 아저씨들 돈으로요."

"아… 음… 글쎄?"

"우리 엄마가 공짜만큼 비싼 건 없다고 항상 말씀하셨는데… 찜찜하네요. 혹시 큰언니가 그만한 대가를 치른 건가요?"

"노예처럼 밤낮없이 괴롭힘을 당하나요?"

"어이."

연속되는 애들의 질문에 압박당한 딕슨은 결국 자신에게 날아온 공을 받지 못했다.

"너희들이 보기보다 험하게 살아왔다는 것만큼은 알 것 같구나."

"어, 그럼 정말 공짜인가요?"

아이들이 물었다.

딕슨은 지금 포프가 영원히 돌아오지 못할 수도 있을 만큼 큰 싸움터에 있다는 사실을 얘기할 수가 없었다.

"물론 공짜는 아니지. 세상에 공짜가 어딨어?"

그는 자신이 떨어뜨린 공을 받으며 말했다.

"네 언니는 지난 1년 동안 헌터로서 열심히 훈련했고 좋은 결과를 만들어냈어. 나와 내 형제, 그리고 회사 사람들 모두가 그 모든 일의 증인이야. 너희의 치료비는 사실상 네 언니가 번 돈이나 마찬가지지."

"……."

"그러니 너희는 재활 운동에 집중하도록 해. 그래야 포프도 안심하고 밖에서 일을 할 수 있어."

"네, 아저씨."

둘은 공을 어서 던지라는 듯 두 팔을 들고 흔들었다.

문득, 딕슨은 저 착한 아이들이 왜 아빠에 대한 이야기는 한 마디도 하지 않는지 궁금해졌다.

'포프도 그렇고, 저 애들도 그렇고… 엄마 얘기는 해도 아빠 얘기는 하지 않고 있어. 포프는 아버지가 자신을 팔았다는 얘기를 듣기 전에도 그랬지. 뭔가 이유가 있나?'

그때, 딕슨이 왼손에 찬 손목시계가 일정 간격으로 진동했다.

'침입자 경보? 누구지?'

그는 어떤 장치가 침입자를 발견했는지 알아봤다.

열감지식, 광학식 감지장치가 아니라 회사 장벽 속에 설치한 진동식 감지장치였다.

'진동 방식만 침입자들을 잡아냈다면… 설마 오파로아의 암살자들인가?'

그는 포린과 포티에게 손짓을 했다.

"날 따라와, 어서."

그의 표정이 심상치 않자 둘은 서로 손을 잡고 딕슨을 따라 갔다.

그는 아이들을 사장실 내의 은신처에 숨긴 뒤 사장실 내에 미리 준비해 놓은 자신의 중장갑 전투복과 각종 무기들을 들고 복도를 가로막았다.

'사장실은 따로 떼어내서 우주 밖으로 던져도 문제가 없을 만큼 봉쇄가 단단하지. 암살자들의 장비 따위에 뚫리진 않을 거야. 화생병 병기든, 단분자 절삭기든 전부 문제없어.'

그는 사장실의 입구를 다시 훑어봤다.

'안드레이 중사님께서 자매단이라는 이름의 오파로아 암살자들을 발견하셨다고 말씀하시긴 했지만 그건 불과 어제저녁의 일이었지. 이곳에 대한 공격도 계획 하의 일이라는 거야.'

그는 팔뚝 보호대에 넣은 단말기를 봤다. 본관에 설치된 방어장치들이 아래층부터 순식간에 파괴되어 돌파당하고 있었다.

'내가 넘겨받은 생체 정보는 진 플레커의 것밖에 없는데, 어쩌지? 중장갑 전투복으로 적들을 확인하고 막을 수 있을까? 아니, 그보다 대체 몇 명이나 침입한 거지?'

고민하는 딕슨의 눈앞에서 팔뚝 보호대 안의 단말기가 픽 터졌다.

'전자교란? UNSMC의 단말기가 이렇게 간단히 제압당하다니!'

뒤이어 그의 헬멧이 어떤 것에 찔리며 크게 흔들렸다.

히트 블레이드의 부러진 칼날이 허공에 뜨는 걸 목격한 딕슨은 미리 들고 있던 개틀링 기관포를 복도에 난사했다.

그러나 기관포의 배터리가 또 다른 히트 블레이드에 잘리면서 무기는 무용지물이 됐다. 딕슨은 얼른 기관포를 놓고 등에 거치해 놨던 산탄총을 쐈다. 총 안에 든 탄환이 소이탄이었기에 불꽃이 한순간 복도를 가득 채웠다.

그러나 그 산탄총도 탄창이 베이고 총신까지 잘리며 수명을 다하고 말았다.

맨손이 된 딕슨은 주먹을 좌우로 휘두르며 저항했으나 히트 블레이드들이 그의 중장갑 전투복 곳곳을 베었다.

하지만 전투복만은 잘리지 않았다. 헬멧을 포함한 전투복 전체가 포프가 썼던 나이프처럼 나노입자 적층장갑으로 되어 있기 때문이었다.

히트 블레이드를 깨먹은 암살자들은 투덜거리며 모습을 드러냈다. 총 여덟 명의 오파로아 암살자가 딕슨의 앞뒤에 서 있었다.

딕슨은 즉시 주먹과 발을 움직여 그들을 공격했으나 그들은 빠른 움직임으로 그의 공격을 모조리 피했다.

"제아무리 중장갑 전투복이라고 해도 히트 블레이드를 견디진 못하는데, 저 녀석은 어찌된 거지?"

"신형이겠지. UNSMC들은 항상 최신 장비를 지급받는다고 들었으니 이상할 것도 없어."

"그럼 어쩔까?"

"이걸로 날려 버려야지."

암살자들 중 한 명이 점착식 폭탄을 꺼냈다.

"사장실 문을 뚫으려고 준비한 건데, 예비로 하나 더 가져와서 다행이네."

"순순히 죽어주면 좋겠는데."

암살자들이 두런두런 이야기를 나눴다.

딕슨은 머리끝까지 화가 났지만 중장갑 전투복의 감지장치는 다시 모습을 감추는 그녀들을 포착하지 못했다.

'조셉, 미안. 널 일찍 만나게 될 것 같아.'

그가 각오, 혹은 포기를 하던 그때였다.

날카로운 광선 한 줄기가 뭔가를 꿰뚫었다.

푸른색 광선검에 가슴 한가운데를 관통당한 암살자가 고개를 숙였다.

"나이트… 스토커?"

그녀는 자신의 가슴 밖으로 빛나는 광선검을 내려다보고는 팔다리를 늘어뜨리며 죽었다.

암살자가 쓰러지며 드러난 사람은 나이트 스토커, 키드의 스승이었다.

"노인장?"

그 딸기코의 노인은 벽을 밟으며 뛰어오르더니 오른손 손바닥에서 뿜어지는 광선검으로 허공을 수차례 베었다.

몸통과 목이 베여 즉사한 암살자들이 처참하게 모습을 드러냈다.

노인이라고는 생각할 수 없을 만큼 굉장한 움직임이었으나 딕슨의 눈에는 그냥 신기하게 보였다.

어쩔 수 없는 것이, 딕슨은 그 딸기코 노인이 데스디아 앞에서 지금처럼 현란하게 움직이다가 주먹 한 방에 뻗는 모습을 똑똑히 봤기 때문이다.

결국 여덟 명의 암살자를 모두 처리한 딸기코 노인은 오른손에서 뿜어져 나오는 광선검을 거두고 심하게 기침했다.

"쿨럭! 아, 이젠 정말 쓰러져 죽을 것 같군. 내 나이에 할 짓이 아니야."

"회사에 계셨습니까? 암살자들의 은신은 어떻게 알아차리신 거죠?"

딕슨이 묻자 딸기코 노인이 씩 웃었다.

"난 위대한 나이트 스토커일세."

"예, 그러시겠죠."

딕슨은 짜증이 났다.

노인은 다시 굽힌 허리를 두드리며 숨을 골랐다.

"흐음. 역시 스위트는 사람을 가르치거나 파악하는 재주가 없었어. 제자들 모두가 잠재 능력에만 의존하고 있군. 가장 잘 키웠다는 진 플레커도 미쳐 버렸고 말이야."

"…무슨 말씀이시죠?"

"스위트 베르자르를 가르친 게 바로 나라네. 자유의 어둠을 적들로부터 지키기 위해 그녀를 마스터 어쌔신으로 키웠지. 하지만 스위트는 죽어버렸고 포프가 자유의 어둠을 물려받고 말았어. 스위트는 이래저래 낙제생이야."

"……"

아까 느낀 짜증 대신 이상한 분노가 딕슨의 마음에 들어찼다.

'저 늙은이가 대체 무슨 소리를 하는 거지? 지금 터무니없는 말로 자신을 과시하고 있잖아?'

딕슨은 일단 마음을 가라앉혔다. 그리고 만약 치프였다면 지금 무슨 행동을 했을지 생각해봤다.

"그러니까… 맞아요, 예언. 지금 말씀하신 모든 것들이 나이트 스토커의 예언에 따른 겁니까?"

"그렇다네. 정확히는 나의 예언이지."

딕슨은 권총을 꺼내 딸기코 노인을 노렸다.

"그건 예언이 아닌 것 같군요. 당신과 깊은 대화를 하고 싶으니 이 무례를 받아주십시오."

"깊은 대화라. 묻고 싶은 것이 있다면 물어보게."

"당신이 가르친 스위트 베르자르 씨가 진 플레커를 마스터 어쌔신으로 만들었고, 진 플레커는 포프 베르자르를 노리고 있죠. 설마 노인장이 그 모든 걸 꾸민 겁니까?"

딸기코 노인이 후드의 뒤쪽을 긁었다.

"꾸민 건 아닐세. 부끄럽게도 나의 예언은 정확하지 않거든."

나이트 스토커의 예언이 약간 빗나가긴 하지만 아예 터무니 없는 건 아니라는 얘기를 키드에게 얼핏 들었던 딕슨은 권총을 더욱 꽉 쥐었다.

"난 예언을 통하여 스위트의 죽음을 봤다네. 또한 상당한 실력의 오파로아 행성인이 자유의 어둠을 부리는 것도 봤지. 난 오파로아 행성인 중에서 가장 강한 자야말로 자유의 어둠을 물려받는 존재라고 판단했고 스위트에게도 그렇게 말해놨네만… 실제로는 혈연으로 이어지는 거였어."

"……"

"포프는 자유의 어둠이 가진 힘에 의해 최강의 오파로아 행성인… 아니, 마스터 어쌔신의 길에 들어섰네. 아주 빠르게 말이야. 예언은 대강 맞았지만 순서가 완전 뒤죽박죽이었던 거지. 어쩔 수 없지 않나?"

노인은 고개를 저으며 한탄했다.

"내가 아무리 위대한 나이트 스토커라고 해도 완벽할 수는 없으니까."

딕슨이 총의 안전장치를 풀었다.

"완벽이고 뭐고, 당신이 여태껏 저지른 짓거리가 대체 뭔지 알긴 하십니까?"

"응?"

"당신의 그 예언인지 노망인지 모를 행동이 진 플레커를 미치게 만들지 않았습니까? 그 때문에 포프는 엄마를 잃었고 저는 형제를 잃었습니다!"

"아, 한 가지를 빼먹었군. 스위트 베르자르의 남편도 내가 자살시켰다네. 그놈은 스위트가 벌어 온 돈을 이래저래 탕진해 온 쓰레기였거든. 포프도 우주연합에 팔아먹었고 말이지. 포프와 그 자매들이 그 녀석의 친자식이 아닌 게 다행이야. 내 예언이 개연성을 갖추기 위해서라도 녀석은 없어져야 마땅했어."

"개연성이요? 당신 정말 미친 겁니까?"

"자네 기분은 알고 있네. 내 실수는 언젠가 처벌받아야 마땅하지."

딸기코 노인이 고개를 저었다.

"하지만 그날이 오늘은 아니야."

노인의 왼손에서 기습적으로 뿜어진 노란색 광선검이 딕슨의 헬멧을 관통했다.

권총을 놓친 딕슨이 비틀거리다가 쓰러졌다.

딸기코 노인은 안타깝다는 듯 입맛을 다셨다.

"나는 자네들이 모르는 곳에서 진 플레커를 수차례 설득했다네. 하지만 뭐하는 놈이냐며 욕만 먹었지. 그래도 나로선 어쩔 수 없었어. 과거에 나를 제압하신 위대한 분, 아르마게일 님의 뜻을 거스를 수는 없었거든."

그는 오른손에서 푸른색 광선검을 전개하며 사장실의 문을 향해 다가갔다.

"둘 다 여자애니 나이트 스토커로 만들 수는 없고… 그래, 마스터 어쌔신으로 키워야겠군. 신수가 나타난 이상 이 행성은 이제 끝장이야. 포프 베르자르가 가진 자유의 어둠은 저 둘 중

한 명에게 이어지겠지. 어서 데려가서 뒷일에 대비해야 해."

광선검의 푸른색 빛이 사장실의 문에 닿자마자 시퍼런 불똥이 어지러이 튀었다.

문을 자르는 것에만 집착한 딸기코의 노인은 자신이 처한 상황을 모르고 있었다.

자신이 쓰러뜨린 남자는 단순한 정예병이 아니며, 과거의 죄를 씻기 위해 결국 UNSMC가 되어 수많은 사람을 구해낸 인간이라는 사실을.

광선검에 의해 사장실 출입구의 첫 번째 장갑이 잘리는 것을 보고 환희한 그 딸기코 노인은 광선검의 출력을 더 높이기 위해 자신의 오른쪽 손목을 왼손으로 붙잡았다.

그런데 그의 두 손이 중장갑 전투복의 손에 붙잡혀 좌우로 벌어졌다.

움찔한 딸기코의 노인은 자신의 굽은 등판을 딱딱하게 받치고 서 있는 딕슨의 중장갑 전투복을 보고 경악했다.

"자네는 죽었을 텐데?"

딕슨의 헬멧에 난 구멍으로부터 독한 약 냄새와 피 냄새가 뒤섞여 나왔다,

"앞으로… 30여 초 뒤엔 죽겠지. 총으로 당신을 쏘는 것보다는 훗날을 위해 이게 더 좋을 것 같아서 생명 연장을 위한 구급약은 전부 투여했어."

3톤 정도의 강철 덩어리도 들어 올릴 수 있는 중장갑 전투복의 완력과 엄청난 무게는 노인이 어떻게 감당할 수 있는 것이 아니었다.

"UNSMC 대원들은… 다 이런 식이야. 미련이 있으면 지옥에서도 기어 올라오지. 조셉도 그랬고 말이야. 나 역시 조셉처럼 머리를 당해서 얼마 못 가겠지만… 당신을 붙잡은 채로 죽을 순 있어."

뒤로 쓰러진 딕슨의 중장갑 전투복의 다리와 허리로부터 중장비 거치용 벨트가 나와 노인의 몸을 묶었다.

"이거 놓게! 내 예언이 개연성을 갖출 수 있도록 도와달란 말일세!"

"그건 당신 사정이고."

딕슨은 노인의 손목을 부러지기 직전까지 압박했다.

"나와 조셉은 어렸을 때 탈주해서 수많은 사람을 다치게 했어. 그 와중에 우리에게 죽은 사람도 있을 거야. 하지만 원사님은 우리에게 좀 더 살아갈 기회를 주셨지. 그게 오늘로 이어지기 위한 기회였을까? 그렇다면 난 기쁘게 죽을 수 있어."

"알았으니 제발 놓으란 말일세! 내가 아르마게일 님께 부탁하면 자네도 살 수 있을 것이야!"

노인은 어깨뼈에서 이상한 소리가 날 정도로 힘을 주며 발악했다.

"아르마게일? 하, 둘 다 엿이나 먹고… 변명은 원사님께 하도록 해."

"치프 사장 말인가? 이 행성에는 지금 신수가 나타났다네! 그 남자가 아무리 운캄타르의 힘을 사용한다고 해도 신수를 이길 수는 없어! 이 행성의 모든 것이 가차 없이 지옥으로 변할 걸세! 난 저 아이들을 데리고 떠나야 해!"

"어느 쪽이 됐든 당신은 죽을 거야. 신수인지 뭔지가 당신을 죽이는 게 오히려 나을 걸? 원사님 손에서 유린당하다가 죽는 것보다는 말이야. 내 위에서 똥오줌을 싸도 상관없으니까… 알아서 잘 버텨봐."

딕슨의 중장갑 전투복이 서서히 굳어졌다. 노인은 자신을 놓아주지 않는 딕슨의 행동을 납득할 수가 없었다.

"내 일은 우주를 위한 일이란 말일세! 위대한 나이트 스토커가 우주를 구하기 위하여 움직이겠다는데 왜 이러는 건가! 그, 그래! 드래곤들을 세뇌시키고 싶지 않나? 내가 그 방법을 알아! 날 놓아주면 가르쳐 주겠네!"

하지만 딕슨의 귀에는 들리지 않았다.

'…여자애들과의 공놀이가 내 마지막 일이었나? 그럼 이번엔 내가 이겼어, 조셉. 내가 훨씬 더… 인간적이었다고.'

딕슨의 의식이 꺼졌다.

노인은 괴성을 지르며 발광했지만 딕슨과 함께 전장을 누비고 다녔던 중장갑 전투복은 주인이 심어놓은 최후의 명령에 따라 꼼짝도 하지 않았다.

48
다른 색깔의 삶

그 붉은 깃털의 신수가 하늘에 나타난 순간, 헌터들은 물론 고블린들까지도 신수의 모습에 넋을 잃었다.

모든 이가 신수의 몸에서 흘러나오는 압도적인 힘에 무의식적으로 굴복한 것이다.

데스디아도 그럴 뻔했지만 그녀의 귀에 꽂힌 통신기에서 치프의 목소리가 터졌다.

─여기는 내가 알아서 할 테니 고블린들이나 정리해, 뎃디! 헌터들을 이탈시켜야 해!

"치프? 당신, 괜찮은 거야?"

─됐으니까 네가 할 일을 해! 지휘하라고!

"…제길! 당신, 고블린들보다 먼저 죽어버리면 알아서 해!"

통신기에서 손을 뗀 데스디아는 등 뒤에 차고 있던 스트라투스를 들었다. 그녀의 살기에 반응하여 스트라투스의 붉은색 칼집이 분해되어 사라지고 칼날이 드러났다.

"공격대와 선발대 모두 들어! 상황이 변했으니 내가 적들 안으로 파고들겠다! 하지만 사격을 멈추지 마!"

—그럼 당신이 벌집으로 변할 거요!

카발리오가 통신채널 속에서 소리쳤다.

"내 생명 신호가 꺼지면 카발리오, 자네가 지휘하도록 해!"

—아니, 당신이고 사장이고 다 나한테 떠맡기면 어쩌라는 거요!

"시간 없어! 그냥 날 죽일 기세로 쏴!"

스트라투스를 든 데스디아가 정말 바람처럼 고블린들 안으로 들어갔다.

앞뒤에서 덮쳐온 각종 발사체 때문에 고전하던 고블린들은 자신들 틈에서 갑자기 나타난 데스디아를 보고 깜짝 놀랐다.

하지만 고블린들은 스트라투스의 과도한 길이를 보고 미소를 지었다.

데스디아가 순간 몸을 움직이며 자세를 낮췄다. 칼날의 범위 내에 들어 있던 고블린들은 모조리 두 동강이 났고 나무들도 밑동부터 잘려 쓰러졌다.

동료들이 잘려나가는 것을 목격한 고블린들은 다급히 반격하려 했다. 하지만 스트라투스가 두 번 움직이자 그 장소에 있던 고블린들과 나무들이 전부 잘려 쓰러졌다.

데스디아는 자신의 머리 위로 넘어지는 나무를 스트라투스로 베어 자신을 보호했다.

그녀는 화가 단단히 치민 얼굴로 통신기를 눌렀다.

"왜 다들 대충 사격하나! 죽어도 내가 죽지 너희가 죽는 게 아니야! 여기서 벗어나고 싶다면 어서 사격해!"

—당신이 죽으면 돈을 못 받잖아!

누군가가 인간적으로 외쳤다.

"사만다, 지금 후방으로 빠져서 이 녀석들 통장에 입금해! 알케온은 사만다를 수송기에 태워!"

—에, 부사장님!

—알케온, 수신 확인.

중장갑 전투복을 입은 채 방패를 들고 고블린들을 두드려 패던 사만다가 다급히 숲 밖으로 나갔다.

데스디아의 돌입 후 어쩔 줄 몰라 사격을 못 하던 헌터들이 결국 방아쇠에 손을 댔다.

—부사장, 난 처음부터 당신이 마음에 안 들었어! 날 너무 상냥하게 때린다고!

—당신 시체는 내가 가져갈 거야! 헉헉, 내가 가져갈 거라고!

—당신에게 존경을, 증오를, 사랑을! 아하하하하!

—젝스의 발 냄새를 맡게 해주세요!

"니들 통장에 아직 돈 안 꽂았으니 닥쳐!"

그녀의 고함에 통신채널이 조용해진 가운데, 데스디아의 모든 감각이 극도로 날카로워졌다.

눈동자를 팔방으로 움직여 자신을 향해 날아오는 탄환들을 모조리 확인할 정도였다.

그녀는 탄환에 몸이 뚫린 고블린의 머리를 밟고 몸을 회전시키며 뛰어올랐다. 그사이에 탄환이나 석궁의 화살들이 그녀의 망토를 뚫었지만 몸에 닿는 것은 아무것도 없었다.

그녀가 탄막이 얇은 곳으로 파고 들어가 스트라투스를 휘두르면 고블린들과 나무들이 동강나 쓰러졌다.

어느 순간 긴 호흡을 한 데스디아는 스트라투스를 초고속으로 휘둘렀다.

탄환이 칼날에 튕겨 꺾이고, 꺾인 탄환은 그녀의 좌우에서 달려들던 고블린들의 몸을 뚫었다.

산탄총의 쇠구슬들마저도 스트라투스의 칼날에 의해 빗자루질을 당한 먼지처럼 휩쓸려 땅에 떨어졌다.

생사의 기로에 놓인 고블린들은 함성을 지르며 데스디아에게 달려들었다.

데스디아는 나무들을 밟으며 올라갔고 그녀가 사라진 장소를 향해 탄환이 집중됐다.

벌집처럼 몸이 뚫리거나 아예 박살이 난 고블린들의 시체가 바닥을 꽉 채웠다.

―남은 고블린, 극소수! 최대 20개체!

카발리오가 보고했다.

"전원 사격 중지! 선발대와 공격대는 어서 합류하고 후퇴 준비해! 젝스는 나한테 오고 롸켓과 알케온, 죠니는 헌터들을 실을 준비를 하도록! 합류 지점은 공격대 출발지점이다! 헌터들을 모두 실으면 즉각 출발하도록 해! 선두는 죠니가 맡는다!"

데스디아는 일말의 막힘없이 시원하게 지시했다.

그런데 죠니가 묵묵부답이었다.

"죠니, 뭐하나!"

─방금 딕슨의… 아, 아닙니다! 죄송합니다, 부사장님! 지시대로 제가 수송기들의 선두를 맡겠습니다!

데스디아는 죠니가 응답하는 도중 잠깐 울먹이는 것을 들었다.

'설마, 딕슨까지?'

딕슨이 포프의 동생들을 보호하기 위해 회사에 혼자 남아 있음을 아는 그녀는 불길한 느낌이 들었으나 아직 고블린이 최대 20마리 생존해 있었다.

이윽고 젝스가 그녀의 옆에 합류했다. 양손에 블레이드하운드용 제어장치 말고 진짜 전투용 단검을 든 젝스는 몸 곳곳에 피를 묻히고 있었다.

그녀의 피가 아니었다. 고블린들의 피였다.

그녀 역시 데스디아에게 질세라 고블린들 안에 파고들어 그들을 참살했는데, 총기류에 대한 훈련을 일부러 대충 한 그녀로선 어쩔 수 없는 일이었다.

"내 지시를 어겼군, 젝스."

데스디아가 물었다.

"죄, 죄송합니다. 부사장님."

"…네가 무사하니까 됐어."

데스디아는 왼손으로 젝스의 모자를 두드렸다.

"아무래도 딕슨까지 우리의 곁을 떠난 것 같아."

"예. 사장이 또 슬퍼하겠죠."

"그럴까?"

"조셉이 떠났을 때도 그랬으니까요. 사장도 사장이고, 죠니도 하루 내내 방에서 나오지 않았잖습니까?"

"…포프 동생들의 생명 신호에는 문제없군."

"딕슨이 지켜줬을 겁니다."

"…회사에 돌아가 보면 알겠지. 고블린들을 정리하자, 젝스."

"예, 부사장님."

둘이 움직이려던 찰나, 뒤편에서 부스럭 소리가 났다.

머플러로 코와 입을 가린 키드였다.

"키드? 왜 다른 헌터들과 같지 가지 않았나?"

"그게… 스승님께서 이곳에 오지 않으셨어. 부사장."

존재감도 없는 그 노인을 자신이 왜 신경 써야 하냐며 물으려 했던 데스디아는 흠칫했다.

'그러고 보니 이상했어.'

자신은 물론이고, 겉보기보다 기억력이 좋고 철저한 치프가 지금까지 계속 키드의 스승에 대한 일만은 대충 해왔다.

데스디아는 좀 더 깊게 생각해보기로 했다.

'포프에 관한 모든 일에 그 딸기코 노인이 끼어 있었어.'

그 노인은 회사에 처음 방문했을 때부터 포프를 찾고의 자유의 어둠이 어쩌니 하는 말을 지걸였고, 그의 과도한 무례를 참다못한 데스디아가 그를 두들겨 쫓아냈다.

'나는 물론이고 치프까지 그의 존재감을 자주 잊었지. 마치 오파로아의 암살자들을 대할 때처럼!'

키드의 오른손 손바닥에서 푸른색의 광선검이 뿜어져 나왔다.

"내가 뭘 어떻게 하면 좋을지 가르쳐 줘, 부사장."

"무슨 말이지?"

"머릿속에서… 스승님의 말씀이 떠나질 않아!"

데스디아가 눈을 부릅떴다.

"젝스, 피해!"

데스디아가 고속으로 움직여 키드를 걷어차려 했다.

그녀는 키드를 죽일 생각이었다. 키드가 진심으로 젝스를 죽일 기세였기 때문이다.

그러나 키드는 데스디아가 놀랄 만큼 빠른 몸놀림으로 그녀의 발차기를 피한 뒤 어리둥절하게 서 있던 젝스의 가슴에 광선검을 박았다.

눈을 뜬 채 뒤로 쓰러진 젝스의 가슴에는 구멍이 뚫려 있었다. 그 구멍으로부터 단백질이 타는 냄새와 독한 연기가 피어올랐다.

상상치 못한 걸림돌의 등장에 데스디아는 적잖이 당황했다. 게다가 남은 고블린 모두가 발악을 하며 수십 미터 밖에서 달려오고 있었다.

방법은 간단했다. 키드를 없애 버린 뒤 고블린들을 정리하면 일단 끝이었다. 젝스는 즉사한 것처럼 보였지만 실제로는 본체와의 연결이 끊긴 것에 지나지 않았다.

그러나 그녀는 과연 이 자리에서 키드를 죽이는 게 옳은 것인지 쉽게 선택할 수가 없었다.

그때, 백은의 빛이 데스디아의 옆에 떨어졌다.

몸을 굽힌 채 착지한 그녀, 셀레스티아는 일어나서 두 주먹을 불끈 쥐고는 앞으로 힘껏 내뻗었다.

그녀의 주먹에서 터진 충격파가 숲은 물론 고블린들까지 싹 쓸어버렸다.

데스디아는 그녀의 도착을 확인하자마자 키드를 공격했다. 키드는 데스디아가 파악하고 있던 힘과 속도를 초월하여 그녀에게 맞섰다.

"젝스를 부탁해, 셀레스티아!"

데스디아의 스트라투스와 키드의 광선검이 치열하게 맞섰다.

*   *   *

UNSMC 대원들과 함께 신수와 마주한 치프는 핏기 빠진 얼굴로 단말기를 바라보고 있었다.

'A—9987, 딕슨의 사망이 확인?'

그의 왼손이 부르르 떨렸다. 통신채널에서 들린 죠니의 목소리를 통해 딕슨에게 큰일이 있었음을 예상한 포프는 치프의 그런 행동을 보고 눈을 꽉 감았다.

"기분 좋은 일이라도 생겼나? A—1730이여!"

하늘에서 날갯짓을 하던 붉은색의 새, 신수의 가슴이 좌우로 열리더니 진 플레커의 얼굴이 거대하게 드러났다.

치프는 그 즉시 단말기를 왼손에 바꿔 들고 오른손 주먹을 휘둘렀다.

숲의 위쪽에서 창날과도 같은 금속 물체가 고속으로 구축되더니 진 플레커의 얼굴을 향해 날아갔다.

그러나 그 금속의 창날은 신수의 깃털들이 모조리 빛나는 것과 동시에 산산이 분해되었다.

"흠."

자신이 만든 무장이 단숨에 분해되는 것을 목격한 치프는 주변에 있는 UNSMC 대원들에게 수신호를 보냈다.

부상자를 데리고 이탈하라는 그의 지시에 UNSMC들은 깜짝 놀랐다. 하지만 그저 놀랐을 뿐, 그들은 포프를 향해 아주 빨리 다가갔다.

그러나 신수의 가슴에 드러난 진 플레커의 얼굴은 그들의 행동을 용납하지 않았다.

"베르자르의 피는 내 것이다!"

신수가 포프를 향해 날갯짓을 했다. 앞으로 집중된 두 날개 사이에서 전자파 및 방사능이 뒤섞인 폭풍이 일어나 그들을 향해 내리꽂혔다.

UNSMC 대원들은 폭풍에 맞자마자 전부 쓰러졌다. 그들이 가진 기계장치 대부분이 망가졌고 방어구를 뚫고 들어온 충격은 그들을 마비시켰다.

치프는 무장 제조 능력을 이용하여 방벽을 만든 덕에 목숨을 유지할 수 있었지만 다른 대원들과 마찬가지로 몸에 들어온 충격 때문에 쉽게 일어나질 못했다.

신수가 착지하여 포프를 향해 움직였다.

파울라를 제압하기 위해 노력하고 있던 반달리온은 당장 신수를 막기 위해 파울라를 내던지고 땅을 달렸다.

'저 계집에게 또다시 승부를 방해받을 수는……!'

그러나 내동댕이쳐져 땅을 뒹굴던 파울라가 흙먼지 속에서 날개를 펴고는 반달리온에게 돌진했다.

반달리온의 목을 물고 그를 땅에 깔아뭉갠 파울라는 두 팔로 반달리온의 날개를 잡아 뜯으려 했다.

등판의 날개뿌리에서 닥쳐오는 통증과 반대로, 반달리온은 생각에 젖었다.

'바라쿠스… 나의 스승이시여. 난 당신의 딸과는 대화 한 번 제대로 해보지 못했소. 내가 아는 것이라고는 당신께서 당신의 외동딸을 한없이 걱정하며 숨을 거두셨다는 것뿐이오.'

반달리온이 이를 악물며 일어났다. 반달리온만큼이나 무거운 파울라의 몸이 힘에 밀려 올라갔다.

'난 당신의 그 감정을 최근까지 이해하지 못했소. 하지만 지금은… 나의 마음 어딘가의 어떤 것이 파울라를 죽여서는 안 된다고 소리치고 있소. 아무래도 이건 죄책감이 아닌 것 같소.'

힘으로 파울라를 떨궈낸 반달리온은 두 팔로 파울라를 내리깔아 제압했다. 그러고는 즉시 신수를 향해 입을 벌렸다.

'하지 말아야 할 일을 저지르는 것이 죄라 한다면, 반드시 해야 할 일을 하는 것은 무엇이오? 가르쳐 주시오, 스승이시여!'

반달리온의 입에서 뿜어진 열방사선이 신수의 머리에 직격했다. 그러나 신수의 깃털은 그의 숨결, '드래곤 브레스'를 맞고도 그 빛깔조차 변하지 않았다.

파울라는 땅 위에서 몸을 돌려 꼬리를 휘둘렀다. 꼬리에 머리를 제대로 맞은 반달리온은 얼굴 한쪽이 뭉개진 채 크게 비틀거렸다.

그럼에도 불구하고 반달리온은 파울라를 다시 붙들었다.

"포프 베르자르가, 포프가 위험하다! 눈이 있고 의식이 있으면 저걸 봐라, 파울라여!"

"……."

"나의 스승이 죽는 그 순간까지도 널 걱정한 이유가 이것이었나? 다른 종족의 세뇌 따위에 당할 만큼 나약한 존재이기에 그런 것이었나? 다 집어치워! 널 제정신으로 돌릴 대가가 나의 목숨이라면 기꺼이 주마! 그 대신 포프만은……!"

반달리온이 말을 끊고는 파울라를 몸으로 덮었다.

파울라의 몸 위로 시뻘건 피가 터져 내려왔다.

면도날처럼 날카로운 물체가 반달리온의 어깨 사이를 파고들어 가슴까지 관통하고 있었다.

반달리온이 몸으로 막지 않았다면 반달리온의 목은 물론 파울라의 목까지 날아가 버렸을 상황이었다.

자신의 뒤쪽 허공을 본 반달리온은 하늘에서 날갯짓을 하는 은색의 드래곤을 발견했다. 쓴웃음을 지으며 자신의 날개 외골격을 재생시킨 그 드래곤, 실버로드는 하늘 저편을 향해 고속으로 날아갔다.

'실버로드……?'

눈앞이 아찔해진 반달리온은 쏟아지는 피와 함께 자신의 힘이 급격히 빠져나가는 것을 느꼈다.

'그렇군. 역시 실버로드는…….'

파울라가 빠져나가면서 반달리온의 거체가 땅에 쓰러졌다.

일어난 파울라는 반달리온의 부상 부위에 드래곤 브레스를 뽑기 위해 숨을 크게 들이마셨다.

반달리온은 파울라의 입안에 모이는 화염의 빛을 보며 생각했다.

'이것이 미련입니까, 엠페라투스 님? 당신께선 이러한 감정을 몇 번이나 경험하셨습니까? 이것이 엠페라투스 님과 저희들 사이에 존재했던 거리였습니까?'

흐릿해진 반달리온의 시야에 신수의 손에 잡히는 포프의 모습이 보였다.

'걱정, 절망감, 그리고 추억. 나약하고 꼴불견이라 생각했던 그 감정들이 나를 물들일 줄이야.'

반달리온이 밋밋하게 웃었다.

'물들었다고? 아니, 채워진 거겠지. 다시 만나고 싶소, 스위트 베르자르여. 당신이 나에게 보여준 그 멋진 장소들에서……'

회색의 드래곤은 그렇게 죽음과 가까워졌다.

$$* \qquad * \qquad *$$

데스디아는 키드의 광선검에 의해 반쯤 잘린 망토를 들어 살폈다.

"역시, 이 녀석의 본래 실력은 이 정도였어. 감정을 수습하지 못하여 손도 발도 못 썼을 뿐이야. 꾸준히 일거리를 준 보람이 있군."

그녀는 잘린 망토를 길게 찢은 뒤 기절한 채 누워 있는 키드의 손을 단단히 묶었다.

"셀레스티아, 젝스는?"

"응, 이제 괜찮아."

셀레스티아는 젝스를 일으켜 주었다. 젝스는 광선검에 뚫렸다가 재생된 부분을 손으로 막은 채 기침을 좀 할 뿐이었다.

"뎃디, 혹시 알고 있었어?"

"뭘?"

"나를 낳아준 분 말이야. 사실은 파울라 장로님이야."

헤이파에게 그에 대한 이야기를 아직 듣지 못했던 데스디아는 매우 당황했다.

"셀레스티아, 그럼 넌 알면서도 모른 척했던 거야?"

"그분의 의식에서 읽을 수 없는 부분이 몇 군데 있었어. 그런데도 난 그분의 품에 안겼을 때, 그리고 함께 하늘을 날아다닐 때 그 누구에게도 느낀 적이 없는 안도감을 경험했어. 그건 단순한 친절이나 친분과는 좀 다른 느낌이었지. 비록 서로의 몸에 흐르는 피는 다르지만 장로님이 바로 나를 낳아준 분임을 확신할 수 있었어. 어렸을 때부터 지금까지 말이야."

"……."

"난 그 비밀에 기댄 채 많은 것을 참아왔어. 바로 나를 위한 비밀일 거라고 굳게 믿었거든."

셀레스티아의 온몸에서 백금색의 빛이 올라왔다.

"잠깐, 진정해! 셀레스티아!"

"헤이파 님께서 말씀하셨어. 내가 기대왔고 장로님께서 지키시려 한 그 비밀의 가치가 어느 정도인지 말이야. 그 비밀과 친구들의 목숨이 저울에 얹혀졌을 때 과연 어떤 것이 더 무게감을 갖게 될까?"

"좀 들어! 혹시 이 자리에서 드래곤의 모습을 할 생각이라면 그만둬! 아직 헌터들이 수송기에 제대로 타지도 못했다고!"

"딕슨까지 우리 곁을 떠났어, 뎃디. 값으로도, 무게로도 따질 수 없는 것들이 사라진 거야. 내가 사실 날개 달린 자이고, 허울뿐이긴 하지만 그들의 왕녀라는 사실이 누군가의 목숨보다 값질 수는 없어."

"너와 네 종족이 다시 사냥감이 될 거라고! 우리조차 막아주지 못할 사태가 벌어질 수도 있어!"

셀레스티아는 자신을 걱정하는 데스디아를 두 팔로 껴안아주었다. 신장은 데스디아가 훨씬 더 컸다. 그러나 친구에게 안긴 그 순간 데스디아는 낯선 광활함을 느꼈다.

"맞서 볼게, 뎃디. 하지만 난 이 땅의 헌터들을 믿어. 그들과 함께한 1년을 믿어볼 거야."

"……"

"젝스를 부탁해, 뎃디. 젝스도 뎃디의 말을 잘 따라주고."

가만히 서서 둘을 바라보던 젝스가 무릎을 굽히고 고개를 숙였다.

셀레스티아에게 안긴 채 그녀의 품에서 벗어나지 못하던 데스디아가 몸부림을 쳤다.

"알았어! 됐다고! 그러니까 죽으러 가는 사람처럼 얘기하지 마!"

빙긋 웃으며 친구를 놓아준 셀레스티아는 하늘로 떠올랐다.

수많은 사람에게 열린 통신채널에서 낯익은 목소리가 들렸다.

—헌터들이여, 그라니트 용역의 가족들이여, 그리고 날개 달린 자들이여. 제 목소리가 들리십니까? 저는 그라니트 용역의 공동대표인 셀레스티아입니다.

셀레스티아의 목소리에 파울라의 동작이 멈췄다. 죽음을 받아들일 준비를 하던 반달리온도 힘겹게 눈을 떴다.

—저는 지금껏 여러분을 포함하여 그라니트에 살고 있는 모든 분을 속여 왔습니다. 저의 안전과 여러분에 대한 호기심 때문이었지요. 하지만 이젠 떳떳하게 제 자신을 밝히겠습니다.

백금색의 찬란한 빛이 하늘 중심에서 파란색의 허공을 향해 올라갔다. 그 빛은 오오라처럼 하늘의 풍경을 바꿔놓았다.

신수도, 신수에게 붙잡힌 포프도, 그리고 반달리온을 제압한 파울라도 그 빛의 원천을 봤다.

수송기에 올라 그 장소를 탈출하던 헌터들 역시 유리창에 다닥다닥 붙은 채 그 모든 것을 지켜봤다.

—저는 날개 달린 자들의 제1왕녀, 별빛을 자아내는 커다란 눈송이의 날개입니다! 오늘 이후 저를 사냥하셔도 상관없습니다! 그러나 오늘만큼은 제가 이 땅의 모든 이들을 구할 수 있도록 협조해 주십시오!

하늘에 뜬 거대한 백금색의 드래곤, 셀레스티아는 날개를 좌우로 펼친 후 더욱 강력한 빛을 지상에 쏟아부었다.

그 빛은 파울라와 반달리온의 몸에 쏟아졌다.

고통으로 고개를 세차게 흔들던 파울라의 머리에서 농구공 크기의 물체가 비늘들을 젖히고 빠져나왔다.

그것으로 자신의 눈빛과 정신을 되찾은 파울라는 하늘에 떠 있는 셀레스티아의 모습에 당황했다.

"전하?"

파울라는 신수와 신수의 손에 잡힌 포프, 그리고 치명상을 입은 채 쓰러진 반달리온의 모습을 차례로 봤다.

몸을 관통한 부상은 모르겠지만 반달리온의 몸에 난 작은 상처들은 파울라 자신이 낸 게 분명했다.

"반달리온, 어째서……?"

"…후."

반달리온은 코웃음을 칠 뿐, 아무 말도 하지 않았다.

"반달리온을 부축해 주세요, 장로님."

"예! 왕녀 전하!"

반달리온의 곁에 내려온 셀레스티아는 날개로부터 빛을 쏟아내어 은색의 외골격에 관통당한 그의 몸을 훑었다.

그의 몸에 박힌 실버로드의 외골격이 튕겨 나가더니 손상당한 몸체는 물론 머리의 부상 부위도 깨끗이 재생되었다.

"왕녀… 전하."

반달리온이 어리둥절한 표정으로 셀레스티아를 대했다.

셀레스티아는 두 손을 내밀어 반달리온의 손을 잡았다.

"이번 한 번만이라도 좋습니다, 반달리온이여. 우리를 도와주십시오!"

회색의 드래곤, 반달리온은 눈을 가늘게 떴다.

'운캄타르와는 다르군.'

반달리온은 대꾸도 없이 그 자리를 떠났다.

그는 신수에게 돌진하여 붙들고는 포프를 쥔 손을 비틀기 위해 온힘을 다했다.

반달리온의 몸은 작은 편이 아니었다. 하지만 덩치는 신수 쪽이 1.3배 정도는 더 컸다.

"당신의 그 어수룩함에 욕이 나올 것 같으나 은혜를 입은 만큼 험한 말은 생략하겠소! 어서 이 괴물을 쓰러뜨리시오, 왕녀여!"

맹금류와 비슷한 신수의 눈과 신수의 육체 밖으로 노출된 진플레커의 눈이 동시에 빛났다.

"이 건방진 것이!"

신수의 깃털들이 빛을 뿜자 신수의 팔을 붙든 반달리온의 손이 부서졌다.

반달리온은 부서진 자신의 손으로부터 뼈와 근육, 힘줄 등이 노출되어 덜렁거리는 것을 보자마자 힘을 발휘하여 손을 재생시켰다.

실버로드가 그에게 날린 공격은 몇 개의 급소를 동시에 잘라 재생 능력까지 봉쇄할 만큼 강력한 것이었다. 그러나 몸이 멀쩡한 지금은 이야기가 달랐다.

한순간에 몸을 재생한 반달리온은 다시 신수에게 달라붙었다.

"나의 승부를 방해하지 마라, 괴물!"

"방해는 네가 하고 있지 않나!"

신수는 반달리온을 가볍게 내던졌다.

힘에 밀려 날아가는 반달리온의 위쪽으로 백금색의 빛줄기가 지나갔다.

신수와 거의 비슷한 덩치의 셀레스티아가 두 손으로 신수의 어깨를 붙잡고는 땅을 향해 내리눌렀다.

"당신 생각대로 될 일은 아무것도 없을 겁니다!"

"싸움에 대해서 여전히 모르는군, 날개 달린 자들의 왕녀여!"

신수의 몸에서 검은색의 전류가 흘러나와, 서로 겹친 채 회전하고 있는 브리치를 자극했다.

"나 말고 다른 놈들한테도 그 소리를 해야 할걸?"

브리치로부터 가장 먼저 내려온 것은 거대한 들소 모습의 초대형 환상종, 베히모스였다.

베히모스의 머리 위로 불쑥 솟은 두 쌍의 뿔이 노란색으로 빛을 내더니 사방에 충격파를 뿌렸다. 그 충격은 하늘에 떠 있는 수송기들에게까지 영향을 미쳤다.

브리치에서 내려온 베히모스는 한 마리가 아니었다. 숲을 둘러쌀 만큼 숫자가 많았다.

뒤이어 다수의 샐러맨더가 화염을 뿌리며 낙하했고 와이번들까지 무리를 지어 하늘을 채워갔다.

그 뒤로는 키마이라들까지 브리치로부터 낙하했다.

수송기 안에서 그 짐승들의 지옥을 본 카발리오는 입을 다물지 못했다.

"오, 제길. 그리핀 따위는 나오지도 않는군."

"그게 문제가 아니에요, 아저씨."

옆쪽 창에 달라붙은 캠리가 몸을 덜덜 떨며 말했다.

"저 녀석들 모두가 다른 종들에게 신경을 안 쓰고 있어요! 저 신수를 중심으로 조직적으로 움직이고 있다고요! 이제 우린 다 죽은……!"

순간 백금색의 빛이 폭발했다.

숲을 향해 밀려들던 대형 환상종 전부가 충격과 한 방에 뼈만 남기고 사라졌다. 하늘에서 급강하하던 와이번들의 뼈는 숲에 무수히 낙하하여 그 땅을 초토화시켰다.

수송기 조종을 사만다에게 맡기고 밖으로 나가려 했던 알케온은 셀레스티아의 그 압도적인 힘에 경악했다.

'왕녀 전하?'

셀레스티아의 힘에 경악한 사람은 알케온만이 아니었다. 수송기 내의 헌터들까지도 벌어진 입을 다물지 못했다.

한 번 상대할 때마다 엄청난 희생을 치러야 하는 대형 환상종들이 전부 뼈만 남기고 사라진 것은 기적에 가까운 일이었다.

'왕녀 전하의 힘이 저 정도였나? 아니, 내가 잘못 생각했던 거야. 왕녀 전하께선 여태껏 단 한 번도 진심으로 싸우신 적이 없어!'

알케온은 셀레스티아가 얼마 전부터 스스로의 힘으로 적과 싸우기 시작한 것을 떠올렸다.

'그때부터 오늘의 일을 결심하셨던 거야. 인간이 샌드백을 두드리며 남을 때리는 연습을 하듯이! 그리고 그렇게 측정하신 힘을 오늘 개방하신 것이지!'

알케온은 지금이라도 당장 수송기에서 뛰어내려 본래의 모습으로 돌아간 뒤 셀레스티아의 곁에서 싸우고 싶었다.

"알케온 팀장님! 진정하십시오!"

사만다가 자리에서 일어나려는 그를 붙잡았다.

"놔라, 사만다! 그리고 난 알케온이 아니라 '유성을 바라보며 하늘을 나는 불꽃의 날개'다! 왕실에서 선출한 영주란 말이다!"

"알고 있습니다! 하지만 지금은 알케온 팀장님이셔야 합니다!"

사만다의 말을 들은 알케온은 눈을 빛내며 분노했다.

"치프? 치프의 지시를 기다리라는 건가? 내가 이 순간에도 그의 말을 따라야 한다고 생각하나?"

"왕녀 전하께서 팀장님을 부르지 않으셨습니다! 그 의미를 모르시겠습니까?"

"의미라니?"

"셀레스티아 왕녀 전하께선 팀장님은 물론 젝스도 부르시지 않으셨습니다! 당신 혼자 사냥감이 되시는 걸 각오하셨단 말입니다!"

"……."

"그분은 이 자리에 있는 모든 헌터에게 자신의 각오를 밝혔습니다! 그것은 남은 분들께 뒷일을 부탁한다는 뜻이기도 합니다!"

"신하가 된 자로서 왕녀 전하를 그대로 보고 있으란 말인가?"

"그것이 팀장님께서 그토록 바라시던 왕녀 전하의 명입니다!"

사만다는 사만다대로 필사적이었다.

"내가 있을 곳은… 내 자리는 이곳이 아니란 말이다!"

알케온이 반발하자 사만다가 아예 조종간을 놔버리며 일어났다. 움찔한 알케온이 다급히 조종간을 잡은 덕에 수송기는 추락을 면했다.

"사만다! 이 무슨 치프 같은 짓인가!"

"왕녀 전하께선 최악의 상황에서 당신을 선택하신 겁니다! 남은 자들을 온존시켜 시대를 이어나갈 지도자로서 말입니다! 정녕 모르시겠습니까?"

"……."

알케온은 두 손으로 조종간을 꽉 붙든 채 한참을 생각했다.

이윽고, 그의 입에서 한숨이 터졌다.

"…만약 전하께서 최악의 상황에 놓이신다면 날 말리지 마라, 사만다."

"그땐 저도 알케온 팀장님의 등을 빌리고 있을 겁니다. 왕녀 전하께서 위험에 빠지신다면 치프 아저씨께서도 위험하시다는 뜻이니까요."

"반대 아닐까?"

알케온은 치프가 여태껏 해온 일들을 토대로 하여 물었다.

"예?"

"치프가 위험에 빠지거나 사망해야만 왕녀 전하께서 위험하실 것 같은데."

"…아!"

알케온의 말을 듣고 뭔가를 떠올린 사만다는 급히 귀에 낀 통신기를 눌렀다.

"통신보안! 죠니 아저씨, 들리십니까?"

─아, 통신보안! 이 채널에는 우리만 있어! 얘기해, 사만다!

"아저씨의 상태를 알고 싶습니다!"

─내 상태?

"말고요!"

─하하, 마침 원사님과 다른 UNSMC 대원들을 깨울 준비를

마쳤어. 다들 쿨쿨 잘 자고 있군.

"기절하신 겁니까?"

—그렇지. 원사님을 포함한 전원이 몸 전체에 충격을 받았는데… 아무래도 이번엔 왕녀 전하께 기대해야 할 것 같아.

"무슨 말씀이십니까?"

—아까 원사님의 무장 제조 능력이 통하지 않는 걸 봤거든. 원사님께서 만드신 무장이 저 '프레드버드(Fredbird)'처럼 생긴 괴물에 의해 분해됐지. 아무 소득도 없이 말이야.

옆에 앉은 알케온이 '프레드버드라는 게 뭐냐'라는 눈빛으로 사만다를 봤다.

"새예요! 빨간색 새! 세인트루이스 야구팀 마스코트요!"

사만다가 통신기에서 손을 잠깐 떼고 대답해 줬다.

알케온은 셀레스티아와 힘겨루기를 하고 있는 붉은색의 신수를 다시 봤다.

"놀랍군. 지구에선 이미 신수의 존재를 알고 있었단 말인가?"

죠니와 다시 통신을 나누려 했던 사만다는 순간 어이가 없었으나 상황이 상황이니만큼 일에 집중했다.

"그럼 아저씨를 깨워도 소용이 없을까요?"

—설마. 원사님께서 갑자기 쓸모가 없는 사람으로 변할 리가 없잖아? 아무튼 지금 전투복에 심어진 전기충격기로 모두를 깨우…….

—아, 제길! 죠니, 뎃디, 들리나?

치프의 목소리가 갑자기 통신채널 안에 끼어든 직후였다.

—억!

멀쩡한 상태에서 전기충격을 받아버린 치프의 비명에 사만다와 죠니 모두 표정을 구겼다.

죠니는 지금 만약 이 통신채널이 데스디아와 연결되어 있었다면 자신은 그녀의 손에 다진 고기가 되었을 거라며 가슴을 쓸어내렸다.

—아… 쯧! 당장 뎃디를 이 채널에 연결시켜! 헤이파 여사님과 탈리, 젝스, UNSMC 전부!

—예, 원사님!

치프의 목소리가 다시 생생해지자 사만다의 표정도 좋아졌다.

"괜찮으십니까, 아저씨?"

—지금은 괜찮은데, 셀레스티아랑 저 세인트루이스의 마스코트 바로 옆이라서 엄청 겁나. 개를 데리고 토네이도 속을 산책하는 느낌이랄까?

"예? 아저씨계선 애완견을 키우신 적이……."

—그 정도로 어처구니없는 상황이라 이거지. 어이, 다들 지금 접속했나?

—치프! 당신 무사해?

—오, 뎃디. 마침 잘됐어. 지금 당장 저 브리치들을 떨어뜨려 줄 수 있어? 뭔가 일이 웃기게 돌아가고 있잖아? 우리가 여기와서 고블린들을 왜 죽인 건지 이젠 기억도 안 나.

—사냥 초보자는 그냥 가만히 있어. 브리치는 30초 내로 격추하지.

—좋아. 그리고 여사님, 접속하셨습니까? 탈리는?

—듣고 있네.

―얘기해, 치프.

헤이파와 탈리케이아가 차례로 말했다.

―저희들 좀 구해주세요! 지금 현장이 너무 험하고 전자 장비가 대부분 고장 나서 다들 꼼짝도 못하고 있습니다!

―무슨 소린가? 자네, 통신은 어찌 하고 있는 건가?

―전 가까스로 고장을 막을 수 있었습니다! 아무튼 도와주십시오!

―그럼 지원하러 가겠네. 자네 입에서 구해달라는 말이 나올 줄은 몰랐군. 자네에게 진 빚은 다른 걸로 갚아주고 싶었는데 말이지.

사만다와 함께 통신을 듣고 있던 알케온은 상황을 한눈에 볼 수 있도록 수송기의 고도를 높이려 했다.

그때, 수송기의 후방 출입문이 수동으로 열리고 있다는 경고 신호가 그의 눈앞에서 번쩍거렸다.

"헌터들! 뭐하는 건가!"

사만다는 근처에 있는 다른 수송기들의 후방 출입문마저 열리는 모습을 목격했다.

*　　　*　　　*

젝스가 지켜보는 가운데, 데스디아는 스트라투스를 준비시키고 있었다.

스트라투스의 칼날 전체가 검은색의 기운을 농밀하게 머금은 순간, 눈동자를 빨갛게 달군 데스디아가 겹쳐서 움직이는 브리치를 향해 스트라투스를 휘둘렀다.

검은색의 칼바람이 대기를 가르며 날아가 브리치에 충돌했다. 그러나 브리치에는 홈집만 났고 그 홈집으로부터 붉은색의 전류가 쏟아져 나왔다.

데스디아는 지상으로 쏟아져 숲과 지면을 초토화시키는 그 전류를 보고 어금니를 깨물었다.

'치프가 있는 곳에 떨어지면 큰일이야!'

그녀는 눈을 감고 정신을 집중한 뒤 스트라투스를 다시 잡았다.

그때, 젝스가 그녀 앞에 섰다.

"부사장님! 저와 교감해 주십시오!"

"너와?"

"이번에도 실패하면 더 큰 방전이 일어날 겁니다! 부사장님께 제 힘을 보태겠습니다! 저에게 모두를 도울 기회를 주십시오!"

데스디아에겐 고민할 시간이 없었다.

"내 왼손을 잡아."

"예, 부사장님!"

"아, 그리고 젝스."

그녀와 손을 잡은 데스디아는 이어서 씩 웃었다.

"넌 어느 때든 우리를 도운 아이야. 지금 기회를 얻어야 할 사람은 네가 아니라 오히려 나란다. 자신감을 가지렴."

"예!"

젝스의 모습이 데스디아의 왼손을 향해 빨려 들어가듯 사라졌다.

자신의 신경과 모세혈관에 젝스가 들어차는 것을 느낀 데스디아는 눈을 꽉 감았다가 다시 떴다. 은색, 때에 따라 붉은색이었던 그녀의 눈동자가 이제는 젝스의 것처럼 파란색으로 빛나고 있었다.

"가자, 젝스! 함께 베는 거다!"

데스디아의 몸에서 노란색의 전류가 일어나 하늘로 솟구쳤다.

드래곤으로서 젝스가 가진 능력은 전기 계열이었다.

그 능력은 친오빠인 루할트보다는 오히려 가이우스의 고유 능력에 가까웠는데, 이유는 서로가 먼 친척이기 때문이다.

과거에 가이우스와 교감했을 때보다는 못했지만 그래도 만만치 않은 전류의 불꽃이 브리치가 있는 공간을 제압하듯 타격했다.

겹쳐서 돌던 브리치 두 개가 단숨에 파괴되어 사방으로 파편을 떨궜다.

"좋아, 됐어!"

왼손을 내밀어 젝스와의 교감을 푼 데스디아는 체력에 큰 부담을 느꼈다.

'가이우스나 셀레스티아와 교감했을 때와는 다르군. 영주들은 2세대에 가깝고 셀레스티아는 1세대 그 자체나 1세대에 가깝지. 완전한 3세대인 젝스에겐 부담이 큰 것 같아.'

지친 것은 젝스도 마찬가지였다. 버티다가 결국 무릎을 꿇은 젝스는 머리에 쓴 모자를 떨어뜨릴 만큼 몸을 가누지 못했다.

젝스를 칭찬해 주려 했던 데스디아가 갑자기 움찔했다.

창백해진 표정의 그녀는 하늘을 돌아봤다.

어느새 총 여섯 개의 새로운 브리치가 나타나 신수와 교감하고 있었다.

"정말로 브리치에 대한 권한을 갖고 있단 말인가? 저 망할 년이?"

＊　　　　＊　　　　＊

셀레스티아와 신수가 힘을 겨루는 장소에 도착한 헤이파, 그리고 탈리케이아는 UNSMC 대원들과 치프가 있는 곳으로 이동했다.

새롭게 나타난 브리치들과 신수의 교감으로 인해 발생한 에너지의 폭풍이 그녀들의 머리카락과 망토를 거칠게 흔들었지만 두 명의 전현직 워치프는 그 모든 것을 뚫고 치프와 동료들이 있는 곳에 도착했다.

"괜찮나, 치프?"

헤이파가 묻자 전투복 차림의 치프는 고개를 끄덕거렸다.

"덕분에요. 전 됐으니 다른 대원들을 좀 부탁드려요."

"그냥 달려서 이탈하면 안 되나?"

"…저희 눈에는 여사님과 탈리가 땅속에 발을 박고 서 있는 것처럼 보이거든요?"

"흠, 할 수 없군. 자네들이 입고 있는 장비들 말일세, 전부 중장갑 전투복이지?"

"예, 여사님."

모든 UNSMC 대원들이 끄덕거렸다.

"어느 정도의 충격까지 버틸 수 있나? 낙하 충격 말일세."

"충격이라 하시면… 이론상 1,500미터 상공에서 떨어져도 몸이 다치진 않습니다."

대답을 한 대원이 헤이파와 탈리케이아의 손에 들어 올려졌다.

"전부 이탈시킬 방법이 있을 것 같군!"

둘이 호흡을 맞추고는 UNSMC 대원을 던질 준비를 했다.

"아, 여사님! 1,500미터 상공이라는 건 보호막이 가동될 때의 이야기이고, 지금은… 아악!"

결국 한 명이 숲 밖으로 날아갔다.

대원들이 움츠러들자 치프가 어깨를 으쓱했다.

"다들 여기서 나랑 손잡고 왕녀 전하 구경이라도 할까?"

결국 모든 대원이 헤이파와 탈리케이아의 투척에 의해 숲 밖으로 이탈했다.

헤이파는 팔을 주무르면서 치프에게 다가갔다.

"브리치들의 움직임도 수상하고 신수의 힘은 점점 더 강력해지고 있다네. 이대로라면 금방 역전될 것이야. 방법이 있겠나?"

치프가 주먹을 꽉 쥐었다.

"우린 용기를 나눌 수 있어요. 여기서 서로 손을 잡고 셀레스티아에게 희망을 주도록 하죠."

"……."

"농담이니까 생각할 시간을 좀 주세요!"

"쯧!"

헤이파는 두 손으로 꽉 쥐었던 치프의 멱살을 그제야 놔주었다.

치프는 하마터면 구겨질 뻔한 전투복의 목보호대를 만지며 현재 상황을 파악했다.

신수와 셀레스티아와의 대치 상태, 그리고 신수의 손에 잡힌 포프의 위치는 대단히 위태로워 보였다.

"여사님, 힘의 흐름이 보이십니까?"

"힘의 흐름?"

"포프가 저 상황에서 구겨지지 않는 이유가 궁금하거든요."

치프의 말을 들은 헤이파는 포프를 자세히 관찰했다. 그녀의 은색 눈동자가 붉은색, 보라색, 주황색, 파란색으로 차례차례 바뀌었다.

"과연, 왕녀 전하의 힘이 저 아이를 보호하고 있군. 하지만 점점 밀리고 있다네."

"하아… 예."

치프는 이어서 단말기를 통해 숲 밖으로 투척당한 UNSMC들의 생사 여부를 알아봤다.

그들 모두 무사하긴 했지만 그들이 입은 전투복의 전자 장비가 손상된 탓에 부상 여부는 알 수 없었다.

"죠니, 들리나? 우리 애들 좀 거둬 가야 할 것 같은데?"

─예, 원사님! 저도 그러고 싶지만……!

"응?"

치프가 의아해하는 순간 수십 발의 대형 탄환이 신수의 머리와 등판에 쏟아졌다.

하지만 반달리온을 가볍게 날리고 셀레스티아마저 압도하기 시작한 신수의 육체에 제대로 된 타격을 입히지는 못했다.

깃털을 뚫고 살갗에 닿은 건하운드의 탄환은 살갗의 파열과 재생 사이에서 생기는 탄력에 의해 튕겨 나가 의미를 잃었다.

"뭐야, 지금?"

치프는 고개를 돌려 탄환들이 날아온 쪽을 돌아봤다.

수송기들의 후방 출입문에 건하운드를 든 헌터들이 잔뜩 몰려 있었다.

치프는 즉시 통신채널을 바꿨다.

"어이, 헌터들! 지금 뭐하는 거야! 카발리오 씨, 좀 말려요!"

―미안하지만 무리요, 사장! 나를 비롯한 베리몬 가문은 물론 여기 있는 헌터들 전부가 당신네 회사를 용서할 수 없소! 어째서 당신네만 몰래 꿀을 빨아온 것이오?

"내가 무슨 곰인 줄 알아요? 꿀을 빨다니!"

―작년부터, 아니 이 행성이 개척행성으로 지정된 이후 헌터들 사이에서 이상한 소문이 계속 돌았소! 빅시티 바깥에서 공룡들에게 죽을 뻔했는데 드래곤에게 도움을 받았다는 헌터도 있었고 드래곤들과 밤새 대화를 나눴다는 헌터도 있었소! 다들 거짓말이라고 웃었지!

"……"

―게다가 엠페라투스가 나타났을 때 다른 드래곤들이 나타나 그 괴물과 맞서 싸우는 걸 봤다는 사람까지 있었소! 그럼에도 불구하고 우린 드래곤들을 그저 똑똑하고 강력한 괴수라고 생각했단 말이오! 그런데 제1왕녀? 별빛을 자아내는 어쩌고? 당신네 회사 공동대표가 드래곤들의 공주님이었다고? 이런, 제기랄!

"아니, 그건……."

치프는 이 상황을 어찌 해결해야 할지 막막했다.

—저들이 어엿한 사회 체계를 갖춘 원주민이라는 사실을 왜 지금껏 숨긴 것이오? 참을 수가 없군! 하마터면 저들을 짐승처럼 죽일 뻔하지 않았소?

"아……."

가슴이 벅차올라 차마 말을 하지 못하는 상황. 치프는 자신이 그러한 경험을 할 줄은 몰랐기에 가만히 있었다.

—당신이 엠페라투스를 잡았음에도 불구하고 우주연합에 잡혀간 이유를 아주 조금 이해할 것 같소! 뭔가 사정이 있었겠지! 그러니 이제부터 우리도 저 공주님을 돕겠소! 당신네가 무사해야 일이 어떻게 돌아가는 건지 정확히 들을 것 같으니 말이오!

카발리오의 말에 동의하는 헌터들의 고함이 통신채널 안에 울려 퍼졌다.

"됐으니 문 닫고 도망쳐요! 말씀은 정말 고맙지만 당신들 공격이 먹힐 상대가 아니라고요!"

치프의 외침이 신수, 진 플레커의 귀에도 들어갔다.

"헌터와 드래곤들의 손을 잡아? 헛소리! 이 종족은 끝까지 사냥당한 끝에 멸망해야만 해! 동물원에서 새끼를 낳은 게 뉴스가 될 만큼 웃기는 희귀종이 돼야 한다고!"

활짝 펼쳐진 신수의 날개로부터 붉은색과 검은색이 섞인 전자파 폭풍이 일어나 수송기 중 한 대를 향해 뻗어나갔다.

전자파 폭풍이 닿지 않았는데도 불구하고 헌터들의 건하운드 포대들이 일제히 분해되었다. 치프가 제조한 무장이 부서지던 것과 똑같은 상황이었다.

신수의 폭풍이 수송기를 때리려는 찰나, 붉은색의 드래곤이 그 사이에 끼어들어 몸으로 폭풍을 막아냈다.

목과 몸통을 보호하는 외골격이 전부 박살 난 드래곤, 파울라는 힘이 빠져 추락할 뻔했지만 근성으로 날개를 움직여 고도를 유지했다.

"지금은 떠나시오, 헌터들이여! 제발 부탁이오!"

파울라에게 보호를 받은 헌터들은 어리둥절한 표정을 지었다.

—됐으니 후방 출입문에 있는 놈들은 전부 물러서! 멋대로 문 열지 말라고!

격추될 뻔한 수송기는 롸켓의 것이었다. 그는 수송기의 후방 출입문을 강제로 닫은 뒤 급속으로 방향을 틀어 하강했다.

—롸켓이 죠니 팀장에게! 사장네 친구들은 내가 거둬 가겠소!

눈치가 빠른 롸켓은 UNSMC라는 말을 꺼내지 않았다.

—괜찮겠소, 롸켓?

—제발 내가 하게 해주시오! 그래야 저 세상에서 조셉과 딕슨을 제대로 볼 수 있을 것 같으니까!

급강하하던 롸켓의 수송기가 지면 바로 위에서 기수를 올렸다. 신수가 한 번 더 날린 전자파 폭풍이 갑작스레 속도가 느려진 수송기를 맞추지 못하고 허공을 갈랐다.

길이 30미터가 넘는 수송기가 성난 코브라처럼 동체를 세운 채 지면 위를 아슬아슬하게 이동했다.

지상에서 대기 중이던 UNSMC는 수송기로부터 우수수 떨어진 후크를 보자마자 재빨리 전투복의 고리를 후크에 걸었다.

한 명도 빠짐없이 후크에 걸렸음을 확인한 롸켓은 최대 출력으로 급상승했다.

이러한 상황에 대한 훈련을 철저히 받은 UNSMC 대원들은 롸켓의 조종 실력에 감탄한 반면 수송기 안에 있는 헌터들은 수송기의 방향 변화를 이기지 못하고 구토하기 직전까지 몰렸다.

롸켓의 수송기가 알케온과 죠니의 수송기에 따라붙었다.

선두를 맡은 죠니가 치프에게 통신을 보냈다.

─원사님, 지시를!

"전부 회사로 가! 딕슨을 부탁해!"

─예, 원사님!

딕슨이, 아니 딕슨의 전투복이 아직까지 키드의 스승을 붙잡고 있다는 사실을 모르는 죠니는 전속력으로 그곳을 이탈했다.

"저쪽은 됐고… 뎃디? 그쪽은 어때?"

통신채널을 다시 바꾼 치프가 데스디아를 불렀다.

─젝스에게 키드를 맡기고 그쪽으로 가고 있어.

"키드? 키드가 너랑 함께 있어서?"

─갑자기 우리 쪽에 나타나더니 나한테 광선검을 휘두르더군. 그 딸기코 늙은이의 말이 머릿속에서 떠나질 않는다면서 말이야.

치프를 포함한 모든 이들이 인상을 구겼다.

"설마 다친 건 아니겠지?"

─망토가 찢어지긴 했지만 덕분에 키드를 결박할 수 있었지. 그 빌어먹을 딸기코는 회사에 있나?

"그, 글쎄? 그 딸기코가 워낙 존재감이 없는 인간이라……."

—만약 회사에 있다면 그 딸기코가 딕슨을 죽였을지도 몰라.

치프의 표정이 단숨에 변했다.

"그렇게 판단한 이유는?"

—키드가 꼭 세뇌된 것처럼 행동했거든. 아, 당신이 보이는군.

데스디아가 바람과 함께 치프의 곁에 나타났다. 고속으로 이동하느라 약간 지친 그녀를 헤이파와 탈리케이아가 어루만져 주었다.

키드의 스승과 딕슨에 대해 고민할 뻔한 치프는 고개를 흔들어 생각을 떨쳤다.

"지금은 저 괴수를 어떻게 때려잡을까 고민해 보자고."

"흠, 당신치고는 말투가 너무 조심스러운데?"

"어쩔 수 없어. 내 능력이 통하지 않아."

"뭐?"

데스디아가 깜짝 놀랐다.

"내가 제조한 무장은 물론 헌터들의 건하운드까지도 분해당했어. 아무래도 저 괴수에게는 입자 관련 능력을 방해하는 능력이 있는 것 같아."

"사장 말이 맞아, 부사장."

모든 이들은 목소리가 들려온 방향을 봤다.

하얀색의 전투복을 입은 요르엘이 신수를 바라보며 사람들에게 걸어왔다.

그녀가 자신이 이끄는 공격대에 참여하고 있었다는 사실을 기억하는 데스디아는 한숨을 쉬었다.

"요르엘, 전투 중지 이후 대체 어디서 뭘 한 거지?"

"신수에 대한 자료를 열람하느라 잠시 쉬고 있었어."

"정말 멋대로 행동하는군."

데스디아는 그녀의 정수리를 주먹 아랫부분으로 콕 찍었다. 그 분홍색 단발머리 소녀는 데스디아에게 눌린 머리를 무표정하게 만지작거렸다.

"지시는 젝스에게만 내렸잖아? 부사장은 나보고 어떻게 하라는 얘기를 한마디도 안 했어."

그러고 보니 요르엘에게 아무런 지시도 내리지 않았던 데스디아는 입을 꾹 닫았다.

"요르엘, 뭔가 알고 있으면 얘기 좀 해줘."

치프가 그녀를 불렀다.

요르엘은 과연 치프가 신수를 상대로 무엇을 할 수 있을지 궁금했다.

사실 요르엘이 이곳으로 온 이유는 신수를 물리치기 위해서가 아니라 그나마 정을 붙인 사람들과 함께 최후를 맞이하기 위해서였다.

"이 자리에 운캄타르와 엠페라투스가 함께 있지 않는 한 신수를 물리치는 건 불가능해."

치프는 그녀가 못을 박듯 대답하자 그녀의 정체가 궁금해졌다.

'엠페라투스가 오토마톤 어쩌고 했던 것 같던데……'

그러나 주변 상황이 안 좋았기에 그는 나중에 따지기로 했다.

"불가능하다니, 어째서?"

"화력의 문제야. 신수는 공격 능력뿐만 아니라 재생 능력도 탁월하거든."

그녀가 허공을 향해 손가락을 움직였다. 유치원을 다닐 나이 대의 아동이 크레파스로 그린 것처럼 보이는 유치한 그림이 허공에 드리워졌다.

그 그림은 백금색의 드래곤과 보라색의 드래곤이 자신들 사이에 놓인 거대한 적에게 대항하는 모습이었다.

"자료에 따르면 엠페라투스와 운캄타르는 신수를 상대할 때 반드시 함께했어. 엠페라투스가 신수의 재생 능력과 무장 제조 방해 능력을 제압하고 운캄타르가 화력을 집중하여 신수를 격파하는 형태였지. 절대로 혼자 상대한 적은 없어."

"오, 그럼 엠페라투스를 이곳에 부르면 끝인가? 쉽네?"

"왜 쉽다고 자신하는지 모르겠지만 과거와는 상황의 차이가 있어, 사장."

"차이?"

"바로 브리치야. 과거에 운캄타르와 엠페라투스가 상대했던 신수들은 브리치, 즉 탈란바토르의 제어 능력을 갖지 못했어. 그래서 쏟아낼 수 있는 힘에 한계가 있었지. 하지만 지금은 아니야. 저 신수는 탈란바토르의 제어 능력을 갖고 있고, 보다시피 탈란바토르를 모아서 자신의 힘을 보충하고 있어. 왕녀 전하께서 힘이 다하시는 순간 이곳에 있는 모두가 죽을 거야."

"흠……."

치프는 눈을 가늘게 뜬 채 생각에 잠겼다.

"화력 문제를 얘기했는데, 대체 어느 정도의 파괴력이 필요하지?"

"운캄타르가 엠파라투스와 싸울 당시 1초 단위로 쏟아낸 화력은 사장이 전함이랍시고 만든 물건이 100척은 더 있어야 겨우 따라잡을 수 있는 수준이야. 하지만 지금은 무장 제조도 방해받고 있잖아?"

"……."

"아, 위험해!"

요르엘이 갑자기 표정을 바꾸며 외쳤다. 그녀의 다급한 외침에 놀란 모든 이가 몸을 숙였다.

현재 하늘에 떠있는 브리치의 수는 여섯 개였는데, 멀리서 여섯 개가 더 날아와 겹치면서 신수의 힘이 폭발적으로 증가했다.

힘의 균형이 갑자기 무너지면서 셀레스티아의 육체가 크게 흔들렸다.

신수는 그 기회를 놓치지 않고 브리치들에 과부하를 걸었다. 총 열두 개의 브리치 중 네 개가 과부하를 견디지 못하고 폭발할 만큼 강력한 전자파 폭풍이 신수의 부리에서 뿜어져 나왔다.

그 공격 한 번에 셀레스티아의 몸이 절반이나 날아갔다.

상반신 왼쪽과 날개, 그리고 다리의 일부가 부서진 셀레스티아는 다급히 인간의 모습을 갖춘 후 자신이 억지로 벌리고 있던 신수의 손아귀 속으로 들어갔다.

그녀는 남은 힘을 모두 발산하여 신수의 손이 포프를 우그러뜨리는 것을 막아내었다.

동료들과 함께 엎드렸던 요르엘은 천천히 일어나며 말했다.

"왕녀 전하께서 당하셨어. 이제 승산은 없는 거야."

"음……."

똑바로 일어난 치프는 자신의 단말기를 두드려 지도를 봤다.

"아냐, 정말 네 말대로 화력이 문제라면 승산이 있어."

"응?"

요르엘이 눈을 휘둥그레 떴다.

"일단 동원할 수 있는 인맥은 다 동원해 봐야지. 어때, 해보겠나? 엠페라투스!"

치프의 외침과 동시에 엠페라투스의 보라색 거체가 그의 옆에 고요히 착지했다.

"네놈이 신수를 이길 수 있다면 운캄타르와 싸울 때 이상의 재미가 보장되겠지."

"어라? 혹시 내가 못 이기면?"

"후후, 둘 다 죽기밖에 더 하겠나? 신들은 좋아서 날뛸 테고, 우린 이미 죽은 존재들일 테니 그 꼴을 안 봐서 다행이겠지. 우선 편히 시작해 볼까?"

엠페라투스의 큰 몸이 보라색의 안개로 변하더니 셀레스티아와 포프를 쥔 손목을 번개같이 끊어버렸다.

치프는 포프와 셀레스티아를 가볍게 구해낸 엠페라투스가 하늘에서 날갯짓을 하는 모습을 확인한 후 귀에 낀 통신기에 손을 댔다.

"죠니, 들리나? 지금부터 내가 하는 얘기를 그대로 받아 적어! 녹음해도 좋아!"

─신나셨네요.

"일생일대 최대의 도박판이거든!"

최대의 도박판이라는 말에 치프의 말을 녹음하려던 죠니의 두툼한 손가락이 잠깐 떨렸다.

그는 UNSMC의 대원 가운데에서도 치프와 가장 오랫동안 함께한 사람이며, 치프의 문제 해결 방식을 가장 잘 아는 사람 중에 하나였다.

물론 알고만 있을 뿐, 아직까지 이해하진 못했다. 하지만 그게 아쉽다는 생각을 해본 적은 없었다.

그는 통신기에서 들려오는 치프의 말을 들으며 과거를 회상했다.

어린 시절, 죠니가 치프를 만났을 때 받은 첫인상은 그냥 평범했다.

A프로젝트의 1차 멤버인 치프는 죠니를 비롯한 2차 소집 멤버들을 특별히 이끈 적도 없었고 인간관계 또한 평범했다. 치프가 1차 멤버의 생존자 중 몇 안 되는 존재라는 괴담도 아이들 사이에선 흐릿했다.

하지만 단 하나의 사건이 치프의 인상을 바꿔 버렸다.

치프와 죠니가 조금 친해질 무렵, 2인 1조로 팀을 이뤄서 깃발을 찾아오는 '게임'을 한 일이 있었다.

목표물인 깃발은 깊은 산 속에 있었고, 소년소녀들은 출발신호가 떨어지자마자 부리나케 산속으로 들어갔다.

당시 죠니와 같은 팀을 이룬 치프는 출발지점에서 5미터 정도만 걸어 나간 뒤 그 자리에 앉아 시간을 보냈다.

죠니는 그의 목을 쥐어틀어서라도 출발하고 싶었으나 근접전 훈련에서 치프를 이겨본 적이 없었기에 그냥 옆에 가만히 있었다.

당시 겁이 좀 많았던 죠니가 자신들을 바라보는 훈련교관의 눈빛에 질릴 대로 질릴 무렵, 깃발을 찾아낸 아이들 두 명이 출발지점으로 돌아왔다.

그들 중 한 명이 바로 안드레이였다.

돌아온 아이들이 입은 훈련복은 엉망이었다. 흙이 묻은 것은 기본이고 돌부리나 나뭇가지에 걸려 옷과 손바닥 등이 상한 흔적도 뚜렷했다.

치프는 그제야 일어나서는 선두로 들어오는 안드레이에게 손을 흔들었고, 당시 치프에게 경쟁심을 품고 있던 안드레이는 여기서 뭐했냐며 치프를 놀리려 했다.

치프는 그 자리에서 안드레이와 안드레이의 파트너를 넘어뜨렸다. 그러고는 그들이 떨어뜨린 깃발을 주은 후 죠니의 손을 잡고 출발선을 느긋이 통과했다.

결과는 치프와 죠니팀의 승리였다.

정신을 차린 안드레이는 격분하여 교관에게 따졌다.

그러나 교관은 게임의 규칙에 '반드시 산에 들어가야 한다'라는 조항이나 '훈련병끼리 다퉈선 안 된다'라는 조항이 없었다며 치프의 행동을 인정했다.

심적으로 충격을 받은 안드레이는 그 사건 이후 치프를 공손히 대했다. 그리고 다른 A프로젝트 멤버들 역시 본능적으로 치프를 따르게 됐다.

치프는 이후 약 30년 동안 A프로젝트 멤버들을 포함한 UNSMC 대원 전체의, 그리고 전 세계의 '상식'을 끊임없이 파괴

해 왔다.

죠니는 그 일들을 회상하며 그의 요구사항을 빠짐없이 듣고 녹음했다.

치프가 그에게 전한 계획은 황당하기 짝이 없었으나 죠니의 입장에서는 과정 빼고 전부 그럴싸했다.

―말씀하신 그대로 시행하겠습니다, 원사님. 다른 사항은 없으십니까?

통신채널 속에서 죠니가 묻자 치프가 아주 잠깐 머뭇거렸다.

"아, 내 은행계좌 알지? 거기에 내가 쓸 용돈 좀 넣어줘."

―누가 들으면 제가 원사님 마누라인 줄 알겠네요. 부사장님과 상의하시죠?

"지금 이 자리에서 은행 거래가 될 거라 생각해?"

―아, 그럼 용돈 문제는 사만다에게 전하겠습니다.

"좋아, 죠니. 통신 종료."

―행운을 빕니다, 원사님. 통신 종료.

통신을 마친 치프는 한숨을 쉬며 주변을 돌아봤다.

그 자리에 있는 모든 이가, 심지어는 신수의 견제를 위해 하늘에 떠 있던 반달리온과 엠페라투스까지도 조금 당황하여 그를 바라보고 있었다.

헤이파의 표정은 특히 더 심했다.

"자네가 죠니에게 무슨 얘기를 한 건지 설명해 줄 수 있겠나? '지옥에서 빚쟁이들과 함께 데킬라 파티'라니?"

그녀의 질문에 치프는 어깨를 으쓱 움직였다.

"우리 신수 아가씨가 저기서 멀쩡히 듣고 있는데 제대로 말을 할 순 없잖아요?"

"암호라는 건가?"

"죠니는 대충 알아들을 테니 안심하세요."

"하, 이런."

헤이파는 어이가 없어 한탄했다.

"그래, 다 좋네. 자네의 도박이 성공할 가능성은 있나?"

"도박은 말 그대로 도박이죠. 가능성은 가능성일 뿐이고요."

"뭐라고?"

"해봐야 안다 이거죠. 다만 열심히, 성실히, 끝내주게."

"……."

헤이파는 그 자리에서 치프의 헬멧을 반으로 쪼개고 싶었다.

치프는 마침 엠페라투스와 반달리온이 신수를 협공하여 견제하는 것을 목격했다.

엠페라투스는 손쉽게 신수를 농락했고 반달리온은 엠페라투스가 지시하는 장소에 드래곤 브레스를 정확히 꽂았다.

그들이 벌고 있는 시간을 틈타 파울라가 엠페라투스에게 인계받은 셀레스티아와 포프를 모두의 옆에 내려놓았다. 파울라의 손에서 내려온 셀레스티아와 포프는 서로를 부축한 채 치프의 곁으로 다가왔다.

파울라는 혹시 있을 신수의 공격에 대비하기 위해 날개를 활짝 펴고 외골격을 재생시켰다.

치프는 헬멧을 벗어서 목 보호대 뒤쪽에 거치한 뒤 둘에게 미소를 지었다.

"여어, 좀 어때?"

"사장님!"

포프가 달려와 치프의 몸을 껴안았다.

데스디아는 치프의 군복에 얼굴을 문지르는 포프의 모습에 소리 없이 웃었다. 하지만 다음 순간 그녀의 표정이 변했다.

셀레스티아까지 치프에게 달려들어 그를 껴안았기 때문이다.

데스디아가 다른 표정을 짓게끔 만든 감정은 질투가 아니었다. 놀라움이었다.

'정말 두려웠었나 보군.'

그녀의 판단대로 셀레스티아는 바들바들 떨며 울고 있었다. 포프와 함께 치프를 껴안은 셀레스티아는 아까 그렇게 강력한 힘을 발휘했던 존재라고는 믿어지지 않을 만큼 나약해 보였다.

이미 포프의 등판에 두 손을 얹은 상태였던 치프는 과거에 어린 사만다에게 그랬듯 턱으로 셀레스티아의 하얀색 머리를 가볍게 눌러주었다.

"하, 난 말재주가 없어서… 이럴 땐 무슨 말을 해야 할지 잘 모르겠네."

셀레스티아는 자신의 머리에 닿은 치프의 턱이 그의 목소리와 함께 울리는 것을 느꼈다. 포프 역시 치프의 몸에서 전달되는 그 소리와 진동을 느꼈다.

안도감이 그녀들을 조금 진정시켜 주었다.

"둘 다 잘해줬어. 이제 내가 일을 할 차례야."

"응, 치프."

셀레스티아가 고개를 끄덕이며 물러났다. 포프도 뒤로 물러났는데, 치프의 전투복과 포프의 코 사이로 맑은 콧물이 이어져 죽 늘어졌다.

얼굴이 새빨개진 포프의 머리를 툭 만져준 치프는 헬멧을 다시 썼다.

"여기 계신 분들 가운데 저에게 꼭 하고 싶은 말씀이 있는 분? 이제 두 번 다시 기회가 없을지도 몰라요."

그 말에 모든 이가 움찔했다.

"무슨 말씀이세요, 사장님?"

포프가 정말 놀란 얼굴로 물었다.

"이번 일은 도박이라고 했잖아? 이번엔 내가 생각해도 성공 확률이 좀 낮거든."

"전 못 들었어요! 절대 인정 못 해요!"

"응?"

"오늘 제가 한 게 대체 뭐죠? 제가 아까 기자님을 살리지 않고 죽였다면 일이 이렇게까지 커지진 않았을 거라고요!"

"부담 갖지 마. 저 전직 기자를 죽이지 않은 건 너만이 아니야. 난 더 확실한 기회를 놓쳤어."

"그게 아니에요!"

포프가 손으로 자신의 가슴보호대를 두 번 두드렸다.

"제 꼴을 좀 보세요! 전 사장님 앞에서 한 사람 몫을 한 적이 한 번도 없었어요! 추태만 보여 드렸다고요! 그런데 두 번 다시 기회가 없을지도 모른다니, 너무하시잖아요!"

"넌 이미 한 사람 몫을 충분히 했어."

"뭔데요!"

포프가 소리를 버럭 질렀다.

"분노를 버리고 신념을 지켰지. 그건 애들이 할 수 있는 게 아니야."

"그래도······!"

"너무 신경 쓰지 마. 미스 베르자르."

치프가 담담히 말했다.

"솔직히 저 기자가 몸에 깃털을 두를 줄 누가 알았겠어? 누군가가 작정하고 저지르는 일들의 경우에는 미리 알기는커녕 막기도 힘들어. 정말 잘해야 동점을 만드는 게 고작이라고."

"······."

"그러니 지금은 다 잊고 집중해. 커피 타임은 이제 끝이야."

포프는 소매로 얼굴을 정돈했다.

"말재주가 없긴 뭐가 없어요? 거짓말쟁이 같으니······."

그녀의 그 말에 당황한 치프는 주변의 여성들을 돌아봤다.

"여자애들은 정말 빨리 크네요."

"그런 법이지."

헤이파 혼자 그의 말에 동의했다.

파울라도 한 번 봤다고 얘기할까 하다가 방어에 집중하기 위해 가만히 있었다.

"또 얘기할 거 있는 분?"

"커피 타임 끝났다며? 남들 추궁하지 말고 유언이나 남기시지?"

데스디아가 치프의 헬멧 위쪽을 손바닥으로 탁 쳤다.

"어라, 정말 내 유언이 듣고 싶어?"

"할 테면 해봐."

데스디아가 팔짱을 끼고는 눈을 꽉 감았다. 헤이파와 탈리케이아는 데스디아의 얼굴 여기저기가 씰룩씰룩 움직이는 것을 보고는 대단히 답답해했다.

"내가 태어나서 처음으로 믿어본 사람이 바로 너야, 뎃디. 다른 색깔의 삶을 경험하게 해줘서 정말 고마워."

예상 못한 그의 말에 데스디아는 실눈을 뜨고 그를 봤다.

"정말 다른 사람을 믿은 적이 없나? 사만다는?"

"걔는 항상 걱정이었지. 지금도 그렇지만."

"셀레스티아는? 포프는? 어머님은?"

"셀레스티아랑 포프도 걱정덩어리고, 여사님은… 윗분이시잖아?"

"그럼 젝스는?"

"…저기, 죠니 차례는 언제야?"

"죠니는 논외야!"

"응?"

치프는 어째서 논외냐는 표정을 지었다.

데스디아는 뭔가 말을 하려다가 말고 결국 손으로 자신의 이마를 눌렀다.

"쯧, 됐어. 일어나 해."

"흐흥."

헬멧 속에서 키득거린 치프는 두 팔을 좌우로 벌렸다. 그의 팔과 다리, 그리고 오른쪽 눈이 백금색으로 달아올랐다.

신수를 꾸준히 견제하던 엠페라투스가 치프의 그 빛을 보고 씩 웃었다.

"전원 통신채널에 집중. 이제부터 대화는 통신으로만 합니다. 셀레스티아, 몸 상태는 어때?"

─이제 괜찮아, 치프!

"파울라 장로님, 괜찮으십니까?"

─큰 폐를 끼쳤네. 부디 만회할 기회를 주게.

"물론이죠. 포프는?"

─몰라요! 저 화났어요!

"그러시군. 젝스, 혹시 들리나?"

─지시를 내려줘, 사장.

"젝스는 본모습으로 돌아와서 키드와 포프를 데리고 여기서 이탈해. 아, 탈리도 함께 데려가고."

─어, 내가 왜!

탈리케이아가 소리를 질렀다.

"지금까지 내가 조사한 바에 따르면 알타이르인과 드래곤의 교감 상황에서 몸에 부담을 느끼는 쪽은 알타이르인이야. 여태 껏 교감에 성공한 알타이르인은 뎃디뿐인데, 여사님과 뎃디는 신체 조건이 동일하니까 계산에 넣을 수 있어. 하지만 탈리, 넌 그렇지 않아."

─계산? 나와 첫째의 생리 주기까지 꿰뚫고 있다는 투로 들리는군.

헤이파의 조용한 항의에 치프는 약간 짜증이 났다.

"저번에 뎃디도 생리가 어쩌고 그랬는데, 알타이르 여성들이 생리를 하긴 하나요?"

─아니.

"…예."

치프는 속으로 꿍얼거렸다.

"그리고… 요르엘. 음. 혹시 하고 싶은 거 있어?"

요르엘의 능력을 정확히 파악하지 못한 그로서는 어쩔 수 없었다.

―사장 곁에 있을게. 사장의 의도는 어느 정도 파악했어. 내가 가진 정보로 사장을 돕도록 할게.

"좋아, 그럼 시작할까? 셀레스티아와 뎃디, 파울라 장로님과 헤이파 여사님이 각각 교감해서 화력 지원을 준비!"

그의 지시에 따라 셀레스티아와 데스디아가 손을 잡고 인간의 모습이 된 파울라와 헤이파가 손을 잡았다.

백금색의 오오라와 붉은색의 오오라가 치프의 좌우에서 솟아올랐다.

"엠페라투스, 그쪽은?"

―이제부터 신수의 능력을 교란하마. 잘 저질러 봐라.

하늘 높이 날아오른 엠페라투스로부터 보라색의 안개가 퍼졌다.

동시에 지면에서 푸른색의 금속입자들이 대량으로 솟아오르고는 다시 땅속으로 들어갔다.

이윽고, 땅에서 솟구친 금속 물체가 치프와 치프의 옆에 선 요르엘을 덮쳤다.

셀레스티아와 교감한 상태인 데스디아는 그 모습을 보고 깜짝 놀랐으나 그 물체는 순식간에 함교의 형태로 바뀌었다.

치프는 함교 내의 함장석에 당당히 앉았다. 그는 자신의 옆에서 중심을 못 잡고 비틀거리는 요르엘을 붙잡아준 뒤 함교의 마이크를 잡았다.

"내 말 들리나? 미스 타리시아! 우리 아까 어디까지 얘기했더라?"

대답 대신 날아온 것은 신수의 날갯짓에서 터진 전자파 폭풍이었다.

검붉은색의 전자파 폭풍이 소용돌이처럼 날뛰며 치프가 만들고 있는 함선을 때렸다.

신수가 지금에 와서야 그만한 공격을 날릴 수 있었던 이유는 셀레스티아와 포프의 구출 직후 이어진 엠페라투스의 견제가 그만큼 날카롭고 강력했기 때문이다.

엠페라투스는 자신의 드래곤 브레스를 거미줄 두께로 조여서 신수의 머리만을 꾸준히 타격했다.

위력은 깃털들을 하나씩 날리는 것에 지나지 않았으나 그 타격 속도가 빠른 데다 공격 부위도 눈과 부리, 가슴에 드러난 진 플레커의 얼굴에 집중되어 있었다.

엠페라투스는 능숙했고, 그 모습은 함께 신수를 견제한 반달리온에게 깊은 감명을 주었다.

그 엠페라투스의 견제가 사라진 지금, 신수는 진 플레커의 광기가 섞인 전자파 폭풍을 거칠게 분출했다.

제법 오랫동안 참다가 날린 공격이었지만 신수의 희망사항과 달리 큰 의미는 없었다.

치프가 제작 중인 함선의 선체 대부분이 아직 지하에 있기에 실질적인 타격은 없었고, 또한 함교는 셀레스티아와 교감한 데스디아가 무사히 지켜냈다.

깨질 듯이 달아오른 스트라투스로 폭풍의 한가운데를 절단한 데스디아는 몸 전체에 전해지는 반동을 제어하며 숨을 크게 골랐다.

피부 전체에는 백금색 문신이, 그리고 머리카락은 셀레스티아처럼 하얗게 된 그녀는 스트라투스를 왼손으로 옮겨 쥐고는 등에 거치해 뒀던 건하운드, 파프니르의 제어장치를 오른손으로 잡아 포대를 프린팅했다.

포프와 탈리케이아를 회수하기 위해 멀리서 날아오고 있는 검은색의 드래곤, 젝스를 엄호하기 위해서였다.

원거리 공격은 스트라투스로도 가능했으나 그녀는 파프니르를 택했다. 스트라투스를 최대한 아끼고 싶었기 때문이다.

셀레스티아와 교감한 상태에서 그녀가 쥔 스트라투스의 칼날은 정말 깨지는 게 아닌가 싶을 정도로 위태로워 보였다.

칼날에 실린 힘은 실제로도 막강했다.

개인이 사용하는 무기에 걸리는 힘이라고는 믿어지지 않을 만큼의 파괴력이 스트라투스의 칼날을 달구고 진동시켰다.

함교에서 그 모습을 보던 치프는 오른손으로 붙잡고 있는 요르엘을 손끝으로 건드렸다.

"저기, 뭐 좀 물어볼 수 있을까?"

"난 늑골이 민감해, 사장."

치프가 건드린 부분이 딱 늑골 사이였다.

"...특별한 뜻은 없었으니까 오해하지 마. 혹시 지금 스트라투스에 걸린 힘이 어느 정도인지 알 수 있을까?"

치프는 그녀를 훌륭한 계측 장치처럼 쓸 수 있을지도 모른다고 생각했다.

아까 그녀가 화력 문제를 얘기할 때, 좀 어중간하긴 했지만 100척 어쩌고 하는 수치를 입에 담았기 때문이었다.

그리고 그의 예상은 대략 정답에 가까웠다.

"지구인이 알아듣기 쉽게 얘기해 주자면, 대규모 원자력 발전소를 손에 쥔 상태라고 생각하면 될 거야."

"그래? 교감 상태의 뎃디는 대단하네."

"제루스트라투스가 대단한 거야. 그 막대한 힘을 안정적으로 품고 있어."

"제루스트라투스? 그냥 스트라투스가 아니었어?"

"제루스트라투스의 뜻은 하늘 도살자야. 어떤 신이 다른 신에게 직접 대항하기 위해 만든 무기 중에 하나지. 정확하게 얘기하자면 '제루스트라―투스'이고, 투스는 신들의 언어로 도살자라는 뜻이야. 엠페라투스에게 붙은 투스 역시 도살자를 뜻하며, 해석하면 '신성 도살자'라는 의미야."

거기까지 얘기를 들을 줄 몰랐던 치프는 헛웃음을 터뜨렸다.

"우리 늑골 아가씨는 대단히 박식했네."

"3세대 날개 달린 자들의 이름이 2세대와 달라진 것도 그 때문일 거야."

"응?"

"엠페라투스, 운캄타르, 파울라, 반달리온 등등… 전부 신들의 언어를 기반으로 한 이름이야. 운캄타르는 신들의 언어를 더 이상 사용하고 싶지 않았겠지."

"예상으로 들리지만 그럴싸하네."

치프가 점차 완성되어 가는 함선 속에서 한가하게 얘기나 하는 사이, 완전히 프린팅된 파프니르의 포대가 데스디아의 머리 위에 자리 잡았다.

'과충전 상태로 엠페라투스의 머리까지 뚫었으니 신수도 어쩌면 가능할 거야.'

데스디아는 자신이 치프처럼 도박을 시도하고 있다는 사실을 깨달았다.

'이렇게 닮아가긴 싫었는데.'

그녀는 제어장치의 방아쇠를 꽉 눌렀다.

꽃봉오리가 벌어지듯, 파프니르의 포대 외장이 회전하면서 네 조각으로 나뉘어 열렸다. 외장이 벗겨지며 드러난 것은 푸른색으로 달아오를 만큼 과충전된 레일건의 포신이었다.

포신에서 닥쳐오는 막대한 열기가 데스디아에게 쏟아졌다.

[뎃디, 왠지 무서워!]

셀레스티아의 목소리가 데스디아의 머릿속에 울렸다.

"새삼스럽게, 뭘."

데스디아가 씩 웃으며 고개를 까딱했다. 그 신호에 맞춰 젝스가 날개를 접고 급강하하여 포프와 탈리케이아에게 향했다.

"포프 베르자르!"

신수가 소리를 지른 뒤 포프를 향해 부리를 열었다.

데스디아는 정확한 타이밍에 방아쇠를 놓았다.

중력을 이용한 반동제어장치가 터질 만큼 강력한 탄환이 신수의 부리 안쪽에 박혔다. 탄환이 지나간 하늘이 하얗게 질리며 좌우로 갈라졌다.

탄환은 엠페라투스를 때릴 때와 마찬가지로 신수의 머리, 즉 부리 위쪽을 한 번에 관통했고 신수는 크게 비틀거렸다.

"탈리케이아 님, 젝스의 머리 위에 절 올려주세요!"

포프가 탈리케이아의 가는 허리에 팔을 두르며 속삭였다.

'이 아이… 설마?'

뭔가를 직감한 탈리케이아는 포프를 옆에 껴안은 후 빠르고 높게 도약했다. 체조 선수처럼 하늘에서 빙글빙글 회전하던 그녀는 고속으로 날아오는 젝스의 머리 위에 무사히 안착했다.

젝스는 날개를 펴고 급상승했다.

탈리케이아의 품에서 벗어난 포프는 젝스의 머리를 손으로 두드렸다.

"젝스, 내 말대로 해줄 수 있겠어?"

"응?"

"내가 신수의 머리 위에 내릴 수 있도록 해줘! 사장님 지시야!"

뒤이어 포프의 기척이 완전히 사라졌다. 탈리케이아는 자신의 눈앞에서 포프의 모습이, 존재 자체가 흐릿해지는 것을 보고 경악했다.

젝스는 치프가 드디어 자신에게 일거리를 줬다는 생각에 신이 나서 눈빛을 불태웠다.

"이 상황에서 못 할 게 뭐 있어!"

젝스의 날개막에서 작용하는 힘이 최대로 상승했다.

그 순간 가장 복잡한 상황에 놓인 사람은 데스디아였다.

'젝스, 이탈하지 않고 뭐하는 거야?'

신수의 머리는 이미 재생됐고 파프니르의 포대는 더 이상 쓸 수 없었다. 그런데 젝스는 정말 정신 나간 듯이 신수의 머리를 향해 날고 있었다.

젝스와 신수 사이의 거리가 가까워지는 그 순간, 셀레스티아와의 교감 덕분에 증폭된 데스디아의 감각이 젝스의 머리에서 떨어지는 작은 물체를 감지했다.

흐릿했지만, 그것은 분명 포프였다.

스카이다이빙을 하는 듯한 자세로 사지를 벌린 채 떨어지던 포프는 등 뒤에서 손바닥 크기의 작은 물체를 꺼냈다.

그것은 아까 그녀가 치프에게 안겼을 때 치프가 몰래 그녀의 전투복과 조끼 사이에 끼워준 물건이었다.

데스디아는 시력을 최대한 강화하여 포프의 손에 쥐어진 물건을 확인했다.

송곳처럼 생긴 그 장치는 신호 발생기였다.

데스디아는 황급히 단말기를 들어서 자신이 작년에 사용했던 어떤 무기의 위치 정보를 확인했다.

"당신, 날 믿는다는 게 이 뜻이었나? 혹시라도 내가 당신 속을 몰랐다면 어쩔 뻔했어!"

데스디아는 발전기의 과부하 때문에 프린팅을 할 수 없는 건하운드 제어장치를 다시 들었다.

"파프니르의 제어장치에게 음성 신호 확인을 요구한다! 위성 궤도에 있는 세인트 엘모의 불꽃과 제어장치의 조준기를 연결! 암호 해제를 위한 코드 입력, THX하나하나셋여덟!"

흐릿해졌던 제어장치의 불빛들이 그녀의 목소리에 반응하여 다시 빛났다.

"데스디아리아 헤이파 알타이르 브라토레의 음성을 확인. 세인트 엘모 기동 확인. 제어장치 연결 및 동기화… 불능."

"제길, 반복해! 저 애는 반드시 성공할 거야!"

49
지옥과 같은 행성

무사히 낙하하여 신수의 머리 깃털 사이에 신호 발생기를 꽂아 전원을 켠 포프는 두 팔로 몸을 감싼 뒤 신수의 머리 바깥쪽으로 몸을 던졌다.

포프가 일부러 기척을 드러낸 그 순간, 신수의 거대한 눈과 포프의 작은 눈이 마주쳤다.

포프는 오른손의 가운데 손가락을 번쩍 펴 보인 뒤 다시 날아온 젝스의 머리에 착지했다.

"전속력으로 이탈해, 젝스!"

포프의 외침에 젝스는 날개를 접으며 가속했다. 탈리케이아는 포프가 풍압에 날아가는 것을 막아주기 위해서 자신의 몸으로 그녀를 눌렀다.

그냥 눈치 빠르게 행동한 것뿐인 탈리케이아는 순간 등골이 얼어붙는 느낌을 받았다.

'이 과정을 위해서 나와 이 아이를 동행시켰단 말이야, 치프는? 내가 이렇게 행동해 줄 걸 알고?'

머리의 비늘을 바짝 일으켜 탈리케이아와 포프를 보호한 젝스는 회사 방향을 향해 초음속으로 날아갔다.

"제어장치 연결 및 동기화 확인. 폭발 위력의 제어 확인. 목표물 조준 완료."

제어장치의 목소리를 들은 데스디아는 1년 전, 브리치 하나를 한순간에 지워 버린 그 행성 폭격 병기를 최소한의 위력으로 격발시켰다.

하늘에서 신수의 능력을 방해하던 엠페라투스가 크게 놀랐다. 신수를 향해 드래곤 브레스를 꾸준히 뿜어내던 반달리온도 마찬가지였다.

주변 하늘 전체가 번쩍이더니 두꺼운 전류들이 신수에게 꽂히고 뒤엉켰다.

신수는 날개를 펼치고 전자파 폭풍을 내뿜으며 저항했으나 위성궤도 밖에서 신수를 노리는 대형 병기, 세인트 엘모는 천벌을 준비하는 신화 속의 존재처럼 그 저항을 무시했다.

데스디아는 무슨 무기를 쓸지 고민하는 중인 헤이파를 휘파람 소리로 부르고 수신호를 보냈다.

파울라와의 교감 때문에 머리가 붉은색이 되고 온몸에 주황색 문신이 새겨진 헤이파는 데스디아의 의도를 이해한 후 그곳에서 고속으로 이탈했다.

우주로부터 내려와 신수 주변에 충전된 막대한 양의 전류가 파괴 대상으로 지정된 영역의 공간을 뒤틀었다.

함교에서 그 광경을 만족스럽게 바라보던 치프는 오른손 손가락을 튕겨 소리를 냈다.

"섬광 대비."

함교의 창 전체가 금속 셔터에 가려졌다.

이윽고, 신수의 주변 전체가 카메라의 플래시처럼 터졌다.

브리치를 파괴할 때보다는 덜했지만 그래도 만만치 않은 충격이 지역을 덮쳤다.

그 충격은 땅속에서 치프의 힘에 의해 프린팅되던 초대형 항공모함, CVSR—665 UNS 엔터프라이즈의 모습까지도 적나라하게 노출시켰다.

함교의 금속 셔터가 다시 올라갔다.

인형처럼 변함없던 요르엘의 표정이 좋은 풍경을 처음 접한 아이들의 그것처럼 환해졌다.

"대단해, 사장."

그녀는 바짝 구워져서 날개와 머리가 떨어져 나가고 몸통만이 남은 신수의 모습을 보고 감탄했다.

세인트 엘모의 불꽃을 여유롭게 피한 엠페라투스와 반달리온은 땅 위에 놓인 그 거대한 통닭의 모습에 감탄했다.

"아무리 직감이라고 해도 조율만 잘된다면 조직력으로 변할 때가 있지."

엠페라투스가 중얼거렸다.

"이것으로 끝난 것입니까?"

반달리온이 물었다.

"그럴 리가."

엠페라투스가 웃었다.

요르엘은 치프의 어깨에 손을 얹었다.

"사장의 능력은 인정할게. UNSMC 대원들이 왜 당신을 따르는지 알겠어. 하지만… 화력 부족이야."

통닭으로 밖에 안 보이던 신수의 육체를 향해 검은색의 전류가 떨어졌다. 하늘에 뜬 열두 개의 브리치가 모조리 소진될 만큼 막대한 에너지였다.

신수의 분쇄된 뼈와 육체는 시간이 되감기듯 재생됐고 다시 만들어진 깃털들은 루비에 가까운 윤기를 되찾았다.

가슴에 타다 만 해골처럼 박혀 있던 진 플레커의 얼굴도 젊음과 광기로 팽팽해졌다.

"이것이 신수의 힘이다, A—1730이여!"

치프는 마이크를 잡았다.

"아, 예상 밖이네. 그러니 3초만 그 자리에 있어봐."

"뭐?"

3초 후 항공모함의 갑판에 몸을 숨기고 있던 데스디아와 헤이파가 동시에 날아올라 하늘을 갈랐다.

데스디아의 스트라투스가 신수의 오른쪽 날개를, 그리고 타오르며 직진하는 헤이파의 발차기가 왼쪽 날개를 각각 베고 뜯어냈다.

영원히 땅에 박혀 있을 것 같던 엔터프라이즈의 추진기관이 일제히 불을 뿜었다.

그대로 신수를 들이받은 엔터프라이즈는 선두에 열려 있는 대형 포구를 전개했다. 초대형 질량가속포가 일으키는 공간왜곡현상이 신수의 몸까지 왜곡시켜 단단히 붙들었다.

"이… 무례한!"

신수의 머리가 공간왜곡을 뚫고 나왔다. 목이 절단되기 직전까지 몰린 상황임에도 불구하고 하늘에 뜬 브리치에서 신수에게 전달한 에너지는 그만큼 막대했다.

치프는 황급히 의자에서 일어나 요르엘을 몸으로 감쌌다. 요르엘은 그의 행동에서 현재 상황을 유출했다.

'이건… 사장의 예상을 완전히 벗어난 거네.'

신수의 입에서 전자파 폭풍이 뿜어졌다. 그 폭풍은 치프와 요르엘이 있는 함교에 직격했다.

함교의 절반이 날아가면서 엄청난 양의 바람이 함교 안으로 밀려 들어왔다.

방금 맞은 공격으로 인해 헬멧이 부서져 버린 치프는 어떻게든 요르엘이 튕겨 나가는 것을 막기 위해 오른팔로 사력을 다했다.

그러나 그가 가진 인간의 힘에는 한계가 있었다. 풍압에 의해 호흡은 불가능했고 팔의 힘은 순식간에 빠져나갔다.

요르엘은 눈을 감고 치프의 몸을 껴안았다.

'딕슨과 조셉이 내 앞에서 가끔 이런 말을 했지. X됐구나, 라고……'

요르엘과 함께 함교 밖으로 빠져나가려던 치프의 몸이 갑자기 안정을 되찾았다.

깜짝 놀란 치프는 일어나서 뒤를 봤다.

데스디아가 그와 요르엘을 일으키기 위해 다가왔다. 셀레스티아는 포스필드를 이용해 함교의 부서진 부분을 막아내고 있었다.

"날 놔두고 저년이랑 어디로 튈 생각이었는지 말해, 당신."

데스디아가 질문을 하면서 그의 헬멧을 벗겨주었다. 치프의 머리카락에 붙은 헬멧의 파편들도 손으로 곱게 털어냈다.

"어디긴 어디야, 지옥이지."

요르엘이 깜짝 놀랐다. 하지만 데스디아와 셀레스티아는 치프스러운 대답이라며 활짝 웃었다.

"아가씨들, 나랑 같이 갈래?"

치프는 사납게 발버둥치는 신수를 무시한 채 엔터프라이즈를 수동으로 움직이기 위해 키를 꺼내고 단단히 잡았다.

"처음부터 우리 셋이었잖아?"

셀레스티아가 밝게 말했다.

'난 뭐지.'

당황한 요르엘은 셋의 분위기에 도저히 끼어들 수 없었다.

그대로 그라니트 행성의 대기권을 돌파한 엔터프라이즈는 신수의 저항으로 인해 부서졌다.

하지만 엔터프라이즈는 길이만 3킬로미터가 넘는 초대형 함선이었고 얼마 전에 업데이트된 설계도 덕분에 선체의 강도도 강화된 상태였다. 덕분에 엔터프라이즈가 완파될 가능성은 없었다.

우주 밖에서, 치프와 데스디아, 셀레스티아는 감회에 젖었다.

"나와 치프가 여기서 처음 만났어."

그녀는 포스필드를 유지한 채 우주를 봤다.

"겁이 날 만큼 커다랗고 예쁜 눈이 창밖에 보였지. 꿈같았는데 말이야."

그때를 잠깐 회상한 치프는 주머니에서 예비 통신기를 꺼내 귀에 꼈다.

"앉을 수 있으면 다들 앉도록 해. 안전벨트도 금속이라 좀 불편하겠지만 참아봐."

신수를 앞에 묶은 엔터프라이즈가 향한 곳은 행성 밖에 떠 있는 게이트였다.

"게이트 신호 설정 완료. 자, 이제 지옥으로 가자고."

신수와 엔터프라이즈는 게이트의 한가운데에서 꿈틀거리는 검은색의 안개를 향해 돌입했다.

게이트의 통과는 언제나 그렇듯 순식간이었다.

데스디아는 악마들이 모든 것을 불태우는 지옥을 기대했고 셀레스티아는 동족들을 가둔 얼음의 지옥을 상상했다. 그리고 요르엘은 자신이 왜 지옥까지 가야 하는지 궁금했다.

치프를 제외한 모두가 눈을 꼭 감은 상태에서, 함교의 스피커가 시끄럽게 울렸다.

─제길, 저 미친놈이 진짜 여기로 데려왔어! 여긴 UN 연합 우주군의 총기함인 엔타르티카다. 식별 신호 요청. 반복한다, 식별 신호 요청.

그 통신음에 모두가 눈을 떴다.

푸른색의 별, 치프의 고향, 지구를 배경으로 수백 척의 크고 작은 군함이 일제사격 태세를 갖춘 채 우주에서 대기하고 있었다.

데스디아는 차분히 눈을 깜박거리며 지구를 바라봤다. 동생의 목숨을 빼앗은 근원 따위로 여겼던 그 파랗고 하얀 행성이 조금은 새롭게 보였기 때문이다.

"여긴 알파 하나 칠 삼 공. 식별 신호는 컬러 타이머 공 다섯. 오랜만입니다, 참모총장님."

치프가 응답했다.

—생각해 보니 오랜만이군. 이걸로 우리 연합 우주군이 자네에게 진 빚은 다 청산되는 거야.

"알고 있습니다."

—첫 번째 마누라랑 이혼할 때도 이렇게 신나진 않았는데 말이지. 전 함대, 사격 준비.

지구 측의 전 함선들이 일제히 붉은색 경고등을 밝혔다.

—이 지옥 같은 행성에 온 걸 환영해 주자, 제군들.

지구를 배경으로 쫙 깔린 UN소속 연합 우주군 함대의 모습은 신수의 눈에도 만만해 보이지 않았다.

더구나 지금 신수의 몸은 엔터프라이즈의 질량가속용 공간 왜곡 필드에 의해 쿠킹 호일처럼 구겨진 상태였다.

겨우 움직일 수 있는 부분인 머리와 목의 일부는 공간왜곡에 대한 저항 및 엔터프라이즈 파괴를 위해 체력을 모두 소모한 상태라 형태를 유지하는 것이 고작이었다.

치프는 함교 밖 저 멀리에 보이는 신수를 주시하며 다시 통신을 시도했다.

"참모총장님, 들리십니까?"

—지금 저 이상한 생물과 자네를 한꺼번에 박살 낼 생각에 신이 나 있네만?

"데인저 클로즈(Danger close : 아군 오사)조차 각오했다고 말씀드리긴 했지만 그래도 좀 봐주시죠?"

치프가 그라니트 행성에서 '데킬라'라고 돌려 말했던 것이 바로 데인저 클로즈였다.

—그 가짜 엔터프라이즈가 공간왜곡장으로 목표물을 가둔 이상 어쩔 수 없다네.

함대의 일제사격에 자신들까지 당하면 어쩌나 걱정하던 데스디아와 셀레스티아, 그리고 함대의 총화력을 계산하고 덜덜 떨던 요르엘이 참모총장의 냉랭한 대답에 움찔했다.

하지만 치프는 우주군 함대의 참모총장이 어떤 사람인지 꽤 상세하게 알고 있었다.

"제 친구가 2주 전 메디슨 스퀘어 근처의 호텔 앞에서 참모총장님을 뵈었다던데요? 너무 놀라서 사진까지 찍었다고 들었습니다."

—이 더러운 자식! 그럼 어서 목표물을 떨궈놓든가!

"지금 할 겁니다! 몇 분만 시간을 주십시오!"

—흠, 내가 호텔 앞에서 뭘 하고 있었는지는 들었나?

"입고 계셨던 코트가 멋졌다는 얘기만 들었습니다."

—오, 그래. 이제야 나도 그때 일이 기억나는군. 5분의 여유를 주지.

"감사합니다!"

치프는 키를 놓은 뒤 두 손을 계기판 위에 올려놓았다.

옆에 있는 데스디아가 그를 돌아봤다.

"정말 코트 얘기만 들었나?"

"정확히는 코트 차림의 젊은 여자 몇 명을 옆에 끼고 호텔 안으로 들어가셨지. 둘째 부인과 이혼하신 뒤로는 그야말로 자유를 즐기고 계시거든. 사진으로는 꽤 따뜻해 보였어."

데스디아의 얼굴이 구겨졌다.

"…저 참모총장이라는 자, 믿어도 될까?"

"이런 상황에서 이상한 짓을 하실 분은 아니야."

포스필드에 집중한 채 상황을 지켜보던 셀레스티아는 치프의 팔이 백금색으로 빛나고 그 빛이 계기판 안으로, 그리고 엔터프라이즈 전체로 퍼져 나가자 황급히 고개를 흔들었다.

"무리하지 마, 치프! 이 상황에서 배의 설계 구조를 바꾸는 건……."

셀레스티아는 말을 맺지 못하고 함교 밖을 봤다.

엔터프라이즈의 선체와 함교가 분리된 뒤, 3킬로미터의 선체가 활짝 펼쳐지고는 식충식물처럼 신수를 감쌌다.

"이제부터가 문제인데……."

치프가 쓴웃음을 지었다.

"셀레스티아, 혹시 이 함교를 함대 뒤편으로 이동시킬 수 있겠어?"

"간단해! 본모습으로 돌아갈 테니 잠깐만……."

"아니, 그냥 그 상태로. 네 신상 정보와 드래곤들에 대한 정보는 상부에서만 알고 있는 기밀 사항이야. 일반 병사들 앞에서 드러낼 수는 없어."

기밀이라는 치프의 말에 데스디아는 고개를 갸웃했다.

'나도 메이건 관련 사건 이후 치프처럼 셀레스티아의 신상 정보와 날개 달린 자들에 대한 정보를 고향에 전달했지만 왕실에서는 큰 기밀로 취급했지. 일반인들에게 당장 공개할 정보가 아니라는 건 분명해. 그래도… 너무 공교로운데?'

셀레스티아는 둘을 한참 바라보다가 단단히 결심한 듯 입술을 한차례 꾹 물었다.

"…어렵겠지만 해볼게!"

셀레스티아의 포스필드가 확장되어 함교 전체를 감쌌다. 반투명한 백금색 구체에 완전히 들어간 함교는 신수의 곁을 아주 천천히 벗어났다.

엔터프라이즈는 함선의 모습을 버리고 감방이 되었다. 그 때문에 질량가속포와 공간왜곡도 사라졌고 신수는 자유를 되찾았다.

"여기서 이렇게 끝날 순 없어!"

신수, 진 플레커는 감방을 부수기 위해 온몸에서 전자파 폭풍을 발산했다. 하지만 엔터프라이즈의 단단한 골격 구조와 장갑판 등으로 만들어진 그 감방은 아주 조금씩 부서질 뿐, 쉽게 망가지지 않았다.

―자네들의 이탈을 확인했네. 거리가 확보되면 저 망할 빨간 새를 뭉개 버리겠네. 근데 왜 이렇게 아쉬울까?

참모총장의 시비에 치프는 쓴웃음을 지었다.

"세인트루이스 출신이시잖아요? 어쩔 수 없죠."

―아, 프레드버드 말인가? 음, 분명 그것도 저 짐승처럼 빨간

색 새지만 난 프레드를 그다지 좋아하진 않아.

"야구를 싫어하셨군요."

―오, 아닐세. 좋아했지. 그런데 일곱 살 때였나? 어떤 멍청이가 대낮에 야구장 안에서 프레드버드 인형 옷을 껴입은 채로 자기 여자 친구랑 즐기는 꼴을 목격해 버렸거든.

"……"

치프는 낯 뜨거움을 이기지 못하고 고개를 푹 숙였다. 데스디아는 그를 향해 '이상한 짓을 안 한다는 사람이 왜 저러냐'는 눈빛을 그에게 레이저처럼 날렸다.

―그걸 본 나와 내 친구들은 엄청난 충격을 받았지. 집에 가서 어머니께 그 일을 말씀드리니 프레드는 새대가리라서 그런 것뿐이라고 둘러대셨어. 그러고는…….

"죄송합니다, 참모총장님."

치프가 말을 끊었다.

―응? 얘기는 이제부터가 진국인데? 이쪽 함교의 선원들도 전부 날 쳐다보고 있다고!

"제가 데려온 목표물의 능력이 생각보다 강력합니다. 예를 들어… 음…….."

요르엘이 치프에게 가까이 다가가서는 그의 귀에 '게이트, 게이트'라고 속삭였다.

"예! 게이트를 통해서 자신의 손상된 몸을 복구할 수도 있습니다! 속히 공격해 주십시오!"

―흠, 알았네. 아쉽게도 뒷이야기를 이어나갈 기회는 없겠군. 물론 아쉬워하는 사람은 전 우주에서 참모총장 단 한 명뿐

이었다.

이윽고, 기함인 엔타르티카에서 솟구친 각종 미사일이 치프가 만든 감방을 향해 날아갔다. 치프는 미사일들이 감방에 충돌하기 직전에 감방을 완전히 분해시켰고, 미사일들은 남김없이 신수에게 적중되었다.

파란색, 하얀색, 노란색의 거대한 열꽃이 신수의 몸을 덮었다.

집중된 미사일들의 파괴력은 거주민 50만 명 규모의 도시 따윈 한순간에 증발시키고도 남을 정도였으나 신수는 전자파 폭풍을 뿜으며 그 폭염의 지옥을 빠져나왔다.

하지만 신수가 얻어맞은 미사일들은 시작에 불과했다. 엔타르티카 외의 다른 함선들이 일제히 날린 미사일들이 지구를 불태울 기세로 불꽃을 뿜으며 신수에게 날아왔다.

신수는 전자파 폭풍으로 그 미사일들의 절반을 쓸어버렸으나 나머지 절반을 몸으로 받아내야만 했다.

붉은색 깃털들이 빠직빠직 터지며 고열의 폭풍을 받아냈지만 신수, 진 플레커는 엄청난 위기감을 느꼈다.

미사일 세례 이후에 날아올 것이 무엇인지 알고 있었기 때문이다.

'다음은 대구경 레일건을 이용한 집중 포격이야! 그건 위험해!'

진 플레커는 몸의 재생 및 소모된 체력을 보충하기 위해 게이트에 신호를 보냈다. 게이트와 브리치는 크기만 극단적으로 다를 뿐, 사실은 같은 과의 물체이기 때문에 그라니트 행성에서 그랬듯 지원을 요청하는 것이 가능했다.

그러나 게이트는 꿈쩍도 하지 않았다.

진 플레커의 눈앞에 한 남성의 얼굴이 환상처럼 나타났다.

바로 우주연합 군부장관인 파발리오 아르마다였다.

[귀찮게 하는구나, 가짜 마스터 어쌔신 녀석.]

"군부장관님!"

[신수가 되는 것을 자처하여 조금은 기대했는데 역시 싸구려는 싸구려로군. 그라니트 행성을 정리하라고 했더니 사람 몇 명을 죽이는 게 고작이었어.]

"한 번만 기회를 주십시오, 군부장관님! 저는 이미 목숨을 바쳤습니다!"

진 플레커는 그 환상을 향해 외쳤으나 조개껍질 수염으로 얼굴을 두툼히 장식한 파발리오 아르마다의 표정은 차디찼다.

[이미 바쳤다는 걸 자각하고 있다면 미련은 없겠군.]

"……."

[내가 너를 위해 게이트를 움직이는 손해를 감수할 거라 생각지 마라, 암살자여. 넌 거기에서 그 꼴로 죽어가도록 해라. 쓸모없는 계집 같으니!]

아르마다의 환상이 사라진 뒤, 진 플레커는 함선들에게 쏟아지는 레일건 포탄의 폭풍에 휘말렸다.

'쓸모없는 건 너도 마찬가지잖아, 아르마다…….'

신수는 한차례의 포격만으로 머리를 포함하여 3분의 1정도의 부위만이 남아버렸다. 수백 척의 함선에게 집중 포격을 당했음에도 그렇게 버틴다는 것은 실로 놀라운 일이었다. 신체의 재생도 긴급히 이뤄졌다.

잃어버린 질량을 대체 어디서 끌어오는지 궁금할 정도의 재생 능력에 각 함선의 관측병들이 기겁했다.

그러나 완전히 재생된 진 플레커의 얼굴은 절망 그 자체였다.

'아르마다. 치프라는 놈과 엠페라투스가 두 번째로 싸울 무렵에, 넌 엠페라투스가 제압당하면 그 즉시 엠페라투스의 추종자를 모조리 죽이고 그라니트 행성을 차지하겠다고 했어. 그런데 꼼짝도 못 했지. 그런 주제에 나보고 쓸모없다니……!'

두 번째 포격이 신수를 때렸다.

크기가 작은 레일건 포탄은 무시할 수 있었지만 순양함급 이상이 쏘는 대형 레일건 포탄에는 어찌할 도리가 없었다.

에너지가 거의 소진된 채로는 전자파 폭풍을 이용한 방어는 물론 깃털의 경화조차 사용이 불가능했다.

무엇보다, 신수의 날개는 진짜 새들과 마찬가지로 대기권 내에서 날아다니기 위한 신체 부위였다. 우주 공간에서는 에너지가 없으면 정말 깃털달린 장식물에 불과했다.

'이대로 끝인가? 대체 난 뭘 한 거지? 조셉과 딕슨이라는 놈들조차 내 손으로 죽인 것도 아니잖아?'

완전히 절망한 진 플레커의 눈앞에서 또 한 번의 환상이 펼쳐졌다.

'아르마다? 또 무슨……'

욕을 날릴 생각이었던 진은 모든 생각을 멈췄다.

이번에 나타난 환상은 여성의 얼굴이었다. 아르마다와 달리 깨끗하고 인자하며 자애로운 표정의 소유자였다.

진은 그 가식적인 표정을 보고 구역질이 났지만 왠지 그러한 생각마저 상대에게 읽히는 것 같았기에 그냥 가만히 있었다.

'아니, 어디선가 본 얼굴인데……?'

[아르마다에게 버림받았군요, 진 플레커.]

진은 목소리를 듣자마자 상대의 정체를 파악했다.

"우주연합 행정부 수장?"

[저를 돕겠다고 맹세한다면 당신을 구원하고 제 본명을 알려 드리지요.]

포탄에 얻어맞는 중인 진에게는 선택의 여지가 없었다.

"당신을 돕겠습니다! 이 진 플레커, 당신을 위해 무엇이든 하 겠습니다!"

[고맙습니다, 진 플레커. 이 '하이시리스'와 함께 세상을 안정 시켜 주세요.]

석상처럼 과묵하게 떠 있던 게이트에 푸른색의 전류가 미세 하게 돌았다.

그와 동시에 신수, 진 플레커는 붉고 푸른 폭발을 일으키며 포탄들과 함께 흩어졌다.

"말도 안 돼."

요르엘이 중얼거리더니 함교의 유리창을 향해 걸어갔다.

창밖에 보이는 것은 지구의 함대뿐이었다. 신수의 잔해는 빠 르게 흩어졌고 함교의 스피커에선 해군들의 싱거운 웃음소리 가 들려왔다.

"어째서! 하이시리스 님께서 왜!"

치프와 데스디아, 셀레스티아는 요르엘의 그 처절한 외침 때 문에 기뻐할 수가 없었다.

—A—1730. 이제 자네들을 회수할까 하는데, 괜찮겠나?

참모총장의 목소리가 들려왔다.

"부탁드리겠습니다, 참모총장님."

―수송기를 보내지. 엔타르티카에서 보세, 원사.

"알겠습니다, 참모총장님."

치프는 한숨을 푹 쉬며 의자에 눌러앉았다.

데스디아가 그의 어깨에 손을 올렸다.

"우리가 이긴 게 맞아?"

"……."

아직 포스필드를 거두지 않은 셀레스티아가 그들을 돌아봤다.

"뭔가 좀 아닌 것 같아, 치프. 느낌이 이상해."

"굳이 초감각을 동원할 필요까지 있을까?"

치프가 요르엘 쪽을 눈짓으로 가리켰다.

기운이 쭉 빠진 요르엘의 뒷모습은 찝찝하기 그지없었다.

치프 일행이 수송기에 옮겨 타자마자 그들을 지켜주었던 함교도 입자로 분해되어 사라졌다.

치프를 경례로 환영한 병사는 치프에게 예비용 헬멧을 건네며 데스디아와 셀레스티아, 요르엘을 봤다.

"굉장하신 분이라는 건 알고 있었습니다만 이런 와중에 여자 친구들까지 데려오시다니, 믿겨지지 않는군요."

"아가씨들의 표정 좀 보고 얘기하시지 그래, 일병?"

데스디아는 찝찝한 표정이었고 셀레스티아는 걱정하느라 정신없었으며 요르엘은 핏기가 쏙 빠져 있었다.

"세 분 중에 한 분을 고르셔야 하는 상황입니까?"

"…됐으니 뭔가 단것 좀 가져다 줘. 탄산음료를 준다면 자네 군복에 내 사인을 해주지."

"저희도 워낙 급하게 오느라……."

"그럼 됐어."

치프는 자신들을 수송기 안으로 수습해 준 병사의 어깨를 두드려 준 뒤 자리에 앉았다.

바로 지급받은 예비용 헬멧을 살핀 뒤 머리에 쓴 치프는 지친 한숨을 쉬었다.

치프의 피곤한 모습을 바라보던 데스디아는 순간 흠칫하여 수송기의 창밖을 봤다. 셀레스티아와 요르엘 역시 경악했다.

수송기의 창문 쪽으로 고개를 돌리는 치프의 헬멧이 붉은빛으로 물들었다.

그는 불꽃의 새가 날개를 활짝 펼친 채 돌진해 오는 것을 목격했다.

"그래, 내 인생이 이렇지."

중얼거린 치프는 장비를 수납하던 병사의 옷을 잡아당겼다.

그들이 탄 수송기가 거대한 불새와 충돌하여 산산조각 났다.

빚을 갚는 것뿐이라고 말하면서도 근무지 이탈에 따른 처벌과 전투 중 사망까지 각오하고 몰려왔던 UN소속 연합 우주군 함대는 충격과 침묵에 빠졌다.

"말도 안 돼. A—1730이?"

"우릴 몇 번이나 구해준 사람이… 왜?"

군인들이 동요는 기함인 엔타르티카마저 흔들고 있었다.

침묵을 부순 것은 함교 사령관석에 편히 앉아 있던 참모총장이었다.

조금이라도 젊게 보이기 위해 면도를 깔끔히 한 그 노인은 팔걸이를 내려치며 일어났다.

"빌어먹을, 네가 그렇게 죽으면 어떡해! 우린 이런 꼴을 보려고 여기 모인 게 아니야! 우리가 우주에서 통닭 하나 튀겨봤자 주둔지 이탈로 엿을 먹으면 먹었지 좋은 소리는 하나도 못 듣는다고! '좋은 군인'의 결말이 고작 이거야? 응답해, 이 미친놈아!"

참모총장이 격분하여 소리를 지르는 한편, 엔타르티카의 함장은 냉정한 표정으로 각종 데이터들을 확인하고 있었다.

"관측병, 원사의 생명 신호가 잡히나?"

함장의 질문에. 눈을 활짝 뜬 채 화면을 지켜보던 관측병이 그가 있는 방향으로 돌아섰다.

"방금 나타난 괴 생명체 때문에 확인이 불가합니다! 생명 신호 관측이 방해받고 있습니다!"

"이런……!"

얼음 같던 함장의 표정마저도 안타까움과 분노의 열기에 일그러졌다.

그때, 참모총장이 다시 고함을 질렀다.

"저 불붙은 새대가리부터 날려 버려! 함대 전체에 전달해!"

"목표 갱신!"

참모총장의 명령에 모든 함선이 진형을 다시 짜는 가운데, 수송기를 파괴한 불새의 크기가 순식간에 줄어들었다.

그 불덩어리는 불꽃으로 된 우비를 입은 진 플레커로 변했다. 160cm가 한참 안 되는 신체의 크기까지 똑같았다.

그녀는 새롭게 얻은 자신의 육체를 보며 기쁘게 웃었다.

"아하하하! 이것이 신께서 내리신 은혜! 신앙심이 빚어낸 나의 새로운 육체! 이대로 그 망할 행성으로 돌아가서 베르자르의 씨앗을 말려 버리겠어!"

"그래?"

허스키한 목소리와 동시에 갈색의 손이 그녀의 얼굴을 낚아챘다.

백금의 섬광이 그 지점으로부터 고속으로 이어져, 함선들 가운데 가장 넓은 갑판을 가진 엔타르티카의 위쪽으로 떨어졌다.

대구경 레일건 포대 하나가 옆으로 돌아갈 만큼의 충격이 엔타르티카를 덮쳤다.

갑판에 내동댕이쳐진 진 플레커는 엎드린 채 일어나지 못했다.

셀레스티아의 도움을 받아 엔타르티카 위로 내려온 데스디아는 자신을 옮겨준 셀레스티아에게 오른손을 내밀었다.

"셀레스티아, 스트라투스를 나에게. 그리고 이 함선의 갑판에 포스필드를 쳐줘. 호흡이 힘들어."

"넷디?"

스트라투스를 꺼내야 할 셀레스티아의 손이 데스디아의 왼쪽 눈으로 향했다.

데스디아의 왼쪽 눈에는 길쭉한 금속 파편이 꽂혀 있었다.

새어 나온 혈액이 엔타르티카의 중력에 이끌려 갑판에 툭툭 떨어졌다.

"흠, 걷기만 해도 파편이 덜렁거리니 그냥 싸울 순 없겠군."

데스디아는 파편을 뽑았다. 그녀가 옆으로 던진 파편 끝에 안구가 꽂혀 있는 광경은 셀레스티아와 지구의 해군 모두를 경직시켰다.

"데, 뎃디? 아프지 않아?"

"치프는 더한 고통도 몇 번이나 이겨냈어. 누구도 알아차리지 못할 정도로 말이야. 그런데 내가 이 자리에서 티를 낼 것 같나? 농담해? 알타이르의 워치프를 더 이상 모욕하지 마."

데스디아는 머리에 쓴 터번을 끌어내려 왼쪽 눈의 출혈을 막았다.

"시간 없으니 어서 내 부탁을 들어줘, 셀레스티아! 늦기 전에 저년을 끝장내야 치프를 구할 수 있어!"

셀레스티아는 치프와 데스디아를 처음 만났을 때 그들이 자신들을 변화시킬 거라고 믿었다. 그것은 단순히 그들의 기억을 읽고 분석한 결과였고, 믿음이라기보다는 산타클로스에게 선물을 기다리는 아이의 막연한 기대감이나 다름없었다.

그러나 그녀는 자신이 그들의 마음을 제대로 읽지 못했다는 것을 최근 깨달았다.

그녀가 갖고 있던 기대감은 믿음과 동감, 유대감, 그리고 용기라는 뚜렷한 감정으로 바뀌었다.

데스디아의 손에 스트라투스의 자루가 닿았다.

칼을 휘둘러 칼집을 흐트러뜨리고 칼날을 노출시킨 데스디아는 셀레스티아가 펼친 포스필드 속에서 점점 불안해지던 호흡을 되찾았다.

"이제부터 날 셀리라고 불러줘, 뎃디."

데스디아는 셀레스티아의 그 말에서 진한 감정을 느꼈다.

"나중에 치프에게도 그렇게 얘기해 줘. 직접 들으면 기뻐할 거야."

데스디아는 스트라투스를 고쳐 쥔 후 저 멀리서 불타고 있는 진 플레커를 향해 달려갔다.

셀레스티아는 고개를 돌려 저 멀리 보이는 금속 덩어리에 시선을 두었다.

유리창 하나가 덜렁 박힌 그 금속 덩어리는 수송기가 파괴됨과 동시에 치프가 무장 제조 능력을 발휘하여 만든 간이 탈출선이었다.

셀레스티아와 데스디아, 그리고 자신들을 도운 이등병을 구하기 위해 급히 힘을 사용해 버린 치프는 오른쪽 눈이 완전히 소모된 상태였다.

탈출선 안에서, 치프는 기절한 일등병의 등을 두드렸다.

"정신 차려, 일병! 정신 차리라고!"

"…아, 원사님?"

병사는 충격으로 인해 깨져 버린 헬멧 바이저의 틈을 통해 치프를 봤다.

"다행이군. 어서 그 헬멧을 벗어. 자네 헬멧은 생체 인식을 거쳐야만 벗길 수 있는 물건이라 내가 손을 쓸 수 없다고."

병사가 지시대로 헬멧을 벗자 치프는 자신의 헬멧을 벗어서 그의 머리에 씌워주었다.

"이걸로 자네는 무사히 집에 갈 수 있어."

"예? 하지만 원사님께선……."

치프는 자신의 전투복에 달린 백팩에서 산소마스크를 꺼내 입에 썼다.

"UNSMC를 무시하지 마. 난 이걸로 버틸 수 있어."

"하지만 이 물체로는 우주 방사선을 막을 수 없습니다! 얼마 못 버티실 겁니다!"

"피폭으로 죽기 전에 내 친구들이 어찌해 줄 거야."

치프는 힘이 빠진 미소를 지었다.

하지만 병사의 표정은 영 아니었다. 치프는 왜 그러느냐는 투로 자신의 뒤에 위치한 유리창을 봤다.

요르엘이 창문 밖에 둥실 떠 있었다.

"오, 안 돼."

치프의 얼굴에서 핏기가 빠지려는 찰나, 요르엘이 눈을 반짝 뜨고는 자기 걱정 말라는 듯 오른손 엄지를 펴 보였다.

치프와 병사는 요르엘의 머리 위에 빛의 고리가 희미하게 맺히는 것을 똑똑히 목격했다.

"이거, 무덤까지 가져가야 하는 군사비밀인 겁니까?"

병사가 묻자 치프는 피식 웃었다.

"얘기하고 다녀도 돼. 아무도 안 믿겠지만."

우주 공간에서 간이 탈출선의 창문 안쪽을 바라보던 요르엘은 엔타르티카 쪽을 한 번 본 후 탈출선을 움직였다.

발라클라바(목출모)를 써서 체온 변화를 막으려던 치프는 탈출선의 창문이 엔타르티카 쪽으로 맞춰지자 단말기를 꺼내 전자망원경 기능을 작동시켰다.

"힘내, 뎃디. 그년을 지옥으로 보내 버리라고."

돌진하던 데스디아가 아직까지 쓰러져 있는 진 플레커를 스트라투스로 내려쳤다.

그러나 맑은 금속성과 함께 스트라투스의 움직임이 저지됐다.

누운 채로 단검을 꺼내 스트라투스를 막아낸 진은 마치 공포 영화의 한 장면처럼 다리와 허리의 힘만으로 일어나면서 데스디아를 밀어냈다.

"느껴지는 힘을 봐서는 그라니트 행성에 있을 때보다 약한 것 같네? 지구의 정령은 별 도움이 안 되나? 아니면 우주 공간이라 그런가?"

힘에서 진에게 밀리자 데스디아는 자세를 낮췄다. 그럼에도 불구하고 데스디아는 쭉 밀려 나갔고, 진이 입은 우비의 불꽃은 더욱 강해졌다.

"너는 고작 정령과 교감하여 힘을 내겠지만 난 달라. 신께서 직접 나를 선택하셨어!"

"그럼 난 살아 있는 기적을 보고 있는 거군."

"그래, 이 칼을 봐!"

진의 단검에서 불꽃이 피어올랐다.

"나도 치프라는 놈처럼 무장을 제조할 수 있어! 그리고 그 무장에 신의 은혜를 입힐 수 있다고! 이제 너라고 해도 날 막을 순 없어!"

"딱히 막은 적도 없지. 그게 내 잘못이었어."

힘에 밀려 갑판 위를 미끄러지던 데스디아의 움직임이 멎었다. 진은 그녀가 더 이상 밀리지 않자 다급히 자세를 제대로 잡았다.

"자매단인가 하는 암살자들을 우리 회사로 보냈다지? 결국 난 딕슨까지 잃고 말았어. 이건 내 책임이야. 알타이르의 워치프로서, 그라니트 용역의 부사장으로서 내가 느낀 감정이 어떤 건지 넌 모를 거야."

데스디아가 결국 진을 힘으로 밀어냈다. 상대의 힘이 예상을 벗어난 수준으로 증가하자 진의 표정은 새파랗게 질렸다.

"애초부터 포프가 아니라 내가 널 사냥하러 나섰다면 너랑 여기까지 올 일도, 네년의 불장난을 볼 필요도 없었겠지. 그런데 딕슨의 죽음이 확인된 상황에서 치프가 나한테 뭐라고 했는지 알아? 태어나서 처음으로 믿어본 사람이 나라고 하더군."

데스디아의 오른쪽 눈에서 붉은색과 푸른색이 섞인 기운이 피어올랐다.

"개인적으로 기다려온 말이었지. 하지만 정작 들었을 때 내가 느낀 건 기쁨이 아니라 창피함이었어. 난 그가 믿고 나에게 맡긴 사람 두 명을 허무하게 잃어버린 죄인이야. 손톱만큼이나마 속죄하기 위해서라도 네년은 반드시 내 손으로 갈아 죽여주지."

그에 대해 진이 조소로 맞섰다.

"알타이르의 워치프 주제에 사춘기 계집애처럼 지껄이는군. 누가 들으면 어쩌려고?"

"지옥에 가서 실컷 떠벌리도록 해."

"신께서 나를 도우실 거야!"

"그 신앙심이 널 질식시킬 거다. 진 플레커!"

팔의 힘으로만 진을 밀쳐 버린 데스디아는 스트라투스를 고속으로 휘둘렀다.

칼날은 진의 불꽃 우비의 끝을 살짝 자르는 것에 그쳤으나 그에 실린 위력은 구경하는 자들 전부를 놀라게 했다.

대구경 함포의 직격탄에도 대응할 수 있도록 다져진 엔타르티카의 갑판이 감자껍질처럼 베어 날아갔다.

'힘이 아직도 강해지고 있어! 왕녀 계집과 교감한 상태도 아니야! 지구에선 알타이르인의 힘이 감소한다고 들었는데, 어떻게 된 거야?'

진은 몸을 날리며 단검을 던졌다. 그것을 스트라투스의 칼자루로 튕겨낸 데스디아는 엔타르티카의 갑판에 착지하는 진을 향하여 전속력으로 돌진했다.

진은 입고 있는 우비의 불꽃과 손에 든 단검을 이용해 공격을 막아보려 했다. 그러나 단검은 부러지고, 우비는 베였으며, 살과 뼈는 칼날에 걸린 압력을 이기지 못하고 폭파됐다.

엔타르티카의 차디찬 바닥에 뒹굴던 진은 바로 추격해 온 데스디아의 발에 밟혔다.

"뭔가 참 궁금한 얼굴이군. 가르쳐 줄까? 알타이르 왕족은 사실 자신의 눈이 닿는 범위 내의 정령들하고만 교감할 수 있어. 약점이라면 약점이지."

데스디아는 눈앞에서 꿈틀거리는 진을 발로 걷어찼다. 그러고는 지구를 돌아봤다.

"저 정도면 지구의 절반이 좀 안 되겠지?"

"……."

"거리가 멀어서 교감에 시간이 걸릴 뿐, 저 정도 면적에 존재하는 정령들과 전부 교감한다면 큰 도움을 받을 수 있지."

"불가능해!"

진이 소리쳤다.

"그게 가능해야만 워치프가 될 수 있어."

"…하, 그럼 이제야 알겠군."

몸의 절반이 날아간 상태였던 진은 손상된 육체를 재생시키며 일어났다.

"A—1730은 너의 그 능력이 필요했던 것뿐이야! 널 데리고 다닌 목적은 겨우 그거라고!"

다음 순간 스트라투스의 칼날에 머리를 관통당한 진은 그대로 갑판에 꽂혔다.

데스디아는 스트라투스의 칼날에서 발생하는 힘에 의해 전신이 마비되고 모세혈관이 불타는 진 플레커를 똑바로 노려봤다.

"그럼 그가 날 씨받이 삼아서 데리고 다닌 줄 알았나? 끝까지 강아지 같은 년이로군."

"……."

데스디아는 진의 머리에 꽂은 스트라투스를 유지했다.

"포프와 그 동생들에게 손을 대지 못한 건 아쉽겠군."

"…굳이… 손을 댈 필요는… 없었어."

"뭐라고?"

"이 우주에서… 재구축 시술을 받은 자들은… 전부……!"

진의 머리가 갑자기 터져버렸다.

데스디아는 진이 스트라투스의 힘이 아니라 또 다른 힘에 의해 파괴된 것을 감지하여 주변을 둘러봤지만 의심되는 것은 어디에도 없었다.

'재구축 시술이… 어쨌다는 거지?'

데스디아는 왼손으로 왼쪽 눈 위를 덮었다. 왼쪽 눈의 부상에서 오는 통증은 이미 그녀의 정신력을 넘어선 상태였다.

'너무 아파. 치프는… 이런 걸 어떻게 견딘 거지?'

결국 그녀는 쓰러졌다.

간이 탈출선 내에서 상황을 지켜보던 치프도 마치 잠들듯 의식을 잃었다.

"치프, 뎃디!"

셀레스티아는 쓰러진 데스디아를 위하여 포스필드를 유지해야 했기에 친구들의 이름만을 부를 뿐, 그 자리에서 꼼짝도 하지 못했다.

50
늙은 왕

시끄러운 소리에 데스디아가 눈을 번쩍 떴다.

―아아! 공을 떨어뜨렸습니다! 공을 떨어뜨렸어요! 역전, 역전!

"…하아, 멍청이들."

이어서 친숙한 목소리가 데스디아의 귀에 들려왔다.

낯선 장소에 누워 있다는 사실 때문에 잠깐 긴장했던 그녀는 그 목소리를 듣자마자 긴장을 풀었다.

그녀는 목소리의 주인, 치프를 찾아 눈을 움직여 봤다. 하지만 시야의 왼쪽이 이상해서 고개까지 움직여야만 했다.

'왼쪽 눈은… 끝났군. 어머님께 야단을 맞겠어.'

그녀는 아예 몸을 옆으로 돌렸다. 단말기를 이용해 야구를 보고 있는 치프가 가까스로 눈에 들어왔다.

그는 데스디아의 왼쪽에 의자를 놓고 앉아 있었다.

"당신, 야구를 정말 좋아하는군."

"일어났어?"

치프는 그녀 쪽으로 오른손을 내밀다가 우뚝 멈췄다.

"미안. 아직 아플 텐데."

"괜찮아. 어머님을 뵙기 전까진 뭐든 괜찮을 거야."

"여사님? 아, 눈 때문에?"

"신체 재구축 치료를 받더라도 알아내시겠지. 괜찮아. 난 후회 없어. 재구축 치료를 받을 생각도 없고."

"재구축 치료? 왜?"

"음… 아주 조금 있다가 당신에게 얘기해 줄게. 1분만이라도 쉬고 싶어."

"흠."

멈췄던 치프의 오른손이 다시 움직였다.

데스디아는 그가 자신의 머리카락을 만져줄 것이라 생각하여 크게 기대했다.

그녀는 치프가 사만다나 포프, 젝스 등을 어루만져 주는 모습을 볼 때마다 그녀들이 부러웠지만 겉으로 드러낸 적은 한 번도 없었다.

그러나 치프의 손은 그녀의 왼쪽 눈으로 향했다.

치프는 뭔가를 찍 떼어냈고 데스디아는 미처 대비하지 못한 통증으로 인해 이불 위에서 고양이처럼 몸을 웅크렸다.

"지금 뭘 한 거야!"

"됐으니 눈이나 다시 떠봐."

데스디아가 그의 말대로 눈을 다시 떴다. 자신의 안구가 파편에 꽂힌 채 적출되는 것을 똑똑히 봤던 그녀는 왼쪽 눈이 멀쩡히 보이자 경악했다.

"눈이? 설마 내가 의식을 잃은 사이에 재구축 치료기를 썼나?"

"그 기계보다 더 뛰어난 의사가 네 걱정을 엄청 했지."

"누군데?"

"셀레스티아지. 걔가 네 눈을 재생시켜 줬어."

치프는 데스디아의 눈을 덮고 있던 항균 패치를 살폈다.

"눈썹 정말 튼튼하네. 그 긴 속눈썹이 한 올도 안 빠졌잖아?"

패치를 잘 접어 자신의 주머니에 넣은 치프는 벽에 걸린 큰 거울을 떼서 그녀를 비춰줬다.

"어때, 말끔하지?"

"…하아."

거울 속의 자신을 한참 바라본 그녀는 한숨을 쉬며 똑바로 누웠다.

거울을 벽에 건 치프는 자신이 앉아 있던 간이 의자를 그녀 쪽으로 돌린 뒤 똑바로 앉았다.

"재구축 치료 얘기를 계속하던데, 왜 그랬어?"

"…목이 좀 마른데."

치프는 그녀가 말을 억지로 돌리려 하자 이유가 궁금했지만 지금은 그녀가 해달라는 대로 해주기로 했다.

"찬물, 따뜻한 물, 스포츠 음료. 셋 중에 골라."

"찬물."

"흠, 여사님께선 스포츠 음료를 즐겨 드셨는데 말이지."

"나도 좋아하지만 지금은 그냥 물을 마시고 싶어."

"그러시군요."

치프는 옆에 놓은 휴대용 아이스박스에서 생수 한 통을 꺼내 데스디아에게 건넸다. 데스디아는 물을 마시는 와중에 방 저편에 보이는 냉장고를 목격했다.

"냉장고가 저기 있는데 아이스박스라니, 무슨 정성이지?"

"군 병원이라는 게 그렇거든. 사람 몸에 뭔 짓을 할지 모를 놈들이 도사리는 곳이지."

눈을 몇 번 깜빡거린 데스디아는 방 전체를 집중하여 돌아봤다.

천장에 매달린 CCTV는 물론 벽이나 가구 구석구석, 별것 아닌 것처럼 보이는 장식들에도 온통 두꺼운 테이프가 붙어 있었다. 전부 치프의 짓이었고, 테이프에 가려진 것들은 전부 감시카메라였다.

"…설마 내 옷을 갈아입힌 것도 당신인가?"

데스디아는 자신이 입고 있는 환자복을 가리켰다.

치프가 샐쭉 웃었다.

"신경 쓰여?"

"그다지."

"지금 네가 찬 기저귀도 내가 입혀준 거니까 안심해."

데스디아는 그 말을 들은 순간 손에 들고 있는 물통으로 치프의 머리를 쪼갤 뻔했다. 그녀 자신은 몰랐지만 그런 면에 있어서 그녀와 헤이파는 닮아도 너무 닮은 존재였다.

"하아… 지나치게 철저한 거 아닌가?"

그녀가 묻자 치프는 고개를 저었다.

"아까 말했잖아? 여긴 군 병원이야. 내가 화장실에 갔다 온 사이에 널 끌고 가서 해부할 놈들이 천지에 깔렸다고. 알타이르 쪽 대사관에서 사람들이 올 때까지는 좀 불편해도 참아."

"…과민 반응 같은데?"

"아, 내가 안드레이라는 친구에 대해서 얘기 안 해줬지? UNSMC 소속 중사야. 죠니의 입대 동기인데, 기계화 수술 때문에 진급이 누락돼서 여전히 중사야."

"기계화 수술이라면… 사이보그라는 건가?"

데스디아는 질문을 한 뒤 물을 마셨다.

"우리는 다른 이름으로 부르지만… 뭐, 그렇지. 안드레이는 위성궤도에 있는 우주해군 항구 탈환 작전에 투입됐다가 큰 부상을 입었어. 그래서 이 병원에 옮겨졌는데, 내가 재구축 시술을 당장 시행하라고 소리치고 식사를 하러 갔다 온 사이에 안드레이는 어디론가 사라졌어. 그러고는 일주일 뒤에 육체의 80%가 기계로 바뀐 채 내 앞에 나타났지."

그의 말을 들은 데스디아가 흠칫했다.

"인간의 몸을 멋대로 갖고 놀았단 말인가?"

"안드레이가 동의하긴 했지만 제정신으로 동의한 것 같진 않았어. 난 안드레이에게 남아 있는 20%의 생체가 어느 부위인지 알고 나서 이 병원을 폭탄으로 엎으려 했지."

"…남은 부위가 어디였는데?"

"생식과 관련된 부위."

치프는 자신의 다리 사이를 손으로 살짝 가리켰다.

"안드레이의 뇌까지 기계로 바꿔 버렸더군. 손상된 뇌를 인공

두뇌로 교체하는 기술은 지구에서 보편적이긴 하지만 내 입장에선 뚜껑이 열리는 일이었어. 뭐, 덕분에 안드레이는 결혼해서 애를 낳긴 했지만… 하아."

치프는 깊은 한숨을 쉬었다.

"그런 일을 겪었는데 내가 가만히 있을 것 같아?"

"음……."

"아무튼 너한테는 MRI는커녕 알코올 솜도 대지 못하게끔 했으니 걱정하지 마."

"그렇군."

데스디아는 조금 기뻤다. 그리고 대단히 아쉬웠다.

치프가 자신에 대한 개인적 감정 때문에 이러는 게 아니라 안드레이라는 인물의 일 때문에 이러는 것 같았기 때문이다.

'그래, 우리가 평화로운 생각을 할 입장이 아니지. 또 해이해질 뻔했군.'

데스디아는 왼쪽 눈을 만지작거리며 마음을 다잡았다.

"그럼 셀레스티아는? 그 애야말로 어느 시설에 끌려가서 실험당하고 있는 거 아닌가?"

"아, 그게……."

치프가 난감함이 가득한 미소를 지었다.

"너랑 난 재미없을 정도로 신상 정보가 확실한 사람들이잖아?"

"그래, 신용카드를 마음껏 발급받을 수 있지."

"그런데 셀레스티아의 신상 정보는 루할트가 해킹해서 만들어준 거야. 그런데 사람들을 기절시킬 정도로 강력한 힘을 대놓고 발휘해 버렸지. 그라니트 행성에서는 그냥 얼렁뚱땅 넘어갔지만 지구에서도 통할 리가 없잖아? 게다가 목격자는 수만 명이 넘는 군인 아저씨였다고."

"……."

"그래서 셀레스티아는 너와 내가 셔틀에 태워져서 지구로 가는 걸 쳐다볼 수밖에 없었어. 미확인 생명체가 지구 대기권을 통과하는 건 지구의 원칙상 있을 수 없는 일이거든."

"그럼 함대에 구속되어 있는 건가?"

"바이러스 관련 검사만 한 뒤에 바로 풀어준다고 하긴 했는데, 셀레스티아는 우리 걱정 때문에 못 견디고 탈출해 버렸어."

이어서 치프가 두 손으로 얼굴을 감쌌다. 데스디아는 치프가 뭔가 막막한 일이 있을 때마다 그런 행동을 한다는 것을 잘 알고 있었다.

"설마 드래곤의 모습으로……?"

"아니, 사람 모습으로 대기권을 뚫고 들어왔지. 혹시 슈X맨이라고 들어봤어? 빨간 망토에……."

"잘 몰라. 혹시 눈 뜨고 못 볼 상황을 뜻하는 지구의 관용어인가?"

"그건 아니지만, 아무튼 심각한 상황이었지. 맨몸으로 대기권에 돌입할 수 있는 인간이 있을 리 없잖아?"

데스디아는 눈앞이 아찔했다.

"…그래서, 어디에 내려왔는데?"

"어디서 보고 들은 건 있었는지 뉴욕에 있는 UN 본부 앞에 착지했어. 그러고는 정신이 반쯤 나간 경비대 대원을 붙잡고 너랑 내가 어디 있냐고 물었지."

"아……."

결국 데스디아도 치프처럼 자신의 얼굴을 두 손으로 감쌌다.

"이후엔 정말 난리가 났어. 셀레스티아는 톰 아저씨가 달려와서 일을 수습할 때까지 너랑 내 이름을 부르며 군대와 대치했거든. 주력전차 한 대를 한 손으로 들었다 놨다 했다는 얘기는 꺼내기 싫네."

"……."

데스디아의 마음이 걱정으로 듬뿍 채워졌다.

"그런데 카터 전 해군청장에게 그 정도의 수습 능력이 있었나?"

"톰 아저씨는 말로만 전직이니까 뭐……. 아무튼 셀레스티아는 널 치료해 준 뒤에 톰 아저씨의 집으로 갔어."

"거기서 편히 쉬고 있다는 소리로는 들리지 않는군."

"UN 쪽 고위 관료랑 신나게 얘기하고 있지. 근데 아직까지 소식이 없네."

"흠……."

셀레스티아에 대한 걱정 때문에 정신이 없던 그녀가 이윽고 움찔했다.

"아, 회사는? 사람들은 어떻게 됐지?"

그녀가 묻자 치프는 자신의 단말기를 흔들었다.

"모두 무사해. 죠니한테 연락해서 상황을 확인했어. 우리가 고용했던 헌터들은 나름 우리 회사를 지켜준답시고 눌러앉아서 회사의 식량을 거덜 내고 있지. 포프와 포프의 동생들은 무사한데… 문제는 정말 엉뚱한 곳에서 터졌어."

"무슨 문제인데?"

"딕슨이 키드의 스승을 결박한 채로 사망했더라고."

치프의 말에 데스디아의 눈이 번쩍 벌어졌다.

"결박한 채로 사망하다니? 설마 딕슨을 죽인 자가 정말 그 딸기코인가?"

"음… 예상했었나 보네?"

"키드가 세뇌당한 걸 확인했을 때였어. 그 딸기코가 여태껏 터무니없는 짓을 저질러 왔을지도 모른다는 느낌이 들었지."

"그랬구나."

치프는 우울한 표정으로 병실의 바닥을 봤다.

"죠니에게 발견된 그 딸기코는 딕슨이 미쳐서 그런 거라고 둘러댔지만 사장실의 출입구와 딕슨의 헬멧에 난 흔적이 광선검에 의한 거라서, 결국 그 딸기코는 죠니와 UNSMC 대원들한테 죽기 직전까지 두드려 맞았지."

"…이해가 안 되는군. 그 딸기코가 왜? 이유가 뭐지?"

"나도 잘 모르겠어. 회사에 침입한 오파로아 암살자들을 죽인 것도 딸기코 같다고 하던데……. 아무튼 냉동수면장치에 집어넣으라고 지시했어. 결박한 채로 넣었으니 누가 꺼내주지 않는 한 탈출하진 못할 거야."

"키드는?"

"딸기코 옆자리에 냉동되어 있어. 키드가 순순히 들어갔다고 죠니가 얘기하더군."

치프는 어깨를 으쓱했다.

"가서 추궁해 보면 알겠지. 아, 한 일주일만 푹 쉬었으면 소원이 없겠네."

"나도."

데스디아가 그의 말에 동의하며 반듯하게 누웠다.

"난 지구를 구경하고 싶어졌어. 예전과는 다른 마음으로 말이야. 게이트를 통과한 직후에 봤던 이 행성의 모습이 잊히질 않네."

"난 알타이르 행성을 제대로 구경하고 싶어. 풍경이 정말 좋았거든. 아스팔트나 시멘트, 금속 냄새도 안 나고 말이야."

데스디아가 치프를 흘끔 봤다.

"우리 행성에선 탄산음료를 안 팔아."

"공항에서 자판기를 봤는데?"

"아… 하하."

데스디아가 웃었다. 치프는 그녀가 그렇게 편히 웃는 모습을 거의 본 적이 없었기에 저절로 미소를 지었다.

"치프. 우리가 세상 이곳저곳을 구경하는 날이 올까?"

"왜?"

"미래가 상상이 안 돼. 좋은 기억들로만 채우고픈 내 마음이 죽은 자들의 흔적으로 채워지고 있어. 들어가지 말아야 할 곳에 너무 깊이 들어온 것 같아."

"……."

그녀의 말에 치프의 표정이 서서히 굳어졌다. 데스디아는 그의 허탈한 표정을 보고 가슴이 뜨끔했다.

"아, 지금 얘기는 잊어줘, 치프. 내가 실언을 했군."

데스디아는 자신의 말을 수습해 보려고 했다. 그러나 치프의 표정은 변하지 않았다.

"괜찮아, 뎃디. 우리는 지쳐 있어. 그래서 평소에 못 했던 진담이 막 나오는 거야."

"……."

"그러니까 일주일이 아니라 한 달 넘게 푹 쉬자고."

"한 달 넘게? 가능한 이야기야?"

"기간은 뭐… 아무튼 걱정 마."

데스디아는 무슨 소리냐는 눈으로 그를 봤다. 하지만 그녀는 이러한 대화의 흐름에 익숙했다.

엠페라투스, 빅시티에 숨어 있던 신, 그리고 신수가 된 진 플레커까지. 모두가 이처럼 느슨한 대화 이후 틀림없이 죽거나 치명상을 입었다.

침묵이 흐르는 가운데, 알타이르 대사관의 직원들이 병실로 들어왔다. 치프는 그녀들에게 데스디아를 맡긴 뒤 병실을 나갔다.

"톰 아저씨의 집에서 보자고."

웃으며 병실을 나선 치프는 문을 닫자마자 쓴 것을 씹은 표정을 지었다.

'다들 정신적으로 한계에 달했어. 시간이 필요해.'

그의 머릿속에 어떤 장소가 떠올랐다.

'이런 식으로 우주연합의 수도를 다시 방문하긴 싫었는데 말이지.'

치프는 단말기를 어깨 위로 가볍게 던졌다가 다시 받았다.

'우주연합 수도의 인구는 약 2,400만 명이지. 그 사람들이 한 달 정도 양치질조차 못 하게 만들어주면 될라나? 아냐, 민간인들을 그렇게 괴롭힐 순 없지. 상수 시설 대신 하수 시설을 작살 내야겠군. 그거 말고 또 뭘 부숴놓을까?'

테러를 꾸미는 그의 얼굴에 싱싱한 생기가 흘렀다.

*   *   *

데스디아는 그날 이후 톰의 집으로 가기까지 이틀 동안 치프를 만나지 못했다.

그녀는 치프에게 아무런 연락도 하지 않았다.

그의 목소리를 듣거나 직접 보고 싶은 마음은 넘쳐서 폭발할 정도였으나 그녀를 톰의 집까지 호위하던 UNSMC 대원들이 역으로 치프의 행방을 물어오자 모든 것을 자제했다.

'아마도 자신만의 싸움을 하고 있겠지.'

데스디아는 그렇게 판단했다.

톰의 집에 도착한 데스디아는 예전과 마찬가지로 가정용 로봇의 환영을 받은 뒤 알타이르 대사관 직원들과 UNSMC 대원들을 이끌고 안으로 들어갔다.

거실에서는 셀레스티아와 어떤 남자가 대화를 나누고 있었다. 정장을 칼날같이 다려 입은 그 남자는 UN의 마크를 정장 가슴에 조그맣게 달아놓고 있었다.

말없이 두 팔을 벌리며 데스디아를 환영한 톰은 그녀와 가벼운 포옹을 나눈 후 부엌으로 모두를 인도했다.

데스디아와 알타이르 대사관 직원들은 감사 인사를 하며 부엌으로 갔으나 UNSMC 대원들은 톰의 지시를 들은 뒤 집 밖으로 조용히 나갔다.

UN에서 파견된 직원과 이야기를 나누며 서류를 읽는 셀레스티아의 표정은 대단히 흐릿했다.

결국 그녀가 고개를 젓자 UN의 직원은 한숨을 쉬며 서류를 챙겼다.

"그럼 만족하실 만한 항목을 추가하여 다시 방문하겠습니다, 왕녀 전하."

"수고를 끼쳐서 죄송합니다."

셀레스티아가 사과를 하자 UN의 직원은 빙긋 웃었다.

"반군 지도자나 군벌 두목들과 협상하는 것에 비하면 아무것도 아닙니다. 저희 쪽에서 이야기가 끝나면 다시 찾아뵙겠습니다, 왕녀 전하."

"알겠습니다. 살펴 가십시오."

셀레스티아와 대화를 마친 UN 직원은 톰과 인사를 나눈 후 집 밖으로 천천히 걸어 나갔다.

데스디아가 부엌에서 나와 그녀에게 다가갔다.

"셀레스티아, 괜찮아?"

"셀리라고 불러줘."

"아, 그래. 셀리."

데스디아는 셀레스티아를 꼭 껴안았다.

"무서웠지? 미안해, 셀리."

"아니야. 그보다 왼쪽 눈은 어때? 잘 보여?"

"시력에 좀 차이가 있는 것 같지만 적응되겠지."

데스디아가 살짝 윙크를 했다.

"그러면 안 돼, 뎃디. 잠시 두 눈을 감고 가만히 있어봐."

데스디아가 눈을 감자 셀레스티아가 두 손으로 그녀의 눈을 덮었다.

"그때는 재생에만 정신이 팔려서 시력 조정까지는 해주지 못했어. 지구에 오기 전까지 수집한 정보로 시력을 조정해 줄게."

셀레스티아의 두 손이 백금색으로 빛났다.

알타이르 대사관 직원들은 그 백금색 빛이 데스디아의 눈으로 흡수되는 걸 보고 움찔했지만 무기를 뽑거나 항의를 하는 등의 거친 행동은 하지 않았다.

이윽고 셀레스티아가 손을 떼었다.

"이제 좀 어때?"

셀레스티아가 물었다.

눈을 몇 번 깜박거린 데스디아는 창밖을 봤다. 목표물의 거리 및 이동속도에 따라 눈동자의 색이 변하는 그녀의 눈은 아주 자연스럽고 생동감이 넘쳤다.

"대단해. 위화감이 느껴지지 않아."

"다행이네. 치프의 눈은 이렇게 조정해 주지 못해서 안타까웠어."

치프의 눈이라는 말에 데스디아가 고개를 갸웃했다.

"나도 이제 치프처럼 무장 제조를 할 수 있는 건가?"

"아냐, 그냥 재생만 한 거라서 치프와 같은 능력을 발휘할 순 없어."

"그렇다면 셀리, 넌 왜 치프에게 그러한 능력을 심어준 거지?"

"응?"

데스디아의 질문에 셀레스티아가 깜짝 놀랐다.

"이 질문을 이제야 꺼내는 것도 웃기지만, 여태껏 일어난 모든 일을 종합해 보자면 우리에겐 '너에게 능력을 받은' 치프가 필수였어. 엠페라투스도, 빅시티에 숨어 있던 신도, 진 플레커도 치프가 없었다면 쓰러뜨릴 수가 없었지. 하지만 치프는 엠페라투스를 한 번 처치하기 전까지 드래곤들에게 비난을 받았어. 넌 치프에게 그러한 능력이 있다는 말을 끝까지 안 했고."

"……."

"대답해 줘, 셀리. 너와 치프가 그라니트 행성에서 만난 건 필연이었나?"

고민하던 셀레스티아는 톰을 흘끔 본 뒤 다시 데스디아와 마주 봤다.

"내가 그와 만날 거라는 사실은 알고 있었어."

"뭐?"

"하지만 그런 식으로 만날 줄은 몰랐어, 뎃디. 치프의 친구들이 모두 죽을 줄은 전혀 몰랐다고! 정말로!"

셀레스티아의 감정이 격해지는 것을 느낀 데스디아는 고개를 저으며 친구의 어깨를 손으로 감쌌다.

"난 널 의심한 적이 한 번도 없어. 지금도 그래. 이상한 애라고 생각한 적은 몇 번 있지만."

"……."

"그럼 치프가 그라니트 행성으로 올 거라는 사실은 어떻게 알았지?"

데스디아는 셀레스티아의 손을 잡고는 함께 소파에 앉았다. 톰은 뒷짐을 진 채 그녀들의 모습을 가만히 바라봤다.

"아바마마께서… 알려주셨어. 언젠가 모든 이를 이끌며 진정한 적들과 싸워줄 사람이 내 앞에 나타날 거라고 하셨지. 아바마마께선 내가 그를 한눈에 알아볼 수 있을 거라고 하셨어. 그리고 치프가 나타난 거야. 지구의 시간으로 약 1,800년이 흐른 뒤에 말이야."

"정말 한눈에 알아봤다고?"

"응. 그렇게밖에는 설명을 못하겠어."

데스디아는 팔짱을 꼈다.

"그럼 루할트가 치프를 공격한 것도 계획된 것이었나?"

"그렇진 않아. 그건 정말 사고였어."

"하지만 그 사고가 아니었다면 치프가 팔다리와 눈을 잃을 일은 없었을 텐데?"

"그러게."

"…흠."

데스디아는 지금 이 자리에서 셀레스티아를 추궁해 봤자 얻을 것이 별로 없을 거라는 결론을 내렸다.

그렇다고 의심을 멈출 생각은 없었다.

'치프를 그라니트 행성으로 보낸 사람이 누구였더라?'

데스디아는 아주 천천히 톰을 돌아봤다.

'설마?'

그녀와 눈이 마주친 톰은 껄껄 웃었다.

"미스 브라토레. 당신은 영웅이란 개념에 대해 어찌 생각하시오?"

"…알타이르의 워치프 중에서도 영웅이라 불린 자는 극소수입니다. 알타이르 행성의 역사는 제법 온건했기에 혁명을 위하여 처절하게 목숨을 바친 자도, 내전을 종식시킨 위대한 자도 없습니다."

"그렇다면 영웅에 대한 당신의 해석은 '어떠한 사건의 상징' 정도이겠구려."

"굳이 그렇게 말씀하신다면 그렇습니다. 영웅은 사회적, 역사적 사건이 없으면 만들어질 수 없지요."

데스디아는 조금 시간을 두고 생각과 감정을 정돈한 뒤 자리에서 일어났다.

알게 모르게 잠이 든 알타이르 직원들을 보며 그와 마주 선 데스디아는 팔짱을 단단히 꼈다.

"당신께서 만드신 것은 영웅입니까, 아니면 사건입니까?"

"대답을 듣기 위해선 선택을 해야 하오, 알타이르의 워치프여."

톰의 미소가 미지근해졌다.

"셀레스티아, 그리고 치프와 끝까지 함께할 각오가 되어 있소?"

"각오는 잘 모르겠고, 당신이 당신 자신에 대해 크게 착각하고 있다는 사실 정도는 알 것 같군요."

"내가 어떤 착각을 하고 있단 말이오?"

톰의 말에 데스디아는 눈을 부릅떴다.

"아무래도 당신에겐 백성에 대한 걱정 따윈 없었던 것 같습니다."

톰은 셀레스티아와 잠깐 눈짓을 주고받았다.

그리고 끄덕였다.

"흠, 그랬소. 난 장식물이었지. 셀레스티아와 함께 말이오."

그 대답을 통해 데스디아는 그가 누구인지 알 수 있었다.

'운캄타르……!'

자리를 옮긴 톰은 시거를 물고 불을 붙였다.

"낙원에서 살아가는 자들에게 왕이란 필요 없는 존재였소. 어차피 군림하고 싶지도 않았소. 2세대 드래곤들은 자아의 완성… 그러니까 마음이 채워지기까지 긴 시간이 필요했고, 3세대들은 낙원에서의 생활에만 맞춰져 있어서 도무지 해결할 방도가 보이지 않았다오. 그래서 '창세의 보석'이라는 것이 필요했소."

"창세의 보석?"

"세상을 만들어내는 힘의 원천이자 내가 하이시리스에게서 빼앗은 보물이라오. 난 그것을 이용해 그라니트 행성을 만들었고, 지금은 새로운 땅을 만들려 하고 있소. 새롭게 만들어진 땅에서는 답이 없는 3세대 대신 좀 더 영특한 4세대의 날개 달린 자들이 살아갈 것이오."

"……."

데스디아는 최근 미친놈들을 만나는 빈도가 늘었다며 내심 한탄했다.

"설명이 더 필요하오?"

"그 얘긴 됐습니다. 정신 차리십시오."

돌아선 데스디아는 소파에 가만히 앉아 있는 셀레스티아의 어깨를 손으로 짚었다.

"아까 선택을 하라고 하셨지요? 셀레스티아의 생각을 물어본 다는 선택지는 없는 겁니까?"

"흠……."

톰은 손가락 사이에 시거를 끼운 채 그녀들을 바라봤다.

"내 딸, 셀레스티아는 분명 당신들과 만나면서 정신적으로 성 장했소. 스스로 뭔가를 할 수 있는 용기를 갖게 됐다오. 하지만 3세대 전체를 일깨울 존재가 되기엔 부족하다고 생각하오만?"

"답답하군요."

데스디아가 인상을 구겼다.

"엠페라투스도 그렇고, 당신도 그렇고, 왜 지금 이 시대에 와 서까지 후손들의 일에 참견하려 하는 겁니까? 당신이 꿈꾸는 새 로운 땅은 3세대가 전부 멸망한 후에 만들어도 늦지 않습니다!"

"저항할 수 있다고 생각하는 것 같소만 3세대에겐 정말 답이 없소. 이제부터 신들이 더욱 험악한 방법으로 그라니트 행성을 노릴 것이오. 극소수의 3세대와 당신들이 그들의 공격을 버텨낼 수 있을 거라 생각하는 것이오? 신수 몇 마리만 풀어도 전부 끝 이란 말이오!"

"그럼 치프를 그렇게 만든 이유는 뭡니까?"

데스디아가 묻자 톰은 고개를 갸웃했다.

"치프가 엠페라투스를 물리칠 수 있다면 신수도 물리칠 수 있고, 결국 신들의 야망까지도 분쇄할 수 있을 거라 생각했소. 하지만 어설픈 신수 하나를 잡기 위해 지구까지 왔으니 희망을 품기엔 좀……."

그 순간 데스디아가 손을 들었다.

"치프가 왔습니다. 헛소리는 나중에 계속하시죠."

톰은 그러자는 듯 웃으며 고개를 끄덕였다.

조금 뒤, 공항에서 빌린 오토바이에서 내린 치프가 종이봉투를 옆에 낀 채 톰의 집에 들어왔다.

"담배는 환풍기 좀 틀고 피우세요."

치프가 따지자 톰은 잠깐 잊었다는 표정을 지으며 환기 장치를 켰다.

부엌의 테이블 위에 알타이르 대사관 직원들이 엎드려 자고 있는 모습을 본 치프는 한숨을 푹 쉬고는 TV를 켰다.

"아직 야구를 할 시간이 아니다만?"

톰이 물었다.

"뎃디한테 보여주고 싶은 게 있어서 말이죠."

톰과 데스디아 사이에 무슨 대화가 있었는지 전혀 모르는 치프는 데스디아 옆에 앉아 음료수를 마셨다.

"당신, 지금까지 대체 어디 있었던 거지?"

"비키니 수영복 차림의 아가씨들이랑 어디서 놀다가 온 건 아니니까 걱정하지 마."

"놀다 오지, 왜?"

셀레스티아가 순진하게 물었다. 그 질문 때문에 치프는 아까 집 안에 들어올 때 느꼈던 이상한 분위기를 깡그리 잊고 말았다.

"내가 젊은 아가씨들이랑 놀 만큼 말재주가 좋진 않잖아? 아, 시작됐다."

때마침 방송이 중단되면서 긴급 속보가 시작됐다.

─긴급 뉴스입니다. 우주연합 수도의 하수 시설 전체가 우주

선용 연료의 유입으로 인해 심각한 피해를 입었습니다. 우주공항 및 군항의 연료 탱크 배관과 하수도 배관이 원인 불명의 이유로 연결되면서 수도 공항의 여객선은 물론 군함들까지도 오물이 섞인 연료를 주입받았습니다. 관계자와의 인터뷰를 준비했습니다.

—씨X, 배의 연료통에 X이 둥둥 떠다닌다고! 그것 때문에 함선의 추진 기관이 다 상했어! 우린 망한 거야!

—하수도 배관과 정화 시설이 연료 때문에 큰 손상을 입어서 배관을 전부 교체해야 합니다! 어떤 건물이나 지역이 아니라 우주연합 수도 전체의 배관을 말이죠! 상수도 시설이 무사한 게 기적입니다!

—이 사건으로 인해 각 행성에서는 우주연합 수도로의 여행을 자제시키기로 결정했으며, 우주연합 수도와 관련된 주식은 거래 중지가 선언될 만큼 큰 타격을 입었습니다. 완전한 복구까지 예상되는 시간은 약 두 달 정도로, 혹시라도 여행을 계획하신 시청자분이 계시다면 계획을 전면적으로 수정해 주십시오.

속보가 끝나자 데스디아와 셀레스티아, 그리고 톰이 치프를 물끄러미 바라봤다.

"죽은 사람은 없어요, 아저씨."

치프는 종이봉투에 담아온 음료수를 하나 꺼내 시원하게 들이켰다.

"오늘부터 한 달 넘게 푹 쉬자고, 뎃디."

그의 말에 데스디아는 어이가 없다는 듯 가만히 있다가 결국 웃고 말았다.

"들키지 않고 어떻게 저런 짓을 한 거지? 우주연합 수도에 설치된 감시카메라 숫자는 그 도시의 인구보다 많다고. 당신 혹시 마법사였나?"

데스디아가 묻자 치프는 어깨를 으쓱했다.

"무슨 소리야? 내가 거기서 1년 동안 갇혀 있었다는 걸 벌써 잊었어?"

치프는 종이봉투에서 햄버거를 꺼내 데스디아에게 내밀었다.

"일단 이거나 먹어봐."

오늘 아침부터 지금까지 자신이 섭취한 음식들의 칼로리를 계산해 본 그녀는 아쉽게 고개를 저었다.

결국 데스디아 몫의 햄버거는 셀레스티아에게 넘어갔다.

"이게 지구의 햄버거구나!"

셀레스티아가 기뻐하자 치프가 의아해했다.

"지구에 온 이후로 뭐 먹은 게 없어?"

"지나치게 잘 먹었어. 이 집의 로봇은 음식을 너무 잘 만들더라고."

"아, 하긴. 그렇지. 혼자 사는 노인들을 위한 최고 성능의 로봇이니까. 그리고 톰 아저씨는 패스트푸드를 싫어하셔."

"무슨 소리지? 갈릭 스테이크 햄버거는 인류 문화의 정점인데?"

움찔한 톰이 시거를 끄며 치프를 바라봤다.

"항상 치던 장난일 뿐이에요."

치프는 봉투에서 그 갈릭 스테이크 햄버거를 꺼내 톰에게 건네주었다.

"사람을 못 믿는 버릇은 여전하구나. 내가 패스트푸드를 싫어한다고 말했다면 내 머리에 바람구멍을 냈겠지."

"후후."

햄버거 하나를 순식간에 먹어치운 치프는 자신의 것을 또 하나 꺼내 포장을 열었다.

거의 비슷한 시간에 햄버거를 다 먹은 셀레스티아는 치프의 먹는 속도에 깜짝 놀랐다.

"웬일로 그렇게 빨리 먹어?"

"저기 가기 전에 위세척을 깔끔하게 했거든. 우주연합 수도에는 사람 뱃속에 든 음식물을 스캔해서 그 사람이 어디서 왔는지, 그리고 어떤 성향을 가졌는지 파악하는 스캐너가 잔뜩 깔려 있어."

셀레스티아는 그에 대한 지식이 없어서 갸우뚱했으나 데스디아는 어이가 없다는 표정을 지었다.

"위세척으로 그걸 피할 수 있다고? 장난하나?"

"물론 약이랑 나노머신을 잔뜩 삼켜야지."

대담한 치프는 햄버거를 우물거렸다.

"다시 꺼내기도 싫은 이름이지만, 진 플레커를 비롯한 오파로아 행성의 암살자들이 수도에서 전부 붙잡히거나 죽은 이유가 바로 그 스캐너 때문이야. 스캐너 자체가 오파로아 행성인의 잠재 능력에 대응하기 위한 기계거든. 해군 정보부 애들이 그렇게 설명해 주더라고."

"그럼 포프의 어머니가 그 스캐너에 잡히지 않은 이유는?"

데스디아가 물었다.

"자유의 어둠이라는 능력 덕분이겠지. 포프는 전자기기들뿐만 아니라 생물의 시신경 및 촉각의 범위에서조차 벗어날 수 있었어. 그럼 의심할 여지가 없지 않을까?"

"하지만 그렇게 대단한 능력이 비누 냄새 때문에 의미를 잃는다는 게 말이 되나?"

"아, 그게……"

대답에 앞서 치프는 햄버거 봉투를 꽉 구겨서 테이블 위에 놓았다.

그는 자신을 멍하니 바라보는 셀레스티아에게 남은 하나의 햄버거를 건네준 뒤 데스디아가 던진 질문에 대한 대답을 계속했다.

"혹시 포프한테 피부병이 있다는 거 알아?"

"흔적은 봤어."

대답한 데스디아는 포프의 엉덩이 안쪽에 있는 그 흔적을 네가 어떻게 아느냐는 질문을 하고 팠지만 초인적인 인내심을 발휘하여 그냥 가만히 있었다.

"그건 유전병이야. 상염색체 열성유전에 의한 피부병인데… 오파로아 사람 중에서 약 0.06퍼센트 정도가 그 병으로 고생을 하지. 포프네 가족이 쓰는 비누는 피부병을 완화시켜 주는 역할을 하는 필수품이야."

치프는 자신의 단말기를 테이블 위에 놓은 후 자료를 열었다.

모두의 눈높이에 포프의 신체 자료가 입체 영상으로 떠올랐다.

"호오, 이 자료만 있으면 포프의 몸에 딱 맞는 드레스를 만들어줄 수 있겠군. 정말 포프까지 믿질 못해서 이런 자료를 만든 건가?"

"글쎄? 이 우주에서 자유의 어둠이란 걸 가진 사람이 포프 한 사람뿐일까?"

데스디아는 대비할 가치가 있는 일임을 인정했다. 하지만 인간적인 불쾌감을 지우지는 못했다.

"아무리 그래도 그렇지, 포프 본인의 허락도 없이 신체 전부를 고해상도로 스캔하는 건 내가 보기에 꽤 불편한데?"

"흠, 그럼 눈을 정화할 겸 죠니의 고해상도 스캔 자료를 볼까나?"

"…됐으니 본론으로 들어가자고."

치프는 단말기를 조작하여 포프의 동생들에게서 수집한 자료까지 공개했다.

"포프는 신체 재구축 치료를 받긴 했는데, 엠페라투스가 그 모든 걸 뒤집어엎는 바람에 자료의 의미를 잃었지. 하지만 동생들이 재구축 치료를 받은 덕분에 한 가지 특이한 사실을 알아냈어."

"뭐지?"

치프의 이야기는 진 플레커에게 들은 재구축 치료의 일 때문에 고민 중인 데스디아를 집중시켰다.

"최신 버전의 재구축 치료기는 유전병조차도 고칠 수 있어. 그런데 동생들 모두 그 피부병만큼은 낫지 않았지."

"……."

"그런데 문제의 그 '비누'는 병의 증세를 완화시킬 수 있더라고. 재밌지 않아?"

"흠, 흥미 있군."

"해군 정보부 애들한테 그 비누의 성분을 분석해 보라고 맡기긴 했는데, 아무튼 비누의 특정 성분이 자유의 어둠을 약간 방해하는 건 분명한 것 같아."

"분석된 자료가 언젠가는 당신에게 도움을 주겠군. 당신 외의 사람들이 그걸 써먹는 꼴은 보기 싫은데 말이야."

데스디아가 살짝 비꼬듯 말했다.

치프는 걱정스러운 눈빛을 보냈다.

"저기, 무슨 일 있었어?"

"아냐. 혹시 나에게 치명적으로 작용할 수 있는 약점이 있다면 알고 싶군. 진심으로."

"네 옷장에 있는 분홍색 운동복을 네 앞에서 불태우면 어떨까?"

순간 데스디아가 흠칫했다.

"…흠, 그거 말고 더 자극적인 얘기는 없어? 혹시 내 어머님을 위기에 빠뜨렸던 그 약을 얘기할 생각이라면 그만둬."

데스디아가 애써 웃었다.

"여기서 얘기하긴 싫은데."

"…정말 있다는 소리야?"

"사실 아주 큰 페인트 한 통만 있으면 널 제압할 수 있어."

"응?"

데스디아는 당황했다.

"그런 것 따위로 알타이르의 워치프가 쓰러질 것 같나?"

"알타이르 행성인들이 합성 물질을 싫어하고 알레르기성 반응까지 일으키는 것에는 이유가 있어."

치프는 단말기에서 출력되는 데이터를 다른 것으로 바꿨다. 바로 알타이르인들과 관련된 것이었다.

"알타이르인들이 사용하는 정령과의 교감은 식물의 광합성 방식과 거의 일치해. 그래서 고분자 합성 물질로 몸을 덮어버리면 정령과의 교감을 사용할 수 없지. 금고 속에 넣어둔 식물처럼 비실비실해지는 거야."

"…지구에서 분석한 건가?"

위기감을 느낀 데스디아가 꽤 진지하게 질문했다.

"아니, 여태껏 만난 알타이르인 모두가 천연 소재에 집착하는 걸 보고 개인적으로 연구해 봤어. 속옷, 평상복, 전투복, 이불까지 전부 천연 소재를 쓰는 이유가 궁금했거든. 네가 훈련을 할 때 입는 운동복이 어째서 비키니 수영복에 가까운지도 의문이었지. 심지어는 단말기 케이스도 나무잖아?"

"하지만 광합성이니 뭐니 하며 과학적으로 증명할 기회는 없었을 텐데?"

"여사님께서 협조해 주셨지."

"어떻게?"

"몸에 좋은 거라고 말씀드려놓고 그분의 등판을 의료용 패치로 도배해 봤거든. 근데 며칠 내내 힘들어하셨지."

데스디아는 얼마 전 헤이파의 컨디션이 이상하게 나빴음을 떠올렸다.

"당신이 직접 붙여드렸나? 어머님을 벗기고?"

"오해하지 마. 사만다가 했어."

"이런 교활한⋯⋯."

데스디아는 손으로 자신의 눈가를 덮었다.

"하지만 적응도에 따라 그 결과가 달라지는 것도 증명되긴 했으니 너무 겁내지 마. 당장 너만 해도 합성수지에 큰 영향을 안 받잖아?"

"으음⋯⋯."

데스디아는 긴 한숨을 쉬었다.

햄버거를 천천히 씹으며 그들의 얘기를 듣던 톰이 씩 웃었다.

"치프, 내 약점은 뭐라 생각하지?"

"일단 그거나 다 드세요. 아직 우주연합 수도에서의 모험담이 안 끝났으니까요."

치프의 대답과 동시에 거실의 분위기가 무거워졌다.

"1년 동안 그곳에 갇혀 지내면서 놀기만 한 건 아니었어요. 우주연합 수도의 기간 시설 위치 및 구조, 보안 시설의 특성과 배치 상태는 그동안 다 파악했고 동력원으로 쓰고 있는 인공 항성의 취약점도 알아냈어요. 그 이후엔 할 게 너무 없어서 맛집 탐방을 했죠."

"흠, 넌 그러고도 남을 놈이지."

톰이 끄덕거렸다.

"거기에 갇혀 있던 게 아니었어?"

셀레스티아가 묻자 치프는 슬쩍 웃으며 데스디아의 어깨에 자신의 팔을 걸쳤다.

데스디아는 움찔했지만 자신의 어깨와 목덜미에 전해지는 그의 체온이 나쁘지 않았기에 그냥 가만히 있었다.

"그 친구들이 수도에서 가장 튼튼한 무인 보안 시설 안에 날 넣어버렸지. 자기네 기술을 너무 믿었는지 감시자도 안 붙였어. 이 세상에서 제일 믿지 말아야 하는 게 기계인데 말이야. 그래서 낮에는 밖으로 놀러 다니고 보안 시설에서는 잠만 잤지."

"나와 회사 사람들이 피 터지게 고생하는 동안 당신은 우주연합 수도를 만끽했다는 말로 들리는군."

데스디아가 따졌다.

"그냥 놀기만 했으면 연료 공급용 배관이랑 하수도 배관을 이어 붙이는 짓은 못했겠지."

"그것들이 무슨 빨대도 아니고, 어떻게 연결시킬 수 있었던 거지?"

치프는 데스디아의 질문을 들으면서 종이봉투 안에 손을 넣었다.

"우주연합 수도는 인공적으로 만들어진 거주지야. 엄청난 숫자의 블록을 서로 연결시키는 방식으로 만들어졌지. 그게 기간 시설 점검의 편의성을 위해서라도 좋은데, 그 블록 중 몇 개를 이리저리 이동시키면 배관이 꼬여 버리지."

"당신 혼자 블록들을 옮겼나?"

"블록 하나에 수백 톤이 넘는데 내가 어떻게? 그냥 정기 점검용 로봇들을 해킹했지. 상수도 시설만은 망가뜨리고 싶지 않아서 코드를 조정하기가 어려웠어."

"당신이 정말 수도 주민들의 목숨을 빼앗으려 했다면 뉴스 속보의 내용이 달라졌겠군."

데스디아가 쓴웃음을 짓자 치프는 고개를 저었다.

"에이, 단순한 학살이 목적이었다면 다른 방식을 썼지."

"응?"

치프는 데스디아의 옷깃에서 작은 바늘 모양의 물체를 뽑은 후 자신의 단말기에 넣었다.

데스디아가 당황하여 그 모습을 보는 한편, 치프는 '다른 방식'에 대한 설명을 했다.

"하루 일정, 혹은 1박 2일 일정으로 지구에 오고 가는 우주 연합 수도 출신의 샐러리맨이 몇 명일 것 같아? 못해도 1,000명 이상이야. 그 사람 중 몇 명만 골라서 탄저균을 접종시키면 돼."

"탄저균? 지구에서 사멸됐다는?"

"사멸이라기보다는 면역 체계가 잘 갖춰졌지. 아무튼 군용으로 잠복 시기가 조정된 놈이고 기관지에 작용하는 녀석이라 수도의 인구 2,400만 명 중에서 1,000만 명 정도는 동일한 날에 죽을 거야. 지역이 오염되는 건 덤이고 말이지. 결국 살아남는 건 신과 드래곤들 정도일걸? 내가 직접 출장을 갈 필요도 없어."

데스디아는 무서운 이야기를 농담처럼 하는 치프의 모습을 한두 번 본 게 아니었지만 이번만큼은 그 수준이 달랐기에 꽤 긴장했다.

"그러한 수단을 실제로 쓸 생각은 아니겠지?"

"꿈자리 사납게 왜 그러겠어?"

"…그보다 그 바늘 같은 건 뭐였지? 내 옷에 언제 꽂아둔 거야?"

"뭐긴 뭐야, 도청기지."

치프는 자신의 단말기를 만지작거리며 톰을 돌아봤다.

"설마 이렇게 큰 따님을 두셨을 줄은 몰랐네요, 아저씨."

치프의 그 말에 셀레스티아와 데스디아가 경악했다.

"흠, 정말 이제야 알아차린 것이냐?"

톰과 치프 사이에 정겨운 미소가 피어올랐다.

"우리 사이에 잔소리를 나눌 필요가 있나요?"

"없지. 원하는 게 있는 것 같구나. 말해보렴."

치프는 소파에서 일어나 톰의 앞에 섰다.

"UNSMC 대원들을 회사로 데려갈게요. 희망자 전부."

"…너마저도 그 행성에 희망을 갖고 있는 거냐?"

톰이 한탄했다.

치프는 평온한 눈으로 톰을 바라봤다.

"전 아저씨와 UN사령부에서 내린 지시에 따라 그놈들을 엿먹일 생각만 하고 있어요. 사령부에서 작성한 '바그타리온 작전'도 잘 이해하고 있죠. 녀석들에 대한 개인적인 감정도 틀림없이 정산해 줄 거고요."

"네 입장을 아주 잘 아는구나."

"당연하죠. 평생 군인이었어요. 그리고 제 나이가 몇인데요?"

"네 나이 따위는 잊었다만, 무능한 주제에 뭔가 더 해보겠다고 고집부리는 꼴을 보니 갱년기에 접어들었다는 것까진 알겠구나."

"그럼 제가 좀 더 유능할 수 있도록 만들어 주셨어야죠?"

"아, 난 너랑 말싸움하는 게 싫어. 역시 엠페라투스의 피와 고기를 너의 기반으로 삼는 게 아니었어. 넌 어렸을 때부터 그 친구처럼 지껄여 왔거든. 그래서 화를 내고 싶어도 낼 수가 없지."

"이야, 로맨틱하네요. 아저씨야말로 갱년기 아닌가요?"

"마음만 먹으면 너보다 젊은 모습을 가질 수 있단다."

"하, 그러신다고 해서 아저씨의 생각이 6천 600만 년이란 세월을 초월할 것 같진 않네요."

둘은 농담인지 진담인지 모를 이야기를 나누었다.

데스디아와 셀레스티아는 엠페라투스와 치프의 관계가 뜬금없이 밝혀진 이 상황을 어떻게 소화해야 할지 몰라 그냥 멍한 표정을 짓고 있었다.

"UNSMC의 일 말고 따로 하고 싶은 말이 있는 것이냐?"

"진심으로 뭔가 들어주실 의향은 있으신가요?"

"뭐라고?"

치프는 데스디아와 셀레스티아가 앉은 소파의 뒤편으로 걸어갔다. 그러고는 두 손으로 셀레스티아의 어깨를 가볍게 짚었다.

"아저씨의 따님은 벙어리가 아니에요. 그리고 더 이상 아빠 앞에서 기를 펴지 못하는 여자애도 아니죠."

"……"

"부디 따님의 이야기를 들어주세요. 분명 아저씨께 들려드리고픈 이야기가 있을 겁니다."

톰은 묵묵히 셀레스티아를 돌아봤다.

셀레스티아는 그의 시선을 피했다. 데스디아는 그녀의 손이라도 잡아줄까 하다가 그만두었다.

여기서 셀레스티아가 자신의 목소리를 내지 못한다면 정말 모든 게 물거품이 될 것이라 직감했기 때문이다.

그러나 셀레스티아의 입술은 떨리기만 할 뿐, 스스로 움직이지 못했다.

톰은 코웃음을 치며 고개를 돌렸다.

"들려주고 싶은 얘기? 그래, 아주 잘 들었……."

"아바마마는, 아빠는 엠페라투스와 똑같아요!"

셀레스티아가 땅을 박차고 일어나며 소리쳤다.

자못 당황한 톰은 다시 딸에게 되돌린 눈을 뗄 수가 없었다.

"엠페라투스와 처음 만났을 때 제가 뭘 느꼈는지 아세요? 바로 쓸쓸함과 그리움이었어요!"

그녀의 해석에 치프는 움찔했고 데스디아는 상당히 놀랐다. 더불어 톰의 표정은 진지해졌다.

"그는 부활하자마자 자신의 갈증을 채워줄 뭔가를 즐겁게 찾아다녔죠! 끔찍한 파괴와 살육으로 우리를 자극했어요! 하지만 그는 얼마 못가 흥을 잃었고, 결국 우리 모두를 무시한 채 치프와의 대결을 결정했어요! 아빠와 마찬가지로 우리에게 실망한 거라고요!"

셀레스티아는 아래로 쭉 뻗은 두 팔에 힘을 주고 주먹을 꽉 쥐었다.

"아빠는 항상 다른 것을 보고 계셨어요! 처음엔 아빠가 무슨 생각을 하시는지 이해할 수 없었지만 엠페라투스와 자주 만나고 그의 얘기를 들으면서 비로소 알게 됐어요! 엠페라투스가 과거를 그리워하는 것처럼 아빠 역시 과거만을 보고 계셨던 거예요!"

"…흠."

톰은 셀레스티아의 맞은편에 앉은 후 시거를 물었다.

"그런 면에서 아빠와 엠페라투스는 글러먹었어요!"

"글러먹다니?"

톰은 시거에 불을 붙이지도 못했다.

"이 지구가 날개 달린 자들의 땅이었을 때는 어땠나요? 선조
들께는 신들과의 싸움, 환상종과의 대결, 그리고 생존 및 번식과
관련된 모든 것이 영광이자 희망이었어요! 뭘 하더라도, 심지어
는 싸우다가 죽더라도 용기 있는 자로서 모두에게 칭송받았죠!"

"······."

"선조들께서 그렇게 낙관적이고 낭만적이셨던 이유가 뭘까
요? 세상이 나아지는 게, 종족이 발전하는 게 모두의 눈에 보였
던 거예요! 막연한 희망이 아니라 실질적인 번영을 체감했던 거
라고요! 그때가 우리 종족 최고의 순간이었다고 저에게 말씀해
주신 분이 바로 아빠였어요! 엠페라투스도 과거가 좋았다는 투
로 얘기했고요!"

"······."

"파울라 장로님, 아니, 엄마도 그때를 회상하실 때마다 빠짐
없이 언급하신 단어가 있어요! 바로 영웅이에요! 그런데 저와
3세대들이 태어나고 자란 땅은 어떤가요? 아빠가 갈아엎으시
려는 우리의 고향은 질릴 만큼 평화로웠어요! 영웅은커녕 왕
의 필요성조차 느낄 틈이 없었던 낙원이었다고요! 그런데 우리
보고 답이 없는 존재라고 하시네요? 어떻게 그런 말씀을 하실
수가 있죠?"

격정을 토한 그녀가 한 번 더 목소리를 높였다.

"문제 그 자체가 주어진 적이 없었는데 답을 어떻게 내놓을

수 있죠? 우리가 지은 죄라고는 엠페라투스라는 이름의 날벼락을 맞은 것뿐이에요!"

셀레스티아의 얼굴은 분홍색으로 상기되어 있었다. 그러나 그녀의 눈에 흐르는 것은 눈물 따위가 아니었다.

바로 위용이었다.

이야기를 끝까지 들은 치프는 드디어 그녀의 목소리가 터졌다며 마음속으로 박수를 쳤다.

'루할트랑 알케온이 이걸 봤으면 감격해서 울고불고 난리가 났겠지.'

데스디아 또한 놀라움과 뿌듯함이 섞인 눈빛으로 그녀를 바라봤다.

'역시 이 아이는 올곧았어.'

톰은 피우려던 시거를 테이블에 내려놓았다.

"그래서, 하고 싶은 말이 무엇이냐? 도와달라는 것이냐?"

그의 질문을 들은 셀레스티아는 톰을 향해 허리를 굽히고 테이블에 손을 대며 그와 시선을 맞췄다.

"우리가, 우리의 시대에서, 우리의 적과 싸우다 죽는 모습을 지켜봐 주세요."

"……"

"그것이 옛 시대의 역할이에요, 아빠."

말을 맺은 셀레스티아는 데스디아의 옆에 다시 앉았다.

데스디아는 가만히 톰을 바라보는 셀레스티아의 모습에서 뿌듯함을 느꼈다.

'포프뿐만 아니라 셀레스티아도 성장했어. 당신을 보면서 말

이야.'

그녀는 치프를 봤다. 그 검은색 머리에 상감색 눈동자를 가진 남자는 벽에 등을 기대어 팔짱을 느슨히 끼고 있었다.

'알고 있었지만… 당신은 나만의 영웅이 아니었나 봐.'

이윽고 톰이 시거를 들고 자리에서 일어났다.

"뜻대로 하렴."

"예, 아빠."

"치프는 날 따라오고."

톰은 거실을 가로질러 정원으로 통하는 문 쪽으로 걸어갔다.

"알타이르 아가씨들은 안 깨워도 되나요?"

치프가 묻자 톰이 한숨을 쉬었다. 테이블에 엎드려 자고 있던 알타이르 여성들이 번쩍 눈을 떴다.

치프와 톰이 나간 뒤, 셀레스디아가 몸을 기울여 데스디아를 껴안았다.

"함께 싸워줘, 뎃디."

"그래, 우리 착한 셀리."

셀레스티아의 하얀 머리카락과 데스디아의 검은 머리카락이 부드럽게 섞였다.

정원으로 나간 톰은 통나무를 반으로 잘라 만든 벤치에 나란히 앉았다.

"아빠라고 진작 불러줬으면 좋았을걸."

"제이크는 처음부터 아저씨를 아빠라고 불렀던 것 같은데요?"

제이크는 톰의 양자이자 사만다의 양아버지였다. 치프와는 형제나 다름없는 친구였는데, 사만다의 군 입대를 계기로 톰과 헤어져 지금은 부인과 단둘이 살고 있었다.

"많은 아이가 나를 아빠라고 불렀지. 넌 내가 지구에서 얼마나 오랫동안 살아왔는지 알고 있니?"

"지금 그거 들어서 뭐하라고요? 기네스북에 올려 드릴까요?"

"나쁜 녀석."

톰은 시거에 불을 붙였다.

시거의 끝이 새빨갛게 달아올랐다가 서서히 식었다.

"사만다는 어떠냐?"

"이젠 사만다도 어른이에요. 근데 왠지 결혼하는 모습을 상상하기가 싫네요."

"너와 UNSMC 대원들에겐 정말 공주님이니까. 인간성을 선물해 줬지."

"그렇죠."

둘이 싱겁게 웃었다.

"사만다를 잘 지켜주렴."

톰이 말했다.

"…강조하시는 걸 보니 개한테도 뭔가 있는 거죠?"

"있지."

톰이 거기까지만 말하자 치프의 인상이 확 구겨졌다.

"입이 좀 불편하신 거 같으니 머리에 구멍을 하나 더 뚫어드리죠."

치프가 바지 뒤쪽의 권총집에 손을 댔다.

"진정해. 사만다는 네 약점이야. 포프라는 아이와 사만다가 동시에 납치됐다고 쳤을 때 넌 누굴 먼저 구할 거지?"

"……."

"내 입으로 답을 말할 필요는 없는 것 같으니 주의하렴. 넌 우주연합 군부와 행정부 모두의 시선을 너무 끌어버렸어. 녀석들은 우주연합 수도를 똥통으로 만든 놈이 분명 너라고 생각할 거야. 증거 따윈 못 찾겠지만 말이지."

"뭐… 그렇죠."

치프는 떫은 표정으로 자신의 턱밑을 만졌다.

그들 사이를 지나가는 바람이 시거의 연기를 가져갔다.

"말이 나온 김에 사만다를 지구로 돌려보내라고 말하고 싶지만… UN본부에서 아르바이트를 시켜도 제대로 지켜줄 수 없을 것 같구나. 차라리 네 곁에 계속 두는 게 낫겠어."

"걱정 마시고 지원이나 듬뿍해 주세요."

톰은 다소 걱정스러운 표정으로 치프를 돌아봤다.

"바그타리온 작전을 무시하고 혼자 최종 결전이라도 할 생각이냐?"

"그건 상대방한테 달렸죠."

"그럼 필요한 것들을 적어서 제출하도록 해. 맞출 수 있는 데까지 최대한 맞춰볼 테니까."

치프는 묵묵히 끄덕여 감사를 표했다.

"엠페라투스는 어떻더냐? 상대할 만했느냐?"

"같은 수가 두 번 통할 상대는 아니라서 엄청 겁나죠. 하지만 말이 아예 안 통하는 것도 아니고… 은근히 참견장이라서 귀찮은 면도 있더군요."

"원래 에너지가 넘치는 친구지. 순진하고, 정의롭고."

"…혹시 엠페라투스한테 돈이라도 꾸셨어요? 제가 느낀 인상이랑 많이 다른데요?"

치프가 당황하여 심하게 비꼬자 톰은 고개를 슬쩍 저었다.

"으음… 관점의 차이는 인정하마."

그래도 톰은 엠페라투스의 옛 모습을 떠올리며 살짝 웃었다.

"이 기회에 저랑 같이 가서 엠페라투스랑 재회하시면 어때요? 아예 승부까지 내주시면 더 좋겠네요."

"하고 싶어도 못해."

"왜요?"

"그냥 좀 넘겨다오."

"흠."

치프는 씁쓸한 표정을 지었다.

"그보다 네 정신력은 정말 존경할 만한 수준이구나. 내가 누구이고 네 몸에 엠페라투스의 피와 고기가 섞여 있다는 걸 알았으면서도 그냥 훌쩍 넘길 줄은 몰랐단다. 난 너한테 총을 맞을 각오를 했는데 말이지."

"제가 그딴 걸로 화를 낸다고 해서 조셉과 딕슨이 살아 돌아오는 것도 아니잖아요?"

치프가 가벼운 웃음소리를 섞어 대답했다.

"…그렇지."

톰은 오른팔을 뻗어 치프의 어깨를 두드렸다.

"앞으로 더 힘들어질 게다. 셀레스티아를 잘 부탁하마."

"아저씨야말로 따님 좀 믿으세요. 이젠 정말 어엿한 왕녀 전하라고요."

"…사실 아까 너무 대견해서 눈물이 날 뻔했어."

"하하."

치프는 왼팔을 뻗어 톰의 등을 두드렸다.

＊　　　＊　　　＊

치프와 데스디아, 셀레스티아가 지구에 오고 나서 나흘 정도가 흘렀다.

알링턴 국립묘지에 온 치프는 앞에 나란히 놓인 두 개의 관에 손을 올렸다. 흰 장갑을 낀 그의 손이 관의 윤기를 누르며 차분하게 움직였다.

"미안해, 조셉. 딕슨을 금방 데려와 버렸어. 딕슨에게 해주려고 했던 너희 아버지 얘기는 이제 영원히 들려줄 수 없게 됐네."

그가 단백한 미소를 지었다.

"그때 너희가 만난 너희 아버지 말인데, 실은 안드레이가 변장한 거였어. 어떤 식으로든 자극을 주지 않으면 너희들 스스로 목숨을 끊을 것 같았거든."

치프는 길게 한숨을 쉬었다.

"난 그 일을 후회하지 않아. 끝까지 군인답게, 그리고 인간답게 살다 간 너희를 잊지 않을게. 존경한다. 편히 쉬어."

이틀 전에 신체검사를 마치고 지구로 내려온 소녀, 요르엘은 관에서 물러나는 치프의 모습을 데스디아, 셀레스티아, 그리고 200명이 넘는 UNSMC 대원과 함께 가만히 지켜봤다.

모두를 향해 돌아선 치프는 열중쉬어 자세를 잡았다.

"UNSMC, 들리나? 나와 함께 갈 사람들은 여기 온 김에 자신이 묻힐 자리부터 예약하도록 해."

그러자 그 자리에 모인 UNSMC 대원 전원이 호주머니에서 흰색 서류를 꺼내 머리 위로 치켜들었다.

하얀색의 물결이 치프의 눈에 가득 들어왔다.

"참으로 성급한 아저씨들이군."

서류를 집어넣은 UNSMC들은 치프를 향해 일제히 손을 들어 경례했다. 치프도 차려 자세를 한 뒤 거수경례로 답했다.

"함께 가자, 형제들이여."

51
죠니가 항상 겪었던 일

'우주연합 수도'라는 그 초거대 인공거주지의 명칭은 단순히 지역의 이름이 아니었다. 이곳이야말로 우주연합에 가입한 모든 행성의 수도라는, 매우 대담하면서도 도도한 의미가 담겨 있었다.

초소형 인공태양 아래에 수많은 블록들을 깔아 완성된 수도의 형태는 우주 밖 먼 곳에서 보면 마치 작은 그릇이나 둥글둥글한 범선처럼 보였다.

그러나 신전을 연상케 할 만큼 깨끗했던 그 인공거주지는 불과 닷새도 안 되어 악취로 가득한 오물의 수도가 되어 있었다.

수도 중심에 위치한 관저와 주요 시설들도 상황은 마찬가지였다. 시설 내에 설치된 비상용 정화장치가 미처 가동되기 전에 우주선용 연료가 섞여 들어오면서 하수도 배관들이 손상됐기 때문이었다.

군부의 시설도 그랬다.

노란색 피부의 남자, 헬터스크는 방독마스크를 쓴 채 업무를 보고 있었다. 그의 방에서 대기 중인 우주연합 소속 군인들 역시 방독마스크와 호흡보조기를 단단히 착용하고 있었다.

한창 바삐 돌아가고 있는 그의 방에 탁한 은발을 길게 기른 남자가 들어왔다.

차가운 눈빛, 그리고 얼음 꽃 같은 속눈썹. 등을 덮은 장발만큼이나 늘씬한 몸은 흰색 일변의 상하의 속에서 거의 완벽에 가까운 밸런스로 움직이고 있었다.

그를 본 헬터스크는 부하들에게 손짓하여 그들을 방 밖으로 내보냈다.

헬터스크와 마찬가지로 방독마스크를 쓴 그 은발의 남자는 의자에 다리를 꼬고 앉으며 웃음소리를 냈다.

"이해가 안 되는군, 헬터스크여."

"뭐가 말인가?"

헬터스크가 그를 찌릿 노려봤다.

"각 배관에 최첨단 필터는 물론 거름망조차 존재하지 않았단 말인가? 어째서 오물들이 함선의 연료통에 들어갈 수가 있지?"

"A—1730이란 놈은 그런 녀석일세. 실버로드여."

헬터스크가 상대의 이름을 부르며 투덜댔다.

"필터들을 전부 강제로 개방해 버렸어. 게다가 이물질 감지 센서까지 마비시켰지. 어떻게 해킹을 한 건지 궁금할 정도야."

"A—1730이 그랬다는 증거는?"

"전혀 없지! 깔끔해! 그와 조금이라도 비슷하게 생긴 놈이 수도에 들어왔다는 흔적조차 없어!"

"그런데 A—1730의 짓이라고 확언하는 이유가 뭔가?"

"그놈 말고 대체 누가 있겠나?"

헬터스크는 잠시 멈췄던 서류 작업을 계속하며 말을 이었다.

"민간인 구역의 전력시설과 상수도시설만은 안 건드렸어. 아니, 일부러 유지가 되도록 정교하게 배려해 줬지. 상수도 배관까지 똥이 들어차고 연료가 유입됐다면 도시 자체가 박살 났을 거야. 우주연합 수도의 시민들이랍시고 멋을 부리던 하등동물들 전부가 똥과 연료가 섞인 물을 처먹고 길바닥에서 죽었을걸?"

"흠."

"아무튼 그것만 봐도 A—1730의 짓이 분명해. 깨끗한 물과 풍부한 전기의 소중함을 이곳의 어리석은 하등동물들에게 제대로 가르치고 있지!"

"잘은 모르겠지만 자네, 그 녀석의 실력을 인정하는 것 같은데?"

"농담하지 말게."

헬터스크가 실버로드를 흘겨봤다.

"아니, 실로 대단하지 않나?"

실버로드가 눈웃음을 지었다.

"우리와 같은 날개 달린 자도 아니고, 운캄타르의 힘을 흉내내는 하등동물 따위가 이 거대한 도시의 구조를 전부 파악하여 증거 하나 남기지 않고 망가뜨린다는 건 감동스러울 정도인데?"

"그렇긴 하지. 대체 그놈이 무슨 수로 이 도시의 모든 걸 알아냈을까? 아르마다 녀석의 사무실 앞에는 유아용 오리 변기가 놓여 있기까지 했단 말일세. 다른 곳은 몰라도 이 군부 건물의 구조와 감지기의 위치, 그리고 특성까지 파악하기 위해선 직접 와서 살피지 않고는 불가능……."

말을 하던 헬터스크의 표정이 갑자기 굳어졌다. 실버로드는 입을 열자마자 사색이 되는 그의 표정이 너무 재밌어서 그냥 바라보기만 했다.

"빌어먹을!"

헬터스크가 벌떡 일어났다.

"설마, 수도의 모든 것들을 파악하려고 이곳에서 1년을 보냈단 말인가? 잡힌 것도 일부러 잡힌 거고? 말도 안 돼!"

"…그 하등동물이 그렇게까지 큰 그림을 그릴 수 있는 재주꾼이었나?"

실버로드의 눈가에서 웃음기가 사라졌다.

"그게 아니라면 이렇게 깔끔이 일을 저지를 수가 없지 않나?"

"내가 보기엔 자네가 너무 신경질적으로 반응하는 것 같네만?"

지적을 하긴 했지만 실버로드는 표정을 바꾸지 못했다.

"그럼 우리 추종자들 중에서 가장 머리가 좋은 자네가 좀 생각해 보게!"

헬터스크의 말은 분노에서 나온 비꼼이 아니었다.

실버로드는 2세대 드래곤들 가운데에서 가장 영악한 자로 손꼽히는데, 그 이유는 운캄타르에게 말싸움을 걸어 직접 얻어맞은 유일한 2세대 드래곤이기 때문이었다.

그 누구의 어떠한 도발도 대담하게 받아주던 운캄타르였지만, 어느 날 실버로드가 작정하여 내던진 말에 넘어가 폭력을 휘두르고 말았다.

그 일은 엠페라투스마저 놀라게 만들었고, 이후 실버로드는 엠페라투스의 추종자들을 움직이는 두뇌로서 명성을 떨쳤다.

"혹시 A—1730에 대한 자료가 있나?"

"내가 알아낸 것들은 여기에 다 있네. 자네가 돌아올 것에 대비해 준비해 놨지."

헬터스크는 엄지 크기의 저장장치를 내밀었다.

저장장치 위에 손을 대어 그 안에 보관된 데이터를 손으로 읽어낸 실버로드는 잠시 눈을 감고 자신이 흡수한 자료들을 고속으로 살펴봤다.

다시 눈을 뜬 실버로드는 우선 실소를 터뜨렸다.

"소년병들을 3,000명 넘게 사살했다고? 사실인가?"

"그렇다네. 그야말로 하등함의 절정이지!"

"아니, 최고가 아닌가?"

"응?"

실버로드는 웃었고 헬터스크는 인상을 썼다.

"자네가 나에게 준 자료가 사실이라면 그는 의학적으로도 구할 방도가 없는 3,000명을 최대한 빨리 처리하고 소년병들의 생산지를 타격하여 총합 2만 명의 아이들을 구출한 자일세. 전혀 망설임 없이 말이지. 이렇게 대담한 하등동물은 처음인데?"

"…그, 그런가?"

"이 하등동물… 아니, A—1730은 죄책감에 대한 가치관이 달

라. 이토록 엠페라투스 님과 비슷한 존재는 처음이군."

"엠페라투스 님과 비슷하다니?"

헬터스크가 묻자 실버로드의 눈빛이 실망감으로 물들었다.

"헬터스크여, 벌써 잊었나? 엠페라투스 님께서 우리들에게 하신 말씀을 말일세."

실버로드는 눈을 감고 팔을 벌렸다. 입에 쓴 마스크 때문에 표정이 전부 보이진 않았지만 그의 살짝 감긴 눈은 환희에 젖어 있었다.

"죄악은 이 세상의 절대 기준이며, 선과 악은 자기 편의에 맞춘 해석에 불과하다."

"……."

실버로드가 자세를 바로하며 헬터스크를 봤다.

"죽은 소년병들의 관점으로 봤을 때, A—1730은 과연 악이었을까?"

"…그냥 살인자이지 않나?"

"그건 자네 관점이고, 내가 물은 건 소년병들의 관점일세."

"약에 취했는데 판단력이고 뭐고 존재할 리가 없지."

대답을 한 헬터스크는 실버로드의 나쁜 버릇이 또 시작됐다며 마음속으로 투덜댔다.

"그래, 그것일세! 엠페라투스 님께서 일으키신 대 살육을 떠올려보게! 판단력을 상실하고 살육만을 품은 날개 달린 자들의 모습을! 그들에게 선이 있었나? 악이 있었나? 아니야! 그냥 망가진 짐승에 불과했지!"

실버로드의 목소리가 격해진 감정으로 인해 거칠게 갈라졌다.

"아둔한 운캄타르는 끝까지 망설였고, 그의 우유부단함이 결국 날개 달린 자들의 희생을 더 키웠다네! 대 살육을 피해 도망치던 내 가족도 구하지 못했지!"

실버로드의 손에서 피어난 은색의 아지랑이가 소총을 든 소년병의 머리에 권총을 대는 A−1730, 치프의 입체 영상으로 바뀌었다.

"하지만 이걸 보게, 헬터스크여. 이자는 망설임이 없어. 자세를 보아하니 이자는 아무도 믿지 않는 자가 분명해. 그러나 미움을 사는 것은 아닐세."

실버로드의 아지랑이가 더욱 확대되더니 치프의 뒤에서 소년병들을 쏘는 UNSMC 대원들의 모습까지 떠올랐다.

"그의 부하들을 봐! A−1730을 따라 소년병들을 정조준하고 있어! 오리를 사냥하듯 방아쇠를 당기고 있단 말일세! 자신들의 두목에게 선과 악의 판단마저 떠맡겨 버린 거라고! 이것은 신앙에 가까운 신뢰야! 엠페라투스 님을 따르던 우리가 떠오르는군!"

헬터스크는 걱정스러운 표정으로 실버로드를 바라봤다.

"알았으니 그만 좀 몰입하게. 녀석이 얼마나 대단하든 지금은 방법이 없어. A−1730의 처리는 이 수도의 문제가 끝난 다음에 이야기하세, 실버로드여."

"흠, 실례했네."

흥이 깨진 실버로드는 아지랑이를 수습했다.

헬터스크는 실버로드가 '엠페라투스 님을 따르던 우리'라는 식으로 이야기를 한 것에 대해 불쾌감을 느꼈다.

'요즘은 만날 때마다 과거형으로 이야기하는군. 뭐, 원래 자기

주장이 강한 친구였지만.'

그가 한숨을 쉬었다.

"아무튼, 마침 만났으니 자네 얘기를 좀 해볼까? 며칠 전에 반달리온이 나에게 연락을 하더군."

"호오, 뭐라던가?"

실버로드가 빙긋 웃었다.

"군부고 뭐고 다 집어치우고 엠페라투스 님 밑으로 돌아오라 던데? 나보고 말일세."

"정말 그 말뿐이었나?"

실버로드가 묻자 헬터스크는 코웃음을 쳤다.

"자네도 데려오라고 하더군. 난 반달리온의 입에서 자네 이름 이 나올 줄은 몰랐다네."

"그렇군. 그와 난 그리 친하지 않은데 말일세."

"자네들은 옛 고향에 있을 때도 자주 다퉜지. 그래도 이제는 엠페라투스 님께서도 깨어나셨으니 그와 사이좋게 지내게나."

그라니트 행성에서 반달리온의 목숨을 끊어버리려 했던 실버 로드는 옛 이야기를 즐겁게 털어놓는 헬터스크의 멍청함에 안 도했다.

"그럼 어찌할 것인가, 헬터스크여? 여길 떠나서 엠페라투스 님의 곁으로 갈 생각인가?"

"음… 여기가 아무리 똥통이 됐다곤 하지만 그렇다고 그냥 사라질 수는 없지. 난 신들을 계속 감시하겠네. 하이시리스의 움직임이 최근 특히 수상해."

"알았네. 그럼 난 다시 그라니트 행성으로 가보겠네."

"후후, 아무리 자네라고 해도 분뇨와 연료의 향기를 계속 맡기엔 무리겠지. 반달리온에게 내 안부나 전해주게."

"그러지. 수고하게, 헬터스크여."

실버로드는 손을 흔든 뒤 방을 떠났다.

헬터스크는 다시 방에 들어온 부하들과 함께 진심을 다하여 서류를 정리했다.

＊　　　　＊　　　　＊

일주일 만에 그라니트 행성으로 돌아온 치프와 데스디아, 셀레스티아, 그리고 요르엘은 각자의 여행용 가방을 운송용 로봇에게 맡긴 채 공항 밖으로 이동했다.

"저기, 치프."

데스디아가 인상을 찡그린 채 물었다.

"왜?"

"우리와 함께 내렸던 UNSMC 대원들 말인데, 다 어디 갔지?"

"뒤에 있잖아?"

치프가 엄지로 자신의 어깨너머를 가리키자 데스디아는 뒤를 돌아봤다.

군복 대신 평상복을 입은 UNSMC 대원 10여 명이 단말기의 카메라로 서로를 찍어대며 그라니트 행성에서의 첫날을 즐기고 있었다.

"200명이 넘지 않았나?"

"아, 얘기 안 했나?"

때마침 대형 함선이 이동하면서 만든 진동음이 공항을 살짝 흔들었다.

치프가 지구에서 이곳으로 올 때 사용한 구형 전함이 위태위태하게 떠올라 회사 방향으로 날아갔다.

"나머지는 기술진들과 함께 저기에 타고 있어."

"그럼 저기 따라오는 자들은 뭔데? 우리들의 경호원인가?"

"아니, 멀미한 놈들."

"……."

데스디아는 멀미를 겪은 자들 치고는 너무 생기발랄한 그 '아저씨'들을 건조한 눈빛으로 바라봤다.

"아무튼, 지구에서 당신한테 준 물건이 구축함이나 순양함이 아니라 전함이라는 건 기분 좋은 일이지만 너무 오래된 녀석 같은데?"

"고철로 쓰겠다는 명목 말고는 군함의 행성 진입에 대한 법적 변명거리가 없는데 어쩌겠어?"

"그럼 진심으로 저 고물을 쓰겠단 말인가?"

"그렇다고 몽둥이로 브리치들을 부술 순 없잖아?"

치프는 걷던 방향을 바꾸고는 음료수 자판기에서 탄산음료를 뽑았다.

"한 달 정도 푹 쉬면서 생각해 보자고. 브리치 싹쓸이 작전을 말이지."

브리치 싹쓸이 작전이라는 말에 데스디아는 시큰둥한 반응을 보였다.

"싹쓸이? 내가 1년 동안 떨어뜨린 브리치의 숫자를 당신도 알

텐데?"

"그래, 뎃디. 잘 알아. 너무 자책할 필요는 없어."

치프는 자판기에 기댄 채 아까 뽑은 음료를 즐기며 농담을 던졌다.

"자책이라니? 그만큼 떨구기 힘든 물체라는 뜻이야!"

치프가 없는 시간 동안 고생을 해온 데스디아 입장에서는 서러움을 갖고도 남을 만한 말이었다.

"그 이전에 네 탓이 아니야. 여태껏 널 방해한 요소들이 너무 많았지."

"방해한 요소?"

"환상종으로 시작해서… 브리치에 대한 정보 부족, 주머니에 돈이 꽂혔는데도 너한테 개기는 헌터들, 스트라투스의 정체와 위력을 감추려고 했던 네 입장, 신이 보낸 변질자들, 우리 회사의 인력 부족, 그리고 그 부족한 인력이 손발을 맞추는 데 걸린 시간 등등. 어쩔 수 없는 상황이었다고."

그의 지적에 셀레스티아가 상심하여 고개를 반쯤 숙였다.

"미안해. 내가 일찌감치 활동했다면……."

"워워, 그건 아냐."

치프가 손에 든 음료수 캔을 흔들었다.

"셀리, 넌 네 자신의 능력을 정확히 알 기회가 전혀 없었어. 네가 풀어야 할 숙제는 아직 많지만 넌 이번에 네 스스로 큰 용기를 내서 숙제의 일부를 해결했어. 그러니 긍정적으로 생각해. 우리 모두가 널 도와줄 거야."

"응, 치프."

치프는 그녀를 응원했다. 하지만 데스디아의 생각은 달랐다.

'셀리가 조금만 더 적극적이고 능숙했다면 희생자를 줄일 수 있었겠지. 그건 대단히 아쉽지만 셀리를 여태껏 방치한 자들의 목록 안에는 내 이름도 들어 있어. 가장 큰 죄인은 나야.'

역으로 데스디아가 자책하는 한편, 요르엘은 좀 더 냉정하게 셀레스티아의 입장을 따졌다.

'사장의 대담함, 그리고 조셉과 딕슨의 희생이 왕녀를 자극한 건 사실이야. 그런데 보람이 있을까? 난 아직도 왕녀의 존재 가치 및 존재 이유를 모르겠어.'

요르엘의 싸늘한 표정을 뒤에서 바라보던 치프가 음료수 캔의 차가운 아랫부분을 그녀의 뒷목에 댔다.

"흐힉!"

인형 같던 요르엘이 비명을 지르며 자신의 뒷목을 감쌌다. 그 비명이 꽤 크면서도 뭔가 요염했기에 주변에 있던 모든 이들이 요르엘을 쳐다봤다.

치프는 음료수 캔의 아랫부분을 흘끔 본 후 다시 요르엘을 봤다.

"내가 얼마 전까지는 너에 대해 제대로 몰라서 가만히 있었는데, 다른 사람에게 불만이 있거나 뭔가 지적하고 싶은 부분이 있으면 속으로 꿍얼대지 말고 입 밖으로 내놓도록 해."

"그거, 사장으로서의 명령이야?"

요르엘의 대꾸에 치프는 짧은 한숨을 쉬었다.

"기본이야. 친구의 기본."

"나에겐 친구 따윈 필요 없어, 사장."

요르엘이 당당히 말했다.

치프는 데스디아를 봤다.

앞서 나온 얘기들 때문에 기분이 언짢은 상황이었던 그녀가 결국 폭발, 요르엘을 옆구리에 끼고는 손바닥으로 그녀의 엉덩이를 후려쳤다.

"이런 고약한 년을 봤나! 포프랑 젝스가 없으면 밤에 똥오줌도 못 싸러 갔던 계집이!"

"부사장, 그건 여자의 비밀……."

"당장 사과 못 할까!"

데스디아가 요르엘의 둔부를 점점 빠르게 때렸다.

치프는 그 속도와 손에 걸리는 힘, 그리고 들썩거리는 요르엘의 엉덩이를 진지하게 바라봤다.

'뎃디가 작정하고 쳤으면 저 꼬마는 눈알부터 빠졌겠지. 엄마 역할도 잘 하시네요, 부사장님.'

그러다가 그의 고개가 옆으로 기울어졌다.

'아니야, 여사님께서 옛날에 뎃디를 저렇게 혼을 내셨는지도 모르겠네. 그건 안 찍어 두셨을라나?'

어쨌거나 데스디아의 징벌은 계속됐다.

"그러니까… 사회성이라는 건… 내 발언은 시대의 탓… 부사장은 지금 흥분 상태… 아니, 죄송해요. 죄송합니다. 잘못했어요. 용서해 주세요."

요르엘은 맞으면서 사과를 계속했다.

"쯧."

혀를 찬 데스디아는 요르엘을 안전하게 내려줬다.

요르엘은 두 손으로 자신의 두부를 잡으며 등을 뒤로 젖혔다. 눈가에 맺힌 눈물이 천장에서 내려오는 빛을 받아 반짝거렸다.

사진을 열심히 찍으며 기분을 내던 UNSMC 대원들이 치프 곁으로 다가왔다.

"원사님께서도 사만다를 저렇게 혼내신 적이 있지 않습니까?"

"응, 딱 한 번. 지구로 데려온 이후 얼마 안 됐을 때였는데, 멋대로 집을 나갔다가 납치를 당해서 볼기를 가볍게 세 번 때려줬지. 그게 처음이자 마지막이었어."

"사만다는 역시 착한 아이였군요."

"그보다… 한 팔로 들기엔 너무 무거웠거든. 두 번 할 엄두가 안 났지."

"으흠."

치프와 대원들이 실없이 웃었다.

셀레스티아는 치프의 기억을 읽은 덕에 그 상황을 치프 자신보다도 더 자세히 알고 있었다. 그러나 그녀가 그 기억에서 확인한 것은 치프의 긴장과 안도감뿐이었다.

그녀는 자신과 달리 그 과거를 다른 이들과 공유하며 즐기는 치프의 모습이 대단히 부러웠다.

공항에서 조금 떨어진 공터로 향한 치프와 일행은 그곳에서 수송기와 함께 대기 중인 죠니와 만났다.

수송기에 기댄 채 시가를 피우던 죠니는 치프 일행을 보자마자 자신의 두꺼운 팔을 좌우로 흔들었다.

"어어, 죠니. 며칠 간 별일 없었어?"

치프가 묻자 죠니가 어깨를 으쓱거렸다.

"옙. 손님들도 얌전했고 말이죠."

"포프랑 안드레이는?"

"울보들을 딱 골라서 물어보시네요. 난리도 아니었죠."

"자네는 어땠는데?"

"…아, 혹시 딕슨이 제가 아끼던 권총을 날려 먹었었다는 말씀 드렸었나요?"

"……."

가만히 있던 치프는 죠니의 옆으로 다가가서는 그의 큼직한 어깨를 손으로 짚었다.

"너무 그러지 마. 자네 잘못 아냐."

"…죄송합니다."

죠니는 얼굴을 확 찡그리고는 자신보다 덩치가 작은 치프에게 기대며 큰 소리로 울었다. 딕슨의 죽음을 확인한 직후부터 억눌러왔던 그의 감정이 이제야 폭발해 버린 것이다.

UNSMC의 실질적인 부두목이나 다름없으며, 치프만큼이나 다재다능하고 능수능란한 모습을 보여주던 군인이 그렇게 서럽게 울어대자 어찌어찌 유지되던 다른 이들의 분위기 역시 한꺼번에 무너지고 말았다.

결국 셀레스티아가 수송기의 조종을 맡았다. 데스디아가 그녀의 말동무를 할 겸 조종석으로 가려 했으나 셀레스티아가 거절했다.

데스디아는 혼자 생각을 하며 가고 싶다는 셀레스티아의 요청을 거부할 수가 없었다.

북받쳤던 죠니의 감정은 수송기가 빅시티의 영역을 빠져나갈 때쯤에 안정되었다.

"포프의 동생들은 어때? 무사한가?"

"딕슨이 대처를 잘 했습니다."

죠니는 단말기를 꺼내고는 딕슨을 발견했을 당시의 영상을 열어 수송기 내에 마련된 대형 스크린에 전송했다.

영상이 재생되자 사장실 바로 앞 복도가 보였다. 복도에는 광선검에 베여 죽은 오파로아의 암살자들, 즉 자매단의 시체에 이어 딕슨의 모습이 보였다.

딕슨은 키드의 스승을 중장갑 전투복으로 결박한 채 뒤로 누워 있었다. 그런 그의 헬멧에 난 구멍을 본 치프는 한숨을 쉬었다.

치프는 그 영상을 지구에서 전송받아 이미 검토한 상태였지만 다시 봐도 감정을 자제하기가 힘들었다.

딕슨의 중장갑 전투복 위에서 발버둥을 치던 키드의 스승이 동영상을 보는 사람들을 향해, 정확히는 헬멧의 카메라로 상황을 촬영하던 죠니를 향해 손을 움직였다.

—나, 나를 좀 구해주시오! 이 친구가 미쳤소! 애들을 이곳에 가두더니 암살자들과 싸우던 날 이렇게 만들었소!

—XX, 그럼 이 문에 난 흔적은 뭐야! 여기 쓰러진 년들이 낼 수 있는 흔적이 아니라고!

죠니의 목소리가 터졌다.

복잡한 인증 과정을 거쳐 사장실의 문을 연 죠니는 사장실 내의 은신처에서 떨고 있는 포프의 동생들을 발견했다.

—너희들! 괜찮아? 다친 데 없고?

―딕슨 아저씨가 여기 있으라고… 딕슨 아저씨는요?

아이들의 대답을 들은 죠니는 그 즉시 키드의 스승이 있는 곳으로 돌아갔다. 카메라의 흔들림이 흔들림 보정장치의 한계를 넘어서는 바람에 화면이 거칠게 흔들렸다.

그 흔들림은 죠니의 분노를 드러내고 있었다.

죠니는 중장갑 전투복에서 해방되어 UNSMC 대원들에게 제압당한 그 딸기코의 노인을 다시 봤다.

―똑바로 말해. 왜 그랬어? 조셉의 목숨만으론 부족했나? 응? 어서 말해!

죠니의 소총 끝이 노인의 머리를 짓눌렀다.

―난… 내 예언의 개연성을 위해…….

―뭐? 개연성? XX, 개연성이라고? 무슨 개소리야!

―이, 이해해 주게! 신수가 나타난 이상 이 행성은 이제 끝장이야! 난 저 아이들을 데리고 여길 탈출해야 해! 둘 중의 한 명이 자유의 어둠을 이어받으면 마스터 어쌔신으로 만들어서……!

순간 합금으로 보호된 죠니의 전투화가 노인의 코에 제대로 꽂혔다. 뒤이어 그를 제압하고 있던 UNSMC 대원들도 이성을 잃고 노인에게 발길질을 날렸다.

대원들 중 한 명이 피투성이가 된 키드의 스승을 들어 올린 뒤 벽에 내던졌다. UNSMC 대원들은 그를 벽에 처박아 묻어버릴 기세로 주먹과 발길질, 총의 개머리판을 끊임없이 꽂았다.

영상의 방향이 바닥에 누운 딕슨 쪽으로 향했다.

―안 돼, 딕슨! 제발……!

죠니는 주먹으로 딕슨의 가슴보호대를 두드리고 헬멧을 벗기려 했다. 그러나 벗겨지는 헬멧 사이로 나오는 소리가 심상치 않았다.

그것은 불에 타며 스펀지에 들러붙은 고기가 억지로 떨어져 나갈 때의 소리와 비슷했다.

—아아… 아아아아아아아!

죠니가 더 이상 헬멧을 벗기지 못하고 괴성을 지르는 것으로 영상이 끝났다.

수송기는 조용해졌다.

죠니는 그때의 기억이 떠올라 다시 훌쩍거렸다.

UNSMC 대원들 역시 기가 막혀 눈물을 흘리거나 자신이 앉아 있는 좌석을 뜯을 기세로 꽉 잡은 채 조용히 화를 냈다.

데스디아는 눈을 감고 자신의 감정을 다스렸다.

요르엘은 포커페이스였으나 마른침을 수차례 넘기는 등 감정의 혼란을 수습하기 위해 애를 썼다.

치프는 옆에 앉은 죠니의 두꺼운 뒷목을 주물러주었다.

"…포프도 저걸 봤나?"

"아닙니다. 하지만 동생들에게 얘기를 들었는지 방에서 나오질 않다가 장로님께 혼이 났죠. 그땐 제법 무섭게 혼을 내시더군요. 지금은 기운을 차렸습니다. 아주 약간 말이죠."

죠니가 다시 고개를 숙였다.

"포프도 딱하군요. 헌터 지망생에서 자유의 어둠이라는 힘을 가진 마스터 어쌔신, 그리고 이제는 소녀가장이라니 말입니다."

"괜찮아. 내가 계속 얘기했잖아? 강한 아이니까 잘 헤쳐나갈 거야."

"포프는 아직 어린애입니다, 원사님."

"그래, 우리가 가르친 어린애야."

치프의 그 말에 죠니가 고개를 들었다. 데스디아와 UNSMC 대원들, 요르엘도 그를 봤다.

"자네가 포프를 걱정하는 이유는 우리들의 부족함마저 그 아이에게 가르쳤기 때문이겠지. 그러니 표정부터 바꿔, 죠니. 지금 자네 얼굴을 보고 웃을 수 있는 애는 세상 어디에도 없을 거야."

"예, 원사님."

분노와 슬픔, 걱정이 복잡하게 뒤섞인 죠니의 얼굴은 스산하기까지 했다. 죠니는 손으로 얼굴을 만지작거리다가 이건 아니다 싶었는지 수송기 구석에 있는 세척실로 뛰어 들어갔다.

"하아……."

치프는 한숨을 쉬며 자리에서 일어났다. 그는 항상 입는 흰색 셔츠의 구석구석을 정돈하고 소매도 완전히 내렸다가 다시 깔끔하게 팔뚝 위까지 접었다.

데스디아는 모든 이들이, 심지어는 요르엘까지도 그를 따라 눈을 움직이는 모습을 유심히 봤다.

긴장감과 기대감이 그들의 눈동자 속에 아른거리고 있었다. 데스디아는 어렸을 때 그와 똑같은 모습을 본 적이 있었다. 바로 고향 사람들이 자신의 어머니를 볼 때의 눈빛이었다.

"한 달 이상 쉴 수 있다고 당신이 얘기했잖아?"

"그렇지."

환기를 할 겸 데스디아가 던진 질문에 치프가 주저 없이 대답했다.

"그럼 그 한 달 동안 뭘 할 건지 계획은 있어?"

"물론이지. 그 고철 전함은 사실 선물보따리야. 거기엔 널 위한 선물도 있어."

치프가 돌아서면서 활짝 웃었다.

"선물이라고?"

데스디아가 피식 웃었다.

"나랑 어머니, 탈리가 쓸 향수는 이미 지구에서 잔뜩 샀는데?"

"음… 뭐, 호흡기 비슷한 거랄까?"

데스디아는 그가 또 이상한 소리를 하자 눈썹 사이를 살짝 찡그렸다.

수송기가 회사에 도착했을 때, 데스디아는 소란스럽게 자신들의 귀환을 환영하는 회사 직원들 및 헌터들을 반가운 표정을 바라봤다.

하지만 아까 먼저 회사로 출발했던 고물 전함이 회사 구석에 뭔가 설치하는 것을 보고 크게 당황했다.

예비용 부지로 남겨놓은 공터에는 지상 12층 규모의 대 테러 작전 훈련전용 건물이 순식간에 세워지고 있었다.

"네가 UNSMC 대원들을 지휘해야 할 상황도 상정하고 싶어서 말이야. 호흡을 맞춰야지."

UNSMC 대원들이 일제히 손을 들어 호흡기 모양으로 오므리고는 얼굴에 댄 뒤 숨소리를 냈다.

그 꼴을 본 데스디아가 치프를 향하여 아주 천천히 고개를 돌렸다.

"이왕이면 핑크색으로 갖다 놓지? 선물이라며?"

치프는 어깨를 으쓱하는 것으로 그녀의 항의를 받아넘겼다.

*   *   *

수송기가 착륙하고 후방 출입구가 열렸다.

미리 자리를 잡고 기다리던 헌터들이 손을 흔들고 환호성을 지르며 그들을 환영해 주었다.

데스디아가 먼저 내리자 환영 인파의 앞줄에 있던 카발리오 베리몬이 자신의 잘 땋은 붉은색 수염과 머리카락을 흔들며 그녀에게 다가왔다.

"수고 많으셨소, 부사장."

"무슨 움막 같은 것들이 회사 부지에 잔뜩 있을 줄 알았는데, 깔끔하군."

둘은 굳게 악수를 나눴다.

"한 명이 첫날부터 훈련장 한가운데에 텐트를 치긴 했소. 그러다가 부사장 모친께 걸려서 회사 담장 위에 젖은 빨래처럼 내걸렸다오. 그 이후로 군대 체험 이벤트 분위기가 쭉 이어졌소."

"후후."

데스디아는 그에 이어서 각 조의 조장을 맡았던 헌터들과 인사를 나눴다.

뒤이어 치프가 슬그머니 내렸다. 이런 분위기를 그다지 좋아하지 않았기에 그런 것인데, 카발리오가 얼른 그를 가로막았다.

"첫 사냥에서 제일 큰 놈을 잡아버린 주제에 어딜 가시오?"

"아직 벌금 못 냈거든요."

"벌금? 그건 내가 지불해서 끝냈으니 걱정 마시오."

카발리오는 치프의 손을 끌어당기듯 잡고는 힘껏 악수했다.

"정말 멋진 경험을 하게 해줘서 고맙소. 우리 베리몬 가문이 당신을 도울 일이 있다면 언제든, 그리고 무엇이든 얘기하시오."

"고마워요, 카발리오 씨. 하하."

치프와 카발리오의 악수가 끝나기 직전, 데스디아가 일부러 목소리를 크게 냈다.

"여기 모인 모든 헌터들! 오늘까지 회사를 지켜준 보답으로 추가 보수를 크게 지급하지! 얼마를 원하나?"

"워어어!"

헌터들이 환호성을 지르는 가운데, 그 틈에 몰래 인파를 빠져나온 치프는 사만다 및 자신의 동생들과 함께 서 있는 포프를 발견했다.

치프는 포프에게 손짓을 했다. 포프는 터지는 눈물을 손바닥으로 닦으며 치프에게 다가왔다.

"저희들 때문에 딕슨 아저씨가……! 죄송해요, 사장님!"

포프의 동생들도 그때의 충격이 되살아났는지 눈물을 터뜨렸다. 사만다가 아이들을 달래봤지만 울음은 쉽게 그치지 않았다.

"쉿, 괜찮아. 다 큰 아가씨가 이렇게 울면 못써."

그러면서 치프는 자신을 껴안으려던 포프의 손을 잡고 회사 본관을 향해 걸어갔다.

사만다는 그 모습을 보고 약간 쓰게 웃었다. 사만다 역시 지금과 똑같은 방식으로 다 큰 여자 대접을 받은 적이 있기 때문이다.

'그 이후로 아저씨께서 날 안아주신 적은 한 번도 없었지. 인

사치레를 제외하고 말이야.'

회사 본관 안으로 들어간 치프는 200여 명의 UNSMC 대원들과 만났다.

엘리베이터로 가는 길만 남긴 채 장기 말들처럼 열을 맞춰 정렬해 있던 대원들은 일제히 손을 들어 경례했다.

포프의 손을 놓은 치프는 차렷 자세로 경례를 하여 답했다.

그 분위기에 압도당한 포프와 포프의 동생들은 꼼짝도 하지 못했다. 군에서 그러한 광경을 신물 나게 봤던 사만다도 다른 부대와는 전혀 다른 UNSMC의 묵직한 느낌에 신경이 따끔했다.

팔을 내린 치프는 엘리베이터를 향해 걸어갔다. 대원들은 경례 자세를 유지했고 포프 자매들은 잔뜩 긴장한 채 치프의 뒤를 따라갔다.

"안드레이는?"

치프가 걷는 도중에 질문을 휙 던졌다.

"안드레이 중사는 원사님과 함께 온 전함 위스콘신에서 수리를 받고 있습니다."

대원 중 한 명이 대답했다.

"좋아."

치프가 엘리베이터에 타기 전에 뒤로 돌아서서 대원들을 다시 봤다. 모두가 팔을 내리고 차렷 자세를 잡았다.

"표면상 정규군 소속에서 민간군사기업 소속으로 입장이 바뀌긴 했지만 우리 일이 딱히 달라진 건 없어. 대신 우리가 어떻게 하느냐에 따라 B작전의 시기가 결정된다는 것을 명심하도록."

"예, 원사님!"

대원들이 일제히 대답했다.

"그라니트 행성과 지구의 환경이 거의 비슷하다고 해도 차이가 아예 없는 건 아니야. 어린 시절을 떠올리면서 열심히 훈련하길 바란다."

"알겠습니다, 원사님!"

"좋아. 그럼 해산."

치프는 그대로 돌아서서 엘리베이터 안으로 들어갔다.

아이들과 함께 그를 따라서 엘리베이터에 탄 사만다는 긴장한 표정으로 그에게 물었다.

"아저씨, B작전이라니 무슨 말씀이십니까?"

"말 그대로 B작전. 궁금하면 톰 아저씨께 여쭤봐."

대원들을 대할 때와 달리 표정을 푼 치프는 가볍게 어깨를 으쓱했다.

"그보다 사만다, 숙제는 잘 해냈어?"

"예. 헌터들 가운데서 공동대표님에 대한 이야기를 경솔하게 퍼뜨린 자는 한 명도 없었습니다. 켐리도 이번엔 조용하더군요."

"그럼 경솔하지 않게 퍼뜨린 자는?"

"알케온 팀장이 백금색 드래곤을 본 자가 없냐는 질문을 SNS에 올렸다가 해군 정보부의 검열프로그램에 의해 계정을 압수당했습니다. 그 상황에 대해선 제가 직접 알케온 팀장에게 설명했고 알케온 팀장도 납득했습니다."

"음… 그 친구 입장에선 어쩔 수 없었겠지."

둘 사이에 서 있는 포프에겐 치프와 사만다의 대화가 너무 어려웠다.

"사장님, 설마 헌터들 전원을 회사에 남겨두신 이유가……?"

포프가 질문하면서 말끝을 흐렸다.

"셀레스티아가 사실 드래곤이며, 그것도 왕녀였다는 정보를 함부로 유출시킬 수는 없잖아? 그래서 당시 현장에 있던 헌터들을 모조리 격리하여 관찰할 필요가 있었어."

"그럼 사만다 언니가 헌터들의 감시를 전담했나요?"

포프가 이번엔 사만다를 바라보며 물었다.

"가볍게 넘길 문제가 아니었잖아, 포프. 빅시티의 주민들 가운데 이 행성의 드래곤들과 엠페라투스의 차이를 아는 사람이 얼마나 될 것 같아?"

사만다가 그녀를 납득시키기 위해 최대한 부드러운 어조로 말했다.

"언니, 혹시 그 감시망에 대한 사실을 저만 몰랐나요?"

"…정확히는 젝스와 너만 몰랐어. 라켓 아저씨는 무선전화 감청을 맡았지. 헤이파 여사님과 탈리케이아 워치프는 역으로 우리에게 감시를 제안했어."

사만다의 대답을 들은 포프는 고개를 좌우로 저었다.

"너무하시잖아요! 저도 사장님의 판단이 옳다고 생각해요! 제가 섭섭한 건 제가 그 사실들을 몰랐다는 거라고요! 말씀해 주셨다면 저도 제 능력을 발휘해서 협조했을 거라고요!"

그녀가 흥분하여 목소리를 높였다.

"진정해, 포프."

치프는 엘리베이터의 버튼을 눌러서 기계가 움직이도록 만들었다. 엘리베이터가 여태껏 1층에 머물러 있었다는 사실을 그제야 알게 된 포프는 조금 당혹스러워했다.

치프는 버튼을 누른 손을 그대로 움직여 포프의 더벅머리를 만져주었다.

"너에겐 시간이 필요했어. 슬픔을 달래고 동생들을 돌봐야 했지. 딕슨의 일로 놀란 사람은 너만이 아니야."

"……"

"그리고 극비정보 취급은 훈련도 필요하지만 극도의 인내심이 중요해. 듣고 싶지 않은 것도 들어야 하고 보고 싶지 않은 것도 봐야만 하지. 난 너에게 그러한 스트레스를 주고 싶지 않았어."

"저를 애 취급하셨군요?"

마침 엘리베이터가 사장실이 있는 최상층에 도착했다.

치프는 열린 문을 향해 들어오는 햇빛을 받으며 포프를 바라봤다.

"흠, 싫어?"

그의 대답에 포프는 한숨을 쉬었다.

"영원히 애로 남고 싶어요."

그것은 포프 자신이 딕슨과 동생들, 그리고 모친에 대한 일 때문에 정신이 없었음을 인정하는 말이기도 했다.

치프는 그제야 몸을 굽히고 포프와 포옹했다.

"역시 넌 강한 아이야."

포프도 그의 목을 힘주어 안았다.

"감사합니다, 사장님."

그녀의 등을 두드려준 포프는 모두와 함께 복도로 나왔다.

사장실로 가는 복도는 딕슨이 남긴 흔적들로 엉망이었다. 하지만 치프는 손으로 그 흔적들을 훑으며 그의 마지막 싸움을 머릿속에 그렸다.

'파열탄을 장전한 개틀링 기관총에 소이탄을 장전한 산탄총을 썼군. 잘 싸웠어, 딕슨.'

딕슨이 숨을 거둔 장소에는 오늘 아침에 꺾은 것으로 보이는 하얀색의 꽃이 놓여 있었다.

"회사에 저런 꽃이 있었나?"

치프가 묻자 포프의 동생들, 포린과 포티가 손을 번쩍 들었다.

"담장 아래에 피어 있어요! 잔뜩!"

"아, 시간이 그렇게나 흘렀구나."

치프는 모래가 잔뜩 쌓여 있던 식당을 다시 떠올리고는 꽃이 놓인 자리를 향해 경례를 한 뒤 사장실 안으로 들어갔다. 포린과 포티는 그를 따라 어설프게 경례를 했다.

사장실 안에는 루할트와 알케온, 젝스, 그리고 파울라가 유리벽에 붙어 있다시피 한 채 그를 기다리고 있었다.

"여어, 루할트. 오늘도 옷이 멋진데?"

그러나 그가 루할트와 인사를 나눌 틈도 없이 파울라가 성큼 달려왔다.

"왕녀 전하께선 무사하신가?"

"별일 없었으니 진정하세요. 조금 뒤에 올라올 거예요."

"우리가 진정할 수 있을 거라 생각하나?"

알케온이 소리를 질렀다.

사장실 유리벽에 붙어 있다시피 한 그는 수송기가 착륙해 있는 본관 앞마당을 가리켰다.

"저 헌터들이 왕녀 전하께 손을 대고 있지 않은가!"

"손을 대다니?"

치프가 빠른 걸음으로 유리벽을 향해 다가갔다.

그는 헌터들과 일일이 악수를 나누며 즐거워하는 셀레스티아의 모습을 보고는 입술을 앞으로 쭉 내밀었다.

"이봐, 알케온. 셀리가 저렇게 좋아하는 모습을 요즘 본 적이 있어?"

"셀리? 셀리라고? 셀리는 또 뭐란 말인가!"

"셀레스티아가 자길 그렇게 불러달라던데?"

"이 친구가! 그래도 정도가 있지!"

알케온이 화를 냈지만 치프는 꿈쩍도 하지 않았다.

"셀리가 지구에서 누굴 만났게?"

"지구인을 만났겠지!"

알케온의 히스테릭한 대답에 치프를 비롯한 모두가 그를 바라봤다.

"지구식 농담이 입에 붙으셨군."

"헛소리 말게! 지구에 지구인밖에 더 있나?"

"걔네 아빠."

치프의 짧은 답은 모두를 침묵시켰다.

잠자코 있던 루할트가 안경을 벗고는 손으로 얼굴을 쓸어내렸다.

"자네, 택배 사업을 해볼 생각은 없나?"

"택배?"

"우리를 이렇게 들었다 놨다 하는 실력이라면 택배 사업으로 우주를 거머쥘 수 있을 거야."

"생각해 보지."

루할트가 안경을 다시 썼다.

"왕녀 전하께서 만났다는 그 아빠라는 것이… 설마 운캄타르 성왕 폐하는 아니겠지?"

"맞아."

"거짓말 말게!"

이번엔 루할트가 화를 냈다. 그의 새빨간 눈빛을 오랜만에 본 치프는 '믿을 거라 생각도 안 했다'라는 투로 웃기만 했다.

"내가 그런 걸로 거짓말을 할 만큼 기분이 좋아 보여? 다들 여기 오면서 복도에 놓인 꽃을 봤을 텐데?"

"……."

"나보다는 셸리 본인한테 물어봐. 내가 모르는 부분도 한 가지 있긴 하거든."

"자네가 모르는 부분? 그게 뭔가?"

알케온의 질문에 냉장고 문을 열던 치프가 당황했다.

"대답해 줄 수 있으면 이미 모르는 부분이 아니잖아? 자네 왜 그래?"

"…내가 너무 흥분했군. 미안하네."

알케온은 수치심을 이기지 못하고 고개를 숙였다.

냉장고에서 탄산음료를 꺼내 목에 부은 치프는 온몸에 당분이 퍼지는 것을 즐기며 자신의 자리로 갔다.

그 모습을 파울라가 끝까지 쳐다봤다.

"이보게, 사장."

"예, 말씀하세요."

"그러니까… 음… 아, 그땐 정말 큰 폐를 끼쳤네."

자신이 진 플레커에게 조종당했을 때에 대한 사과였다.

"그 문제는 포프와 반달리온이랑 푸셔야죠. 전 괜찮아요."

치프는 단말기를 책상에 놓은 뒤 모니터를 살폈다.

"자네가 날 믿을 수 없다면 당분간 회사를 떠나도록 하지."

"그건 셀리랑 얘기하세요."

"이보게, 자네가 우리들의 우두머리이지 않나?"

그녀의 말에 치프는 고개를 돌려 파울라를 바라봤다.

"전 장로님을 부하로 둔 적이 없어요. 왜 저에게 관리를 받으려고 하시는 거죠?"

"……."

"장로님, 그때 그 일은 분명 계산 밖의 일이긴 했지만 다행히 아주 큰 사고로 이어지진 않았죠. 오히려 셀리가 스스로의 능력에 눈을 뜨는 계기가 됐어요. 전 그걸로 됐습니다. 그러니 고민은 조금만 하시고 다른 일이라도 하시면서 마음을 푸세요. 혹시 반달리온의 전화번호를 모르신다면 제가 알아봐 드릴게요."

하지만 파울라의 죄책감을 달래기엔 부족했다.

치프는 결국 가지고 있던 카드 중에 하나를 뒤집기로 했다.

"아, 그리고 장로님이 셀리의 엄마라면서요?"

파울라의 화염과 같은 장발이 바짝 곤두섰다.

시간을 보낼 겸 냉장고에서 탄산음료를 꺼내던 알케온과 루할트가 그녀를 스르륵 돌아봤다.

"장로님……?"

알케온, 루할트, 그리고 젝스는 넋이 나간 얼굴로 파울라를 봤다.

다급히 머리카락을 가라앉힌 파울라는 사장석의 모니터를 통해 각종 자료를 살피는 치프를 물끄러미 바라봤다.

"누구에게 그 이야기를 들었나?"

"셸리는 처음부터 알고 있었어요. 그리고… 음, 지구에 계신 운캄타르 성왕 폐하께서 확인해 주셨죠."

하마터면 톰의 이름을 말할 뻔했던 치프는 덤덤한 표정을 유지한 채 자신의 왼쪽 가슴을 손으로 눌렀다.

'큰일 날 뻔했네.'

설명을 마친 치프는 다시 모니터에 눈을 돌렸다.

치프는 자료에 집중했다.

알케온은 패닉에 빠졌고 젝스도 주변을 두리번거리기만 했다. 루할트는 안경테가 닳는 게 아닐까 싶을 정도로 격렬하게 만지면서 생각을 정돈했다.

조금 뒤, 루할트가 말했다.

"한 가지만 확실히 해주십시오, 장로님."

"얘기하게. 영주… 아니, 루할트여."

파울라는 말을 한 번 정정한 뒤에도 시선을 한곳에 두지 못할 만큼 마음을 추스르지 못했다.

"긍정적인 결과를 위해 그 사실을 숨기신 겁니까?"

"모르겠네."

그녀는 소파에 앉은 후 두 손으로 얼굴을 가렸다.

"성왕 폐하의 명에 따른 일이었지만 난 후회하지 않네. 지금 내가 후회해 버리면 왕녀 전하의 입장은 어찌 되는 건가?"

"그걸 모르니 말씀을 해주십사 요청한 겁니다! 왕녀 전하께선 정말로 우리를 이끄실 수 있는 분입니까?"

"……"

파울라는 입을 열지 않았다.

한참의 침묵이 흐른 뒤, 자료 검토를 마친 치프가 자리에서 일어났다.

"이런 분위기, 엠페라투스가 처음 나탔을 때 이후 참 오랜만인 거 같네. 그렇지?"

그의 말에 응하는 자는 없었다.

치프가 오른손을 들었다.

"구역질이 나올 정도로 상황이 복잡해서 죽을 것 같지? 그럼 나랑 지구로 도망갈 사람 손들어."

"지구의 동물원에 처박히란 말인가?"

알케온이 들고 일어났다.

"아냐. 다행히도 지구의 UN에서는 드래곤들… 아니, 날개 달린 자들을 동물이 아니라 종족으로 인정하기로 했어. 날개 달린 자들이 그쪽으로 망명하면 보호구역 내에서 편히 살 수 있을 거야. 옛날에 아메리카 원주민들이 그랬듯이 말이지."

"…자네, 지금 그걸 말이라고 하는 건가?"

알케온에 이어 루할트가 분노했다.

그는 다시 빨갛게 빛나는 눈을 한 채 치프의 사장석 앞으로 성큼성큼 다가왔다. 젝스가 뒤늦게 루할트를 말릴까 하다가 한 걸음도 떼지 못하고 고개를 숙였다.

"루할트, 그건 그냥 최악의 상황을 위한 보험일 뿐이야. 다른 뜻은 없다고."

"망명이라는 단어를 그렇게 쉽게 꺼내니 이러는 게 아닌가?"

"쯧."

결국 치프의 표정이 구겨졌다.

"내가 이 행성에 처음 왔을 때 드래곤들에게 무슨 대접을 받았는지 따질 생각은 전혀 없어! 그땐 그때고 지금은 지금이니 대접이 달라지는 것도 감수해야겠지! 그런데 내가 이제 와서 너희 종족에게 이상한 생각을 품을 것 같아? 그럼 나와 내 전우들이 실제로 죽어가면서 한 일은 뭐가 되는 거지? 조셉과 딕슨이 시한부 환자 판정을 받아서 여기 온 줄 알아? 아니면 죽어도 벌렁 살아나는 슈퍼 히어로처럼 보였나?"

"…미안하네. 내가 흥분했군."

루할트는 안경을 벗고 자신의 눈꺼풀 위를 만지며 물러났다.

"종족 전체와 관련된 일이었기에 흥분하고 말았네. 사과하지, 친구여."

"자세한 얘기는 조금 있다가 셸리가 올라오면 직접 듣도록 해. 그리고 그때까지 날 건드리지 말아줘. 제발."

치프는 사격연습용 귀마개를 꺼내 귀를 막고 눈가리개까지 한 뒤 의자에 푹 눌러앉았다.

'역시, 화가 많이 나셨어.'

사만다는 오늘 치프를 만나자마자 그가 극도로 민감한 상태임을 직감했다. 느슨한 모습보다는 뻣뻣한 모습이 더 많았기 때문이었다.

실제로 치프의 감정은 바람만 불어도 터질 기세의 폭탄처럼 민감했다.

그는 지구에서 그라니트 행성으로 돌아오는 와중에 정말 많은 일을 처리했다. 게다가 이 행성에서 처리해야 할 일들은 산더미처럼 쌓여 있었다.

그런데도 그는 초인적인 인내심으로 그 모든 것들을 견뎌내고 있었다.

결국 사장실이 고요해졌다.

포프가 파울라의 곁으로 가서 그녀를 안아주었다. 덩치의 차이가 커서 안아준다기보다는 어깨에 걸친다는 표현이 옳았지만, 파울라는 포프와 머리를 맞대며 마음을 수습하기 위해 애썼다.

한편 사장실의 분위기도 모른 채 헌터들과 즐겁게 인사를 마친 셀레스티아는 또 뭘 해야 할까 고민했다.

그녀 입장에선 그라니트 용역 외의 사람들과 이처럼 교류를 한 것이 처음이었다. 게다가 그들 가운데 자신에게 부정적인 감정을 품은 자는 한 명도 없었다.

그녀는 그 모든 일들이 놀라웠고 좀 더 즐기고 싶었지만 데스디아의 손에 붙들려 회사 본관으로 끌려 들어가야만 했다.

"미안, 셸리. 공동대표로서 회의에 좀 참석해 줘야겠어."

"아, 미안. 뎃디."

셀레스티아는 헌터들에게 손을 흔들었다.

"회사를 지켜주셔서 고맙습니다, 여러분! 다음에 또 봬요!"

"웃으니까 더 예쁘네요, 공동대표!"

헌터들도 명랑하게 답해주었다.

모습을 감춘 채 헌트들을 감시하던 헤이파와 탈리케이아가 수송기 아래로 훌쩍 내려왔다. 그녀들은 뒤도 돌아보지 않고 셀레스티아와 데스디아를 쫓았다.

그 자리에 혼자 남은 롸켓은 헌터들이 자신에게만 집중하도록 그들 앞에서 신나게 입을 움직였다.

"빅시티까지는 수송기로 모실 테니 다들 짐 꾸려서 나오시오!"

"당신네 사장이랑 기념사진 찍고 싶은데, 괜찮겠소?"

"글쎄? 오늘 우리 사장 기분이 좀 별로인 것 같던데?"

"젝스의 운동화나 양말을 기념품으로 받을 수 있을까요?"

"자네 참 꾸준하군! 젝스 발 냄새는 제발 좀 포기해! 자네 가문에 그렇게 누를 끼치고 싶은가? 카발리오, 당신네 어린 가족 좀 어떻게 하시오!"

자신의 어린 조카를 툭툭 두드리며 혼내던 카발리오가 껄껄 웃었다.

"하하, 야망은 베리몬 가문의 남자들을 강하게 만들지!"

"아랫도리만 강하게 만드는 야망 따윈 우리 부사장한테 부러질 텐데?"

"내 아랫도리도 아닌데 어떤가? 하하하!"

"그럼 카발리오, 당신의 개인적 야망은 뭐요? 학생복? 스타킹?"

"난 뱃살! 그 사이에 땀까지 미끌미끌하게 차 있으면 최고지!"

"빌어먹을! 하하하하!"

카발리오와 함께 듀베리아 행성인들 특유의 입담을 과시하던 롸켓의 곁으로 덩치 큰 청년이 다가왔다.

"입사 신청은 어떻게 하죠?"

"입사… 뭐?"

롸켓이 당황하여 옆을 봤다. 다른 헌터들도 일제히 그쪽을 봤다.

악어 머리 켐리가 마치 큰 사명을 짊어진 주인공처럼 진지한 표정으로 롸켓을 바라보고 있었다.

"…풋!"

롸켓이 고개를 휙 돌리며 웃음을 터뜨렸다. 다른 헌터들도 그 자리에 쓰러질 기세로 폭소했다.

"어, 왜요?"

켐리가 항의했다.

"네가 무슨 재주로 여길 들어와!"

헌터들이 소리쳤다.

"여긴 사람이 아니라 로봇으로 청소한다고!"

"음식도 알케온 팀장이 더 잘해! 좀 투덜대긴 해도 온갖 걸 다 만들던데?"

"포프는 이길 수 있니?"

"이번에 사장 따라서 온 군인 친구들도 살벌하드만?"

헌터들의 온갖 놀림에도 불구하고 켐리는 그 자리에서 꼼짝도 하지 않았다.

롸켓은 그 청년을 어찌할까 하다가 일단 내버려 두기로 했다.

52
900이라는 숫자

셀레스티아와 데스디아, 헤이파, 탈리케이아 등이 모두 올라 오자 치프는 눈가리개를 벗고 귀마개를 뺐다.

사장실을 가득 채운 사람들을 바라보던 치프가 갑자기 오른 손을 번쩍 들었다. 그 명랑한 탄력은 치프가 평소에 보여주던 것 그대로였다.

눈가리개와 귀마개가 선사한 고요함과 어둠, 그리고 고독이 그에게서 번잡함을 떨쳐준 것이다.

"저기, 요르엘? 혹시 있어?"

"응."

탈리케이아의 옆에 있던 요르엘이 치프를 따라하듯 오른팔 을 번쩍 들었다.

"좋아, 다 모였군."

"사장?"

요르엘이 당황했다.

"저기, 사장. 어째서 나를 기준으로 삼는 거지? 롸켓 아저씨도 여기 없는데?"

"롸켓은 저 밑에서 토크 콘서트를 하고 있잖아? 그리고 저 아저씨는 이런 분위기에 적응 못해."

"큭."

요르엘은 인상을 찡그렸다.

"그럼 다들 회의실로 가서 일 얘기를 할까, 아니면 여기서 풀거 풀고 일 얘기를 할까?"

"치프, 내가 얘기해도 될까?"

셀레스티아가 물었다.

"공동대표로서, 아니면 한 종족의 지도자로서?"

치프가 물었다.

"날개 달린 자들의 왕녀로서 이야기할 거야."

"그럼 우린 빠져줄까?"

"아니야, 치프. 여기 있는 모두가 들어야만 해."

셀레스티아는 망설임이나 웅얼거림 없이 명확하게 이야기했다.

"기대할게."

치프는 응원을 겸해 웃으며 고개를 끄덕거렸다.

셀레스티아는 말하기에 앞서 호흡을 조절했다.

"여러분, 저는 이 땅의 날개 달린 자로서, 그리고 그들의 왕녀로서 동포들의 구출을 선언하겠습니다."

운캄타르에 대한 이야기가 먼저 나올 줄 알았던 루할트와 알케온은 의아했다.

"왕녀 전하. 구출은 오래전에 시작됐습니다. 우린 지금까지 브리치들을 부숴오지 않았습니까?"

알케온이 묻자 셀레스티아는 단호하게 고개를 저었다.

"그렇습니다. 하지만 이번엔 다릅니다. 3개월, 아니 2개월 내로 모든 브리치들을 격추하여 우리들의 하늘을 되찾겠습니다."

"…운캄타르 성왕 폐하를 뵈었다고 들었습니다. 혹시 성왕 폐하께서 왕녀 전하에게 특별한 힘을 전하시거나 방법을 알려주셨습니까?"

이번엔 루할트가 물었다.

"아바마마께선 이 땅에 대한 마음을 거두셨습니다."

"…왕녀 전하?"

"사실입니다. 4세대를 위한 새로운 땅을 구축하실 것이라고 저에게 말씀하셨습니다."

"그럴 수가… 믿을 수 없습니다! 말이 안 됩니다! 성왕 폐하께서 이 땅을 버리시다니, 있을 수 없는 일입니다!"

알케온이 외쳤다.

"무엄합니다!"

"저, 전하?"

"영주들께선 기억하고 계실 겁니다. 엠페라투스가 우리들에게 느낀 감정을, 그 실망감을 말입니다!"

그것은 엠페라투스와의 첫 번째 싸움과 그 이후 이어진 모든 일들을 통해 직접 느낀 바이기에 알케온과 루할트 모두 입을 다물었다.

"엠페라투스와 마찬가지로 아바마마께서도 우리에게 실망하셨더군요."

셀레스티아의 그 말에 묵직한 좌절감을 느낀 알케온은 무릎을 꿇고 말았다.

"성왕 폐하께서······."

"새삼스러운 일은 아닙니다. 아바마마께선 이 땅에 계실 무렵, 엠페라투스와 마찬가지로 과거의 영광만을 추억하셨습니다. 그 사실은 아바마마를 가장 가까운 곳에서 모셨던 장로님께서 가장 잘 아실 겁니다."

셀레스티아의 말에 파울라는 한참을 답하지 못하다가 고개를 숙였다.

"그렇습니다."

셀레스티아는 걸음을 옮겨 알케온 앞에 섰다.

"일어나십시오, 영주여. 이대로 멸망을 맞이하실 겁니까?"

"······."

"저는 죄인입니다, 영주여. 이곳이 우리의 땅이고, 지금이 우리의 시대이며, 계속해서 닥쳐오는 문제가 우리에게 주어진 과제임을 뒤늦게 깨달았습니다. 하지만 동포의 대부분을 잃은 상태에선 아무리 반성해봤자 소용없지요."

알케온은 자신에게 가까이 오는 셀레스티아의 손을 잡았다.

그를 힘껏 잡아당겨 똑바로 세워준 셀레스티아가 이어서 말했다.

"저는 오늘부터 왕녀로서, 그리고 이 땅의 날개 달린 자로서 그 모든 것들과 직접 맞설 것입니다. 이제부터 망설임 없이 하늘을 날며 브리치들을 부수고, 우리에게 도전해 오는 모든 적들과 맞서 싸울 것입니다!"

루할트와 알케온은 가만히 그녀를 봤다. 파울라 역시 마찬가지였다.

"저와 함께 하늘을 나실 준비가 되셨습니까?"

"전하를 뵈었을 때부터."

루할트와 알케온이 무릎을 꿇었다.

"당신을 낳았을 때부터."

파울라도 무릎을 꿇었다.

하지만 젝스는 빳빳하게 서 있었다.

"이 작은 모래바람의 검은색 날개는 영혼과 육체를 당신께 바치겠다고 맹세했었습니다. 예전에, 잠시 말입니다."

"젝스……?"

셀레스티아가 당황했다.

검은색 야구모자의 챙 밑에서 빛나는 젝스의 푸른색 눈동자에는 그만한 힘이 있었다.

"저는 젝스 하인케스로서 사장과 부사장을 따르겠습니다. 제 눈과 코, 그리고 피부에는 그들이 뿌린 피가 진하게 남아 있습니다. 말씀만으로 다른 이의 믿음을 애원하시는 모습은 여전하시군요, 왕녀 전하."

"무례하다!"

루할트가 벌떡 일어나 젝스에게 소리쳤다. 하지만 젝스는 그의 분노어린 시선과 정면으로 마주했다.

"잘 들어주십시오, 오라버니. 왕녀 전하께선 최근에 와서야 비로소 당신의 힘을 싸움에 쓰셨습니다."

"왕녀 전하를 모시는 입장에선 기뻐해야 하는 일이지 않느냐?"

"전 지난 1년 동안 우리 회사와 같이 일하다가 사망한 헌터들이 몇 명인지 대강 기억하고 있지요. 왕녀 전하께선 그 소식을 들으실 때마다 매우 안타까워하셨습니다. 그들이 죽은 싸움터가 아니라 이 회사에서 말입니다!"

"……."

"사장은 그동안 우주연합 수도에 갇혀 있었고, 부사장은 신이 보낸 변질자들과 목숨을 건 싸움을 지겹게 해야 했습니다. 사만다는 한 번 납치당하기까지 했고 포프는 능력을 인정받기 위해 사력을 다했습니다. 예, 알케온 팀장님께서 공허한 표정으로 수송기를 몰고 다니신 건 못 봤다고 해드리죠."

알케온은 그녀의 말에 움찔했지만 딱히 반박하진 못했다.

"1년이 지나, 어떤 미친 사람이 이곳에 돌아와서는 신과 신수를 없애자고 했습니다. 바로 사장이었죠. 그동안 우리들은 대체 뭘 했습니까?"

젝스의 시선이 다시 셀레스티아에게 향했다.

"지금 이곳에서 왕녀 전하 앞에 무릎을 꿇고 머리를 조아리면 다 되는 겁니까? 제가 그리 하면 모든 동포들이 돌아오고 이후의 일들도 잘 풀리는 겁니까? 근거는 뭡니까?"

모자챙이 얼굴에 만든 그늘로부터 한 쌍의 푸른색 아지랑이가 올라왔다. 젝스의 눈에 쏠린 힘이 모자챙 밖으로 흘러나오고 있었다.

"저는 사장에게, 부사장에게, 사만다와 포프, 롸켓 등에게 많은 것들을 배웠습니다. 뭔가 어중간한 상황에서 부사장의 지시를 어기다가 죽어가는 헌터들을 수없이 봤고, 단순한 가능성이 아니라 그럴 듯한 근거를 만들어 자신의 목숨을 던지는 사장의 모습도 벌써 몇 번이나 목격했습니다. 듣기에만 좋은 말을 따르기에는 너무 늦었지요."

"젝스……."

셀레스티아가 힘없이 그녀의 이름을 불렀다.

"제가 오늘 이 시간에 저지른 무례는 영원히 용서치 마십시오. 왕녀 전하께서 그리신 미래가 선명해지고, 결국 동포들을 이 땅에 돌아온다면 저는 사장을 따라 이곳을 떠나겠습니다."

젝스는 말하던 도중 모자챙을 만졌다.

"다시 말씀드리겠습니다. 저는 사장과 부사장을 따르겠습니다. 그리고 왕녀 전하는 이 회사의 공동대표로서 예우를 다하여 모시겠습니다. 제가 할 일이 딱히 달라질 것 같진 않군요."

그녀가 모자에서 손을 뗐다.

"이상입니다."

"…알겠습니다, 젝스. 미안해요."

셀레스티아는 쓸쓸한 표정으로 눈을 감았다. 젝스는 꿈쩍도 하지 않았지만 치프는 그녀의 모습으로부터 어떠한 느낌을 받았다.

'방황하는 청소년이 또 나타났군.'

치프는 분위기를 바꿀 겸 헛기침을 크게 터뜨렸다.

"흠! 실례. 그럼 이제부터 제 계획을 말씀드리죠. 전원 주목."

모두가 치프를 봤다.

"우리 그라니트 용역이 사냥 용역회사일 뿐만 아니라 민간군사기업이라는 것은 모두가 잘 알고 있을 거예요. 셀리가 말했다시피 우리의 목표는 가능한 빠르게 모든 브리치를 파괴하는 겁니다. 그래서 무리수란 무리수는 전부 밀어붙였죠. UNSMC 대원들은 물론 각종 기갑차량과 기갑부대 운용인력, 항공기와 조종사, 정비병 인력, 각종 의료시설, 연료와 탄약 등등을 다 가져왔어요. 이 일을 도와준 레투가 해임될지도 모르겠네요."

"지구에서 꽤 적극적으로 우리를 돕는군. 설마 돕는다는 핑계로 이 땅을 자신들의 식민지로 삼을 생각은 아니겠지?"

알케온이 의심을 품고 물었다.

"너희 성왕폐하라는 분이 지구에서 꽤 높으신 분이거든. 어느 나라 왕만 아닐 뿐이지, 군 관련으로는 거의 톱이나 다름없어. 그분이 다 지원해 주신 거야."

"그랬군. 아아……."

알케온은 안도하여 한숨을 길게 쉬었다.

그 자리에 조용히 참석하고 있는 죠니는 치프의 말을 듣자마자 운캄타르의 정체를 파악했다.

'설마 해군청장께서?'

그는 A프로젝트를 누가 시작했는지, 지구의 우주군 전력을 누가 강화시켰는지 잘 알고 있었다. 더불어 목성 식민지의 스파르탄 프로젝트를 100여 년 전에 시작한 사람이 실은 톰이라는 소문을 들은 적도 있었다.

'만약 해군청장님이 운캄타르라면 그분이 지구에서 엄청난 세월을 살아왔을지 모른다는 소문도, 지구의 역사 뒤편에서 모든 일들을 꾸미고 대비해 왔다는 소문도 엉터리로 치부할 수 없게 되겠지. 왕녀의 실제 나이가 2,150세에 가깝다고 들었으니 기원후 2,300년을 넘는 지구 역사의 대부분이 그분의 손아귀 안에서 움직였을 수도 있어.'

죠니는 치프가 걱정됐다.

'두 분의 관계가 좋게 끝날 것 같진 않군.'

죠니는 누구의 편을 들지 고민조차 하지 않았다. 애당초 그는 톰과 제대로 대화한 적이 거의 없었다.

치프의 이야기가 계속됐다.

"작전의 정확한 개시 시점은 브리치들의 이동 패턴을 좀 더 정확히 파악한 후에 결정할 겁니다. 며칠 전에 그 빨간 새와 대치했을 때 브리치들이 여기저기서 번쩍번쩍 나타난 걸 생각하면 지금까지 축적한 자료는 추억으로 삼는 게 낫겠죠."

이야기를 마친 치프가 손을 들었다.

"질문 있으신 분?"

그 즉시 헤이파가 손을 들었다.

"말씀하세요, 여사님."

검은색 전통복 차림의 헤이파는 손을 내리며 말했다.

"브리치들의 내구력은 자네가 수집한 전술 기록과 첫째의 조사 기록만을 따져도 상당한 수준이었네. 지구의 기갑전력과 항공전력이 우수하다는 것은 알고 있네만, 과연 브리치들을 일방적으로 파괴할 만큼 강력할지는 의문이군."

그녀는 유리벽 밖으로 그 끝이 살짝 보이는 고철 전함, 위스콘신을 봤다.

"내 기억이 정확하다면 저 전함은 약 130년 전에 진수된 위스콘신이 분명한데, 저 전함에 탑재가 가능한 전력을 계산한다면 주력전차는 몰라도 대형 폭격기는 몇 대밖에 싣지 못할 것이야. 아니, 그전에 포대가 멀쩡하긴 하나? 한 발 쏘면 뭔가가 우수수 떨어져 내리진 않겠지?"

"아, 역시 전직 워치프다우시네요. 우리의 군사기밀을 잘 알고 계시는군요."

치프의 말에 현직 워치프인 데스디아와 탈리케이아가 피식 웃었다.

"아니, 저 전함의 정확한 성능은 30년 전에 지구에서 완전히 공개했네만? 위스콘신의 자매함들은 전부 우주 박물관이나 임시정거장 역할을 맡고 퇴역하지 않았나?"

"…아, 그렇죠."

헤이파의 대답을 들은 치프는 자신의 뒷목을 만졌다.

"아무튼, 브리치를 떨어뜨리는 것은 그렇다 치고 자네가 가져온 무기들을 전부 쓸 수는 있나? 무기들의 종류만 봐도 개척행성의 법규를 제대로 위반할 것 같은데?"

"아, 그게 말이죠. 꼼수가 있어요."

"꼼수?"

"UN에서, 그러니까 지구 전체에서 날개 달린 자들을 제대로 된 종족으로 인정했다고 아까 말씀드렸잖아요? 그 종족의 보호 및 검증, 조사를 위해서라면 온갖 지원이 가능하죠."

"그건 지구의 입장이고, 우주연합에서 그걸 인정하겠나?"

"두 개 이상의 행성이 종족 인정을 동의하고 조사에 함께 할 것을 결정한 경우에는 우주연합에서도 딱히 방해할 방법은 없어요."

"두 개 이상? 지구 말고 또 있나?"

치프는 허리 좌우에 손을 얹으며 씩 웃었다.

"알타이르 행성, 그리고 듀베리아 행성이 동의했죠. 알타이르에서는 여왕 폐하께서 직접 협조를 결정해 주셨고 듀베리아는… 이야, 연맹회장님과 베리몬 가문의 인맥이 그 정도일 줄은 몰랐어요. 듀베리아 행성의 국가연합 수장이 연맹회장님이랑 친구였더라고요?"

"대단하군. 운이 좋은 건가?"

"듀베리아의 경우에는 정말 운이 좋았다고 생각해요. 그래도 셀레스티아가 용기를 갖고 자신의 정체를 밝히지 않았다면 운이고 뭐고 소용없었겠죠."

"하긴."

헤이파가 끄덕였다. 하지만 그녀와 데스디아 사이에 서 있는 젝스는 꼼짝도 하지 않았다.

"그래도 자네가 가져온 무장 및 병사들 모두가 너무 살벌하네만……."

"이곳은 개척행성이기 때문에 정식 파병이 가능한 지구 정규군은 의무병과 생태조사를 맡은 특수부대 정도예요. 하지만 각 행성으로부터 의뢰를 받은 민간군사기업, 그러니까 우리 회사는 핵폭탄이나 화학탄, 생물병기 같은 대량살상무기만 안 쓰면 상관없어요."

"그 대량살상무기에는 전함도 들어가지 않나?"

헤이파가 꼼꼼히 따졌다.

"위스콘신은 어디까지나 고철 명목으로 들여온 거니까 상관없어요. 어지간하면 회사에서 벗어나지 않을 거예요."

"그럼 하늘에 뜬 창고일 뿐인 건가?"

"주포들을 초대형, 초장거리, 최신형 질량가속포로 교체한 멋진 창고죠."

"흠……."

헤이파는 단말기를 꺼내어 관련 법규를 검토해 봤다. 단말기에 탑재된 인공지능이 800건 이상의 항목을 모두 검토하여 결과를 내는 데에는 불과 30초도 걸리지 않았다.

"과연, 전함의 운용만 주의하면 되겠군."

그녀는 나무 케이스에 씌운 단말기를 주머니에 넣었다.

"마지막 문제는… 이곳에 온 지구인들이 전부 자네 혼자서 이끌 수 있는 정예들이라는 사실일세. 우리 역할은 끝인가?"

"설마요. 3주 정도 함께 훈련을 하면서 전략전술을 맞출 생각이에요."

그의 대답에 탈리케이아가 고개를 갸웃했다.

"스승님과 뎃디, 그리고 나는 보병이잖아? 브리치를 떨어뜨릴 화력을 갖춘 사람은 뎃디 뿐이야, 치프. 굳이 훈련을 해서 전략전술을 맞출 이유가 있을까?"

"골칫거리가 브리치만이 아니거든."

치프는 사장실의 대형 TV를 향해 자신의 단말기를 던지듯 살짝 움직였다. 단말기에서 빠져나온 광자 데이터가 스크린으로 빨려 들어갔다.

TV화면에서 수많은 사람들의 사진이 동시에 떠올랐다. 그것은 멀미를 핑계로 치프와 함께 공항을 거쳐 온 UNSMC 병사들이 찍은 것들이었다.

사진에 찍힌 자들의 외모는 종족을 불문하고 험악했다. 외모가 그럴싸하거나 지나치게 깨끗한 자는 눈빛이 이상했다.

그들의 사진 밑으로 '수배 중', 혹은 '테러 행위 전과가 있음'이라는 메시지가 붉은색으로 떠올랐다.

"뭐가 어떻게 된 건지는 모르겠는데, 레투가 꽤 급히 도움을 요청했지. 이런 놈들이 며칠 전부터 공항 검색대를 무사통과해서 빅시티로 들어오고 있다네? 아까 시험 삼아서 권총을 차고 검색대를 지나가 봤는데 아무 반응도 없었어."

데스디아가 눈을 찡그렸다.

"그라니트 공항의 검색대에 연결된 범죄자 자료는 우주연합에서 관리하지. 일반 행성에서는 국가가 범죄자 자료를 따로 관리하지만 보안국이 관리하는 개척행성에서는 우주연합이 제공하는 자료에 의존하는 경우가 많아."

"보안국 자체가 우주연합 행정부 산하잖아?"

치프가 웃으며 말했다. 데스디아도 웃었다.

"그래, 당신 말대로 어쩔 도리가 없지. 하지만 레투가는 만약의 사태에 대비해서 범죄자 데이터베이스를 개인적으로 구축, 관리했어. 그 자료 덕분에 공항에서 잡힌 범죄자들의 수가 어마어마하지. 그런데 저번에 보안국 본부가 통째로 날아가면서 그 데이터베이스 서버도 실종됐어."

"백업 데이터는 없나?"

"데이터는 있는데 검색대에 연결을 하지 못하고 있는 것 같아. 데이터베이스 서버를 안전하게 보관할 수 있는 장소도 마땅치 않고 말이지. 일단 새 본부 건물들부터 배달이 안 되고 있잖아? 어디 있는 어떤 군인 아저씨가 우주연합 수도를 똥통으로 만드는 바람에 말이야."

데스디아가 지적하자 사장실의 모든 사람들이 치프를 쳐다봤다.

치프는 멋쩍은 표정을 짓고는 다시 입을 열었다.

"음… 아무튼 이미 들어온 놈들의 숫자가 꽤 되고 무기들도 상당수 들어온 걸로 확인됐어. 뭐, 그런 놈들 정도는 나와 UNSMC가 거뜬히 막을 수 있는데, 우리 워치프들께서 도와주시면 뭔가 더 빠르고 시원하게 처리될 것 같아서 말이지."

데스디아가 다시 눈을 찡그렸다.

"우리가 무슨 해열진통제나 스포츠 음료 따위로 보이나?"

"그러지 말고 좀 도와줘."

"흠……"

데스디아는 헤이파를 돌아봤다.

"괜찮으시겠습니까, 어머님?"

"만인을 위한 무력행사야말로 워치프들의 사명이지. 재밌을 것 같구나. 탈리, 너는?"

"스승님 말씀대로 민간인들의 피해를 막기 위해서라면 헌터 면허증 따위는 포기할 수 있습니다. 대신 우리에게 좋은 장비를 줘야 할 거야, 치프."

"장비? 혹시 나무로 만든 나막신이 필요해? 목제 단말기 케이스라든가?"

치프의 농담은 그냥 나온 것이 아니었다. 지구의 장비 대부분이 합금 및 고분자화합물 소재 기반이라는 점을 강조하기 위함이었다.

"알타이르의 워치프는 합성수지 따위에 흔들리지 않아!"

탈리케이아가 큼지막한 비녀로 잘 고정한 금발을 흔들며 외쳤다.

"그럼 잘 부탁드리죠."

치프는 알타이르의 풍습대로 허리를 살짝 숙여 인사했다.

이후 이런저런 얘기를 나누는 동안 헌터들을 실은 수송기들이 회사를 떠났다.

회의는 노을이 질 무렵에 끝났고, 치프는 모두에게 편히 쉬라는 말을 남긴 뒤 출출해진 배를 만지며 사장실을 나섰다.

잠든 포프의 동생들을 양팔에 각각 안은 사만다가 뒤를 이었고, 포프가 빠른 걸음으로 치프의 뒤를 쫓았다.

"저기, 사장님!"

"응?"

"저도 테러 훈련을 받게 해주세요!"

"사람 잡는 일엔 관심 끊어. 헌터 일이나 열심히 해."

그녀의 요청을 가뿐히 거절한 치프는 혼자 엘리베이터를 타고 내려가려 했다. 그러나 젝스가 문이 닫히기 직전에 휙 들어와서는 엘리베이터 구석에 자리를 잡았다.

"…저기, 인생 상담은 내일 하면 안 될까? 나 오늘 엄청 피곤한데?"

치프의 말에 젝스는 고개를 흔들었다.

"그래, 식당에서 얘기하자."

1층에 도달한 엘리베이터의 문이 활짝 열렸다.

젝스와 함께 본관 밖으로 나간 치프는 어이가 없다는 표정으로 누군가를 쳐다봤다.

바로 켐리였다.

혼자 본관 밖에 서 있던 악어 머리 켐리가 그에게 성큼성큼 다가왔다.

"여어, 켐리. 수송기에서 미끄러졌니?"

"아뇨, 사장님. 저 이 회사에 취직할래요. 오늘 부로요!"

치프는 오른손으로 얼굴을 덮었다.

"젝스, 네 의견을 듣고 싶은데?"

치프의 말과 동시에 고깃덩이가 뭉개지는 소음이 회사 부지에 울려 퍼졌다.

젝스의 주먹에 맞아 쓰러진 켐리는 바닥에서 꿈틀거리다가 이내 기절하고 말았다.

"의견을 듣고 싶다고, 의견. 사람 패는 소리 말고."

치프가 투덜대자 젝스는 모자를 만지며 멋쩍어했다.

"근데 우리 뭐 먹지? 알케온이 내려올 때까지 기다려야 하나?"

쓰러진 켐리를 냉정히 뒤로 한 치프가 그녀에게 물었다.

"나도 요리 정도는 할 수 있어, 사장."

"호오, 뭔가 여자아이 같은 말을 하는군."

"……."

"농담이야."

치프는 자신을 노려보는 젝스의 어깨를 두드려준 뒤 식당으로 향했다.

뒤이어 데스디아, 탈리케이아, 사만다, 포프와 함께 본관에서 나온 헤이파가 건물 앞에 쓰러진 켐리를 보고는 인상을 찡그렸다.

"사장은 쓰레기를 아무 데나 버리는 버릇이 있구나."

"오늘은 화가 많이 난 것 같았습니다, 어머님."

데스디아가 대답했다.

"담대한 자라면 분노 속에서 자신을 다스려야 하는 법이거늘."

그러나 켐리를 일으켜 주거나 본관 안으로 부축해 들어가는 사람은 아무도 없었다. 그저 식당, 혹은 기숙사로 갈 뿐이었다.

식당으로 가기 위해 혼자 본관 밖으로 나온 알케온은 하늘을 보며 생각에 잠겼다.

'1년 전의 내 모습도 젝스와 마찬가지였을까?'

그는 셀레스티아 앞에서 새파란 빛을 뿜던 젝스의 눈을 떠올렸다.

'아니, 젝스는 나보다 용감했어. 일이 끝나도 용서를 받지 않고 이곳을 떠나겠다고 선언했지. 반면 난 왕녀 전하께서 나를 지지해 주실 것을 졸라댔을 뿐이야. 이젠 젝스 앞에서 어른스럽게 행동할 수도 없겠군.'

그는 자신의 주황색 머리카락을 만졌다.

'내가 왜 이처럼 어린 모습을 선택했는지 알 것 같군. 난 심리적으로 이 정도 나이일 뿐인 녀석이었어.'

고민이 들어찼던 그의 눈에 문득 켐리가 들어왔다.

'켐리인가 하는 놈이군. 술에 취했나? 아니, 맞아서 기절했는데?'

켐리와의 접점이 별로 없는 알케온은 식당으로 간 사람들을 챙기기 위해 서둘러 발길을 돌렸다.

뒤이어 본관에서 나온 사람은 루할트와 죠니였다.

"왕녀 전하께서 많이 상심하셨어."

"영주님도 꽤 상심하신 것 같군요."

죠니의 말에 루할트는 씁쓸히 웃으며 안경을 벗었다.

"내 누이동생이 그럴 줄은 나도 몰랐지."

"젝스를 꽤 귀여워하셨나 보군요."

"아니, 그 애는 원래 말이 좀 세. 어렸을 때부터 내 가슴에 가시를 박아 왔지. 그런데 이번에는 왕녀 전하께 가시를 박아버렸어."

"아, 원래 그런 애였군요."

"…혹시 자네들한테도 그랬나?"

"좀 무뚝뚝할 뿐이지 주변을 잘 챙겨주는 아이라 크게 걱정한 적은 없습니다."

"그렇군. 하하, 이런 얘기를 자네에게 듣다니, 가족으로서 얼굴을 들 수가 없군."

루할트가 허탈하게 웃었다.

근육으로 두꺼운 죠니의 몸이 난감하다는 식으로 이리저리 움직였다.

"내일모레 이 세상이 멸망하는 게 아니라면 시간을 두고 얘기를 나눠보셔야죠. 그래야만 후회가 남지 않는 법입니다."

"그렇군. 대화라… 젝스 또래의 여자아이들은 뭘 좋아할까?"

"그걸 직접 알아보시는 게 가족으로서의 첫걸음입니다. 그리고 선물보다는 일단 자주 만나는 게 최고죠. 영주님과 젝스는 거의 계절에 두 번 꼴로 만나지 않으셨습니까? 그 정도면 가족끼리도 소원해지죠."

"…그래, 그게 문제였어! 역시 자네는 배울 점이 많은 사내야!"

루할트의 잘생긴 얼굴이 희망으로 빛났다. 죠니는 귀 한번 참 얇은 사람이라며 그를 걱정했다.

"괜찮으시면 식사하고 가시죠?"

"아, 두 시간 뒤에 만찬 모임이 있다네. 안타깝군."

"편히 생각하십시오. 젝스 덕분에 분위기가 좀 가라앉긴 했습니다만 날개 달린 자들에게는 대단히 좋은 날이지 않습니까?"

죠니는 그 큰 손으로 루할트의 등을 두드려주었다.

"그래, 왕녀 전하께서 저토록 강력히 의사를 표시하신 것은 오늘이 처음이지. 하지만 난 걱정된다네."

"옆에서 잔소리만 잘해드리면 좋을 것 같은데요."

"음……."

눈을 감고 생각하던 루할트가 갑자기 움찔했다.

"잠깐, 장로께서 왕녀 전하를 낳았다는 사실을 우리에게 왜 숨기셨을까?"

"장로님께서 지난번에 그 망할 암살자에게 조종당하셨다는 말씀, 들으셨지요?"

"그렇다네."

"그때는 어찌어찌 잘 해결됐습니다만, 만약 왕녀 전하께서 그분을 도울 능력이 없었거나 현장에 계시지 않았다면 원사님께서는 장로님을 망설임 없이 가루로 만들었을 겁니다."

"음……."

"그분이, 아니 2세대의 날개 달린 자들 전체가 그렇게 조종당할 가능성이 있을 겁니다. 메이건이라는 2세대도 정신이 쏙 빠진 채 이쪽으로 배달되지 않았습니까? 제 생각에는 장로님께서 조종당하시거나 납치당하실 경우 다른 사람들의 마음이 흔들리지 않도록 비밀에 붙이신 것 같습니다. 장로님을 버리는 것과 왕비님을 버리는 것은 다른 문제니까요."

"하아… 그렇군."

루할트는 정장 안쪽에서 두툼한 시거를 꺼내 죠니에게 건넸다. 죠니는 피워도 괜찮겠냐는 눈치를 보냈는데, 루할트 역시 시거를 물고 불을 붙였다.

둘은 시거를 한참 피우며 침묵으로 시간을 보냈다.

이윽고 죠니가 말했다.

"눈치를 보니 왕녀 전하께선 파울라 장로가 자신의 생모라는 사실을 알고 계셨던 것 같더군요."

"그런가?"

"그분 품에 안기는 걸 좋아하셨는데, 모르셨습니까?"

"전혀. 장로께서 왕녀 전하를 키우다시피 하셨기에 아주 당연한 신체 접촉으로 여겼지."

"그렇군요."

그동안 드래곤들의 신체 접촉 '습성'을 관찰해온 죠니로서는 루할트의 생각을 이해할 수 없었다.

'인간의 모습이었기에 차이를 느끼지 못한 건가? 그렇다면 어쩔 수 없지만.'

시거를 다 피운 루할트는 뒤로 물러났다.

"그럼 난 회사로 돌아가겠네. 수고하게, 죠니."

"살펴 가십시오."

드래곤의 모습으로 변하여 하늘에 뜬 루할트는 광학식 위장, 즉 투명화 능력을 이용하여 몸을 감춘 뒤 빅시티 쪽으로 날아갔다.

남은 시거를 태우던 죠니는 기절해 쓰러져 있는 켐리 쪽으로 다가갔다.

그는 자신의 두툼한 턱을 만지며 켐리를 살폈다.

"머리를 어설프게 얻어맞았군. 원사님이 눕히신 건 아닌 것 같고… 아, 젝스가 한 짓이겠네."

죠니는 그를 그냥 버리고 갈까 하다가 마음에 걸렸는지 바지의 옆 주머니에서 만년필처럼 생긴 소형 전기충격기를 꺼냈다.

"여기서 이렇게 자고 있으면 밤에 입이 돌아갈 거야."

그가 전기충격기를 대자마자 켐리의 큰 몸뚱이가 펄떡 뛰었다. 놀라서 정신을 차린 켐리는 옆에 있는 죠니를 돌아봤다.

"으악!"

켐리는 젝스에게 얻어맞은 얼굴을 감싸며 눈물을 찔끔 흘렸다. 죠니는 한심하다는 표정으로 그 젊은 덩치를 쳐다봤다.

"손이 많이 가는 녀석이네."

전기충격기를 거둔 죠니는 응급치료용 패치를 뒷주머니에서 꺼냈다.

"팔 내려. 고개 똑바로 들고."

"머리뼈가 부서진 것 같아요!"

"웃기지 말고 잠깐 닥쳐."

죠니는 패치를 켐리의 부상 부위에 붙였다. 패치 자체가 켐리의 비늘, 아니 피부 속으로 녹아들어가면서 붉게 부어오른 부위가 순식간에 가라앉았다.

"좀 어때?"

"아직 좀 아픈데요."

"기껏해야 여드름을 쥐어 짰을 때의 통증과 비슷할 거야. 옷에 묻은 흙이나 털어, 꼬맹이."

켐리는 뒤로 물러나서 옷을 털었다.

"왜 맨땅에 드러누워 있었어?"

"이 회사에 입사하겠다고 사장님께 말씀드렸거든요. 그러니까 사장님께서 젝스에게 의견을 물으셨죠."

"의견을 물었는데 젝스가 널 이렇게 눕혔다고? 너 혹시 사만다랑 포프만이 아니라 젝스한테도 찍힌 거야?"

켐리는 한참 대답을 못하다가 자신의 뭉툭한 악어 주둥이를 제외한 얼굴 전체를 두 손으로 감쌌다.

"이 회사에서 저한테 제일 잘 해주시는 분이 죠니 아저씨랑 부사장님이에요."

"…하긴, 웃기지도 않는 저질 허풍을 지껄이고 다녔으니 곱게 볼 사람은 아무도 없겠지. 그러니까 적당히 하라고 했잖아? 네 친구들도 분명 그 점을 걱정했을 텐데?"

"저번에 사장님을 처음 뵌 이후로 허풍 따윈 그만뒀어요."

"살아 있는 걸 보니까 그때 원사님께 얻어맞진 않은 것 같네."

"얻어맞진 않았지만 꽤… 좋은 얘기를 많이 들었어요. 짧았지 만요."

죠니는 켐리가 들었다는 이야기가 무엇인지 궁금했다.

"원사님이 뭐라고 하셨는데?"

"누군가를 좋아하는 방식을 말씀해 주셨어요."

"아, 그래?"

죠니는 켐리가 어째서 그런 말에 이끌렸는지 이해하지 못했다. 하지만 켐리는 보기보다 감이 좋고 감수성이 깊은 청년이었다.

"사장님을 위해 희생한 사람들이 많죠?"

켐리의 질문에 죠니의 눈빛이 차가워졌다.

"…뭘 근거로 그렇게 생각했지?"

"부사장님께서 자신을 위해 희생할까봐 걱정하시는 것 같더라고요. 모든 것을 함께하려 한다면 반드시 막아야 한다고까지 말씀하셨죠."

"흠… 하아. 그분이 그렇지."

죠니는 구부정하게 앉은 채 시거의 연기를 쭉 흡입했다.

"내 말 잘 들어, 켐리."

"예, 아저씨."

"우리 UNSMC는 지구의 각 식민지들을 돌면서 군벌 등을 청소한 적이 있어. 정말 끝이 안 보이는 작전이었지. 안개는 너무 낭만적인 표현이고, 시체 썩은 물로 만들어진 늪에서 팬티만 입고 허우적거리는 기분이었어."

"……."

"우릴 특히 괴롭힌 건 자살폭탄 테러였어. 포프 동생들보다 어린 꼬마들이 폭탄조끼를 껴입고 돌진해오는 거야. 수풀에서 튀어나올 때도 있었고 골목에서 튀어나올 때도 있었지. 애들의 목표는 무조건 원사님이었어. 애들의 90%는 감지기에 잡혀서 사살됐는데, 문제는 나머지 10%였어. 별거 아닌 수치 같아도 사람 목숨이 걸려 있으면 무지막지한 공포가 되지. 애들한테 돌파당할 때마다 대원들 중에서 젊은 녀석들이 몸으로 애들을 밀치고 덮쳐서 원사님을 보호했어."

죠니가 연기를 입 밖으로 흘렸다.

"자신들은 비록 죽지만, 원사님만 살아계시면 다른 전우들이 살아남는 건 물론, 수천수만의 민간인들이 자유를 얻을 수 있다고 믿은 거야. 사령부에서는 우리가 목성 식민지에서 전멸할 거라고 예측했는데, 우리는 그 지랄같은 예측을 씹고 해왕성 식민지의 거지군벌들까지 완벽하게 토벌했어. 원사님과 우리가 구한 민간인의 숫자는 2억이 넘었지."

켐리는 할 말을 잃었다.

죠니가 묵직한 몸짓으로 일어났다.

"네 말대로 원사님은 희생 그 자체를 꺼려하셔. 조셉과 딕슨의 죽음에 대한 그분의 분노는 아직 가시지 않았을 거야. 누구하나 제대로 걸리면 조각칼로 놈의 살점을 모조리 발라 버리시겠지. 근데 너처럼 어린 녀석이 희생자 후보에 들어오는 걸 원하실까?"

"전 죽으려고 입사하려는 게 아니에요!"

"안됐지만 우리의 주적은 환상종이 아니야. 살인과 각종 무기에 익숙한 자들이지. 정예 용병, 정규군 특수부대, 암살자 집단, 테러리스트 등등 말이야. 빅시티가 아니라 사냥터에서 녀석들과 마주칠 수도 있어. 녀석들이 널 죽일까 말까 고민할 것 같아? 아냐. 어떻게 하면 더 값싸게 죽일 수 있을지를 고민하겠지."

"……."

"다시 생각해 봐, 켐리. 이곳은 네가 여태껏 경험한 것들이 전혀 통하지 않는 별세계야."

"그만하세요, 아저씨!"

켐리가 소리쳤다.

"제가 듣기엔 아저씨가 아저씨의 인생을, 사장님의 삶을 부각시키려는 것으로밖에 안 들린다고요!"

"그러니까 네가 애새끼인거야."

켐리의 말문이 막혔다.

"경험하지 못한 영역의 일을 이해할 수 있을 리가 없지. 이해시킬 생각도 없었지만 말이야. 만약 네가 입사하게 되면 일주일만에 남이 흘린 피를 네 몸에 뒤집어쓰게 될 걸? 원사님께 애원하기 전에 지혈제를 그분 앞에서 흔들면 조금 좋게 봐주실 지도 몰라."

"……."

"식사나 하러 가자. 배고프지?"

켐리는 묵묵히 고개를 끄덕였다.

5분 정도 걸어서 식당에 도착한 둘은 알케온에게 꾸중을 듣는 젝스의 모습을 발견했다.

"컵라면을 요리라고 생각한단 말인가? 젝스여, 네가 직접 만들 줄 아는 게 아무리 그것뿐이라고는 해도 상담을 해주겠다는 윗사람에게 접대할 음식은 아니야!"

"그럼 계란을 삶으면……."

"고집만은 네 오라버니 이상이로군! 당장 자리로 돌아가! 조리실은 이 알케온의 영역이다!"

"…알겠습니다."

젝스는 모자를 벗고 투덜거리며 치프가 있는 자리로 향했다. 치프는 테이블 위에 엎드린 채 쉬고 있었다.

탈리케이아가 슬쩍 손을 들었다.

"저기, 우리도 배고픈데요?"

"젠장! 맛있게 듬뿍 만들어줄 테니 기다리시오!"

"친절하셔라."

탈리케이아가 마치 조롱하듯 얘기하자 건너편에 앉은 헤이파가 고개를 저었다.

"우리 주방장은 말투만 좀 바꿨으면 엄청나게 귀여움을 받았을 텐데 말이지."

"지금도 수많은 남자들이 알케온을 노리고 있답니다, 어머님."

탈리케이아의 옆에 앉은 데스디아가 찬물을 훌쩍 마시며 말했다.

"왜? 요리를 잘해서?"

탈리케이아가 물었다. 그녀는 친구의 말을 '제대로' 이해하지 못하고 있었다.

"잘은 모르겠지만 허리에서 엉덩이, 엉덩이에서 허벅지로 이어지는 선이 끝내준다고 하더군. '그쪽' 남자들의 평가가 그래."

"그럼 주방장이 남색(男色)의 대상이란 거야?"

"내가 그쪽에는 조예가 없어서 잘 모르겠네."

"좀 조용히 하시오!"

중얼거리는 알타이르 사람들을 향해 알케온이 소리쳤다.

그 상황을 입구에서 지켜본 켐리가 죠니를 돌아봤다.

"평소 분위기가 이런가요?"

"내일부터는 더 끝내줄지도? UNSMC 대원 중에서 부인이랑 이혼한 녀석이 몇 명 있거든."

"부인이랑 이혼하신 분들이요? 왜요?"

"아… 지구에선 부인의 역할을 맡고 싶어 하는 남자들이 좀 있지. 그런 남자들을 정말 부인으로 맞이하는 남자들도 있고. 그건 여성들도 마찬가지야. 지금 지구에서 그걸 문제 삼으면 300년 만에 깨어난 냉동인간 취급을 할 걸? 그만큼 보편화된 일들이지."

"……."

"그리고 위험에 빠질 사람은 네가 아니라 알케온 팀장일 테니 걱정 말고 자리에 앉거나 해. 참고로 난 이성애자야."

"예, 아저씨."

켐리는 내심 덜덜 떨며 죠니와 함께 자리에 앉았다.

모두의 이야기를 듣고 있던 젝스가 자신의 맞은편에 엎드려 있는 치프의 어깨를 손으로 흔들었다.

"사장, 정말 영주님이 위험에 빠지실까?"

"괜찮아, 알케온에겐 항문이 없어."

젝스가 눈을 깜박거렸다.

"사장. 사장이 특정 부위를 너무 직접적으로 말하니까 안 어울려."

"이 아저씨가 그만큼 피곤하다는 뜻이야. 그리고 어차피 그 특정 부위의 명칭은… 그래, 네가 날 짐승처럼 덮치려 했던 날에 알케온이 제대로 지껄이며 자폭했지. 난 몰라, 죄 없어."

치프가 엎드린 채로 말했다.

그날의 일을 떠올린 젝스의 얼굴이 새빨개졌다.

치프의 말을 들은 알케온은 극도의 인내심으로 모든 것을 견디며 요리에 집중했다.

"사장, 어쨌거나 항문은 배설을 위한 기관……."

"식당에서 참 맛있는 소리를 하고 있구나, 젝스."

헤이파가 강렬한 눈빛을 쏘며 경고했다.

치프가 똑바로 앉고는 손을 반쯤 들었다.

"제가 시작했으니 제가 사과드릴게요, 여사님. 너무 혼내지 마세요."

젝스가 오늘 누구 앞에서 어떤 이야기를 했는지 알고 있는 헤이파는 한숨을 쉬는 것으로 꾸중을 마무리했다.

치프가 쓰러지듯 엎드렸다.

"용건이 있으면 지금 얘기해, 젝스. 난 이제 한계야."

"응."

젝스는 얘기하기에 앞서 마음을 단단히 먹었다.

"저기, 사장. 결과가 어찌되든 난 고향을 떠나야만 해."

엎드린 채 눈까지 감고 있던 치프는 젝스의 말을 듣고 눈을 반쯤 떴다.

"그래, 네가 나한테 게임기나 새 옷을 사 달라는 부탁 따위를 할 리가 없지. 기대도 안 했지만."

거의 신음에 가까운 소리를 내며 똑바로 앉은 치프는 자리에 앉기 전에 미리 떠서 놓아뒀던 물을 마셨다.

"괜찮아, 사장? 오늘은 정말 피곤해 보이네."

"응? 응… 네가 믿을지 모르겠지만 난 낯선 사람들이 나에게 시선을 집중하는 걸 정말 싫어해."

"사장, 내가 보기에 사장은 쇼맨십이 대단한 것 같은데?"

"너랑 나랑 아는 사이라서 그렇게 보이는 것뿐이야. 난 공황장애가 있어."

그들의 얘기를 듣고 있던 탈리케이아가 피식 웃었다.

"공황장애? 수천 명의 여자들 앞에서 전함을 몰고 화려하게 나타난 사람이 누구였더라? 현장에서 펼친 마이크 워크도 대단했는데?"

"일에 몰두한 상황이면 다르지. 그리고 그 수천 명의 여자들 대부분이 내 토크 콘서트를 보러 온 팬이 아니라 칼과 활을 장비한 알타이르 전사들 아니었나?"

"글쎄? 그때 일어난 모든 일을 직접 목격했던 나로서는 젝스와 마찬가지로 치프의 얘기를 이해할 수가 없어. 공황장애라니, 웃기지도 않네."

"그때와는 달라."

치프가 손을 저었다.

"정확하게 말하자면 많은 인파가 나를 둘러싼 채 구경하는 상황이 싫어. 아까도 그랬지. 내 앞에 모인 헌터들이 나에게 해를 끼칠 일이 없다는 걸 알면서도 난 그들로부터 벗어나 본관으로 들어갈 생각만 했어. 어린이집에 처음 간 꼬마가 집에 가려고 발버둥치는 것처럼 말이야."

"아……."

탈리케아이아는 무슨 말인지 알겠다는 듯 고개를 끄덕였다. 젝스 역시 치프가 헌터들에게 둘러싸였을 때 일반인 이하의 상태로 감각이 무뎌졌었음을 떠올렸다.

그때 당시 일부러 추가 보수 얘기를 꺼내 헌터들의 관심을 돌렸던 데스디아는 그의 그러한 약점을 죠니와 조셉, 딕슨을 통해 들어서 알고 있었다.

식민지 청소 시절, 치프와 UNSMC는 영웅이라며 대대적인 환영을 받기도 했고 학살자들이라며 비난을 듣기도 했다.

치프는 이동시의 수칙을 무시하고 항상 대원들 앞에 섰다. 열광, 비난, 그리고 아이들을 살려내라는 원망과 저주 등등으로부터 부하들을 지키기 위해서였다.

그러나 치프는 얼마 못 가 복합적인 공황장애에 사로잡혔다.

수십 명의 적에게 둘러싸일 때는 아무 문제가 없지만 불과 10여 명의 민간인, 혹은 적대심이 없는 사람들에게 앞을 가로막히면 발작이 일어나고 만다.

그들 가운데 누군가가 칼이라도 꺼내면 치프는 바로 정신을 차릴 수 있지만 그렇지 않은 경우에는 감각이 무뎌진 채 탈출구만을 찾게 된다.

저격에 완전히 노출되고 마는 것이다.

"저기, 사장. 나중에 얘기할까?"

젝스가 그를 걱정하여 물었다.

"걱정 말고 얘기나 해."

"응."

그때 알케온이 큼직한 그릇에 미트볼 스파게티를 듬뿍 담아 가져왔다. 미트볼이 들어가는 요리라면 뭐든 좋아하는 젝스에 겐 훌륭한 저녁 식사였다.

하지만 치프의 앞에 놓인 것은 적절히 구워진 토스트 몇 장 뿐이었다.

"영주님, 치프의 식사가……."

"스트레스를 받았을 때는 음식을 잔뜩 먹어봤자 좋을 게 없 다, 젝스."

젝스의 질문에 답한 알케온은 다시 조리대로 향했다.

치프는 토스트를 바삭바삭 씹으며 젝스의 이야기를 기다 렸다.

젝스의 이야기는 치프가 말없이 토스트를 흔들며 재촉한 뒤 에야 시작됐다.

"모든 일이 끝나면 여길 떠나겠다고 결심했는데, 어디로 가면 좋을지 모르겠어."

"알타이르로 가. 브라토레 가문에서 잘 돌봐줄 거야."

치프는 젝스를 말리지 않았다. 귀찮아서 그런 게 아니라 그 녀의 본심과 결심을 무시할 수 없었기 때문이었다.

데스디아는 브라토레 가문의 실질적 당주나 마찬가지인 헤이파가 벌떡 일어나 항의할 것이라 생각했다. 하지만 헤이파는 묵묵히 식사를 지속했다.

그것은 젝스를 받아주겠다는 뜻과 같았다.

"지구는 안 돼?"

"안 돼."

"어째서?"

"너, 올해로 대충 1000살은 넘었지?"

"900살을 넘었어."

"음. 지구에서는 900년 전에 한글이라는 이름의 언어가 창제됐고, 잔 다르크라는 여자가 화형을 당했으며, 콜럼버스라는 남자가 아메리카 대륙에 도착했어. 날개 달린 자들의 나이는 지구인 입장에서 봤을 때 나이라는 개념보다는 역사서에 가깝다고. 무슨 말인지 알겠어?"

치프는 토스트를 우물거렸다.

"내가 네 시간에 맞추지 못하고 사라진다는 뜻이야."

그 말에 젝스가 움찔했다. 데스디아도 움찔했으나 젝스만큼 티가 나진 않았다.

"내가 일부러 온몸을 기계로 교체한다 해도 900년 이상 가지는 못해. 넌 혼자가 되는 걸 피할 수 없어."

"……."

"하지만 알타이르 사람들은 너와 함께 살아갈 수 있어. 그들은 긴 시간 동안 수많은 일들을 너와 함께할 거고, 명절이 되면 한자리에 모여서 그 많은 일들 가운데 몇 가지를 추억하며 즐거워하겠지. 그것도 대를 이어서 말이야. 그건 내가 해줄 수 없는 일이야. 그러니 일이 다 끝나면 알타이르 행성으로 가도록 해."

치프는 미리 뽑아둔 휴지로 손끝에 묻은 빵가루와 기름기를 닦았다.

"그래야만 네 오빠랑 셀레스티아도 안심할 거야."

"응."

치프의 이야기를 받아들이기로 결심한 젝스는 미트볼 스파게티를 씩씩하게 먹었다.

하지만 그녀의 얼굴은 얼마 못 가 눈물로 번들거렸다.

그 자리에 있는 모든 '어른들'은 자신이 울고 있는지, 또 왜 우는지조차 모른 채 배를 채우는 젝스의 모습을 안타까운 마음으로 바라봤다.

*　　　　　*　　　　　*

피로와 스트레스를 이기고 잠을 푹 잔 치프는 평소보다 1시간 늦은 오전 6시 무렵에 숙소에서 나왔다.

검은색 군복 바지에 황갈색 야전 상의를 입은 그는 200명가량의 UNSMC 대원들이 군가를 부르며 달리고 있는 훈련장 안으로 들어왔다.

대원들의 지휘를 맡은 죠니는 대열의 옆에 있었다. 그는 대원들에게 박수와 구령 등을 꾸준히 보내며 열정과 젊음을 마음껏 뽐냈다.

"당신은 안 뛰어도 되나?"

데스디아의 목소리가 들리자 치프는 그녀 쪽을 돌아봤다.

"난 나이도 있고… 어?"

그는 데스디아와 헤이파, 탈리케이아 모두 평소와 달리 흰색과 검은색 계열의 펑퍼짐한 운동복을 입고 있자 깜짝 놀랐다.

"오늘 좀 추웠어?"

그러자 검은색 운동복 차림의 헤이파가 앞으로 나와서는 뭔가를 던지듯 손을 뻗었다.

"아무리 자네의 부하들이라고 해도 엄연히 낯선 자들일세. 알타이르 워치프들의 몸을 함부로 보여줄 수는 없지 않나?"

"예, 뭐… 근데 여사님은 은퇴하셨잖아요?"

"호오, 내가 저들 앞에서 벗고 뛰는 모습을 그렇게 보고 싶다면 소원대로 해주겠네."

"……"

치프는 관심 없다는 표정으로 훈련장을 바라봤다.

헤이파가 이를 뿌득 갈고는 운동복의 지퍼를 내리려 했다.

"소원대로 해주겠다니까?"

"예, 제가 잘못했어요."

손을 들었다가 내린 치프는 포프, 젝스의 준비운동을 도와주는 사만다 쪽으로 눈을 돌렸다.

젝스는 모자만 쓰지 않았을 뿐, 평상시의 표정이었으며 포프는 상당히 집중을 한 얼굴이었다. 입에 호루라기를 문 사만다는 그녀들의 자세가 틀릴 때마다 박수를 쳐주었다. 또한 단말기를 이용하여 그녀들의 체력도 철저히 체크했다.

그 옆에는 셀레스티아와 파울라가 운동복 차림으로 애기를 나누고 있었다.

치프는 둘 사이에서 거리감을 느끼지 못했다. 주종 관계라기보다는 젊은 엄마가 제법 큰 딸을 가르치는 모습에 가까웠다.

'아침 식사 후에 무슨 일이 벌어질지 아무도 모르고 있군.'

단말기를 꺼내 대테러 훈련용 건물의 완공을 확인받은 치프는 뒤로 한 발자국 물러났다.

뒤에서 그를 몰래 덮치려 했던 포프의 동생들, 포린과 포티가 발을 헛딛으며 허우적거렸다.

그녀들의 어깨를 잡아 넘어지는 것을 막아준 치프는 자신에게 눈총을 주는 두 꼬마를 보고 키득거렸다.

"그러고 보니 제대로 인사하는 건 처음이네. 누가 포린이고 누가 포티지?"

"제가 포린이에요."

말총머리를 한 소녀가 손을 들었다.

"제가 포티고요."

머리를 짧게 깎은 소녀가 이어서 손을 들었다.

둘은 바닥에 내려놨던 흰색 배구공을 들어 치프에게 내밀었다.

"응? 왜?"

"재활 운동을 열심히 해야 부작용 억제제를 끊을 수 있다고 딕슨 아저씨가 말했어요."

"그렇구나."

공을 건네받은 치프는 손끝으로 공을 살짝 누르며 딕슨을 추억했다.

'훈련용 건물의 상태를 살피러 가야 하는데, 어쩌지?'

적당히 맡길 사람이 없나 살필 겸 주변을 돌아봤다.

'없으면 잠깐만이라도 내가 해줘야… 응?'

마침 치프의 눈에 들어온 남자가 있었다.

나무 그늘 밑에서 단말기를 열심히 만지고 있는 큰 몸집의 청년, 악어 머리 켐리였다.

"어이, 켐리!"

치프가 자신을 부르자 켐리가 깜짝 놀라 일어났다.

"예, 사장님."

"노는 거 방해해서 미안한데, 이쪽으로 와 봐."

켐리는 심장이 터질 것 같았지만 힘을 내어 그에게 다가갔다.

"무슨 일이신가요?"

"응, 이제부터 내가 할 질문에 네가 '그렇다'라고 대답하면 널 채용해 줄게. 아니면 오늘 내로 널 빅시티에 데려다줄 거야. 어제 식당에서 죠니랑 얘기하는 걸 보니까 여기가 어떤 회사인지 설명을 잘 들은 것 같더군. 그러니 고집부릴 생각 마."

"…예, 사장님. 말씀하세요."

켐리가 긴장하여 마른침을 꿀꺽 삼켰다.

"너, 재활치료 할 줄 알아? 그냥 대충 주무르는 거 말고, 전문가처럼 말이야."

치프의 질문했다.

한참 뛰고 있는 UNSMC 대원들을 제외한 모든 이들이 치프와 켐리를 봤다.

켐리는 대답하지 않았다.

대신 자신의 단말기를 꺼내 그 화면을 치프에게 보여주었다.

"물리치료사 및 안마사, 사회복지사 전부 1급이에요."

세 가지의 우주연합 공인자격증이 화면에 차례로 떠올랐다.

"자격증만은 몇 개 더 있어요, 사장님."

"허, 하하."

너무 놀라서 웃음을 터뜨린 치프는 '이 친구 마음에 드느냐'고 문득 엄지로 켐리를 가리키며 포프의 동생들을 봤다.

포린이 치프에게서 배구공을 빼앗아 켐리에게 던졌다. 한손으로 배구공을 붙잡은 켐리는 말없이 치프의 결정을 기다렸다.

"좋아, 채용. 대신 2개월 계약직이야. 하는 거 봐서 정식직원으로 전환해 줄게. 이것저것 잘 부탁해, 켐리."

"예, 사장님! 감사합니다, 감사합니다!"

켐리는 펑펑 울면서 치프에게 감사를 표했다.

대원들과 함께 뛰다가 그 모습을 본 죠니는 뛰는 것을 멈추고는 눈에 낀 스포츠 선글라스를 벗었다.

"저 녀석… 하핫."

한차례 밝게 웃은 죠니는 다시 뛰어서 대원들의 옆에 붙었다.

53
식사 후 한 게임

아침 식사 및 휴식 시간이 끝난 뒤, 치프는 회사의 모든 직원들을 데리고 대테러 훈련용 건물로 향했다.

완전무장한 UNSMC 대원들은 건물 앞에 열을 맞춰 서 있었다.

장비를 이리저리 점검하는 그들의 모습은 좀 느슨했지만 데스디아의 눈에는 UNSMC 개개인 모두가 만만치 않은 인간 병기들로 보였다.

'저들은 정말 특별해 보이는군. 죠니와 조셉, 딕슨의 날카로움에 익숙해지는 데도 2개월이 걸렸는데 저들 모두는 과연 어떨까?'

헤이파와 탈리케이아 역시 그들을 가벼이 보지 않았다.

'치프와 함께 지옥을 거슬러 온 병사들답군.'

헤이파는 탈리케이아에게 손을 뻗어 그녀의 전투복과 망토 등을 만져주었다.

"오늘은 정말 굉장한 하루가 될 것이다, 탈리. 마음을 놓지 마라."

"예, 스승님."

이윽고, 치프가 포프를 데리고 그들 사이에 섰다.

"본래는 이론적인 전술 해설부터 해야 하지만, 우리 UNSMC 친구들의 태도가 영 불량한 관계로 우리 알타이르의 전사들께 엄격한 교육을 부탁드리고 싶군요."

치프가 포프의 어깨를 두드렸다.

"포프는 인질 역할이고요, 테러리스트는 UNSMC 대원들이 맡을 거예요. 작전개시 5분 내로 인질을 구출하지 못하면 인질 사망으로 판정되어 테러리스트들의 승리로 끝날 거예요. 인질의 위치는 무작위니까 서두르셔야 할 겁니다. 인질, 위치로."

"네, 사장님."

포프는 단말기에 미리 내려 받은 게임들을 확인하며 UNSMC 대원들에게 걸어갔다.

"마지막으로 여쭙겠는데요, 세 분이 동시에 진입하실 겁니까, 아니면 한 분씩 들어가실 겁니까?"

"우릴 우습게보네, 치프."

탈리케이아가 비녀로 고정시킨 굽슬굽슬한 금발을 손끝으로 털며 앞으로 나섰다.

"알타이르의 라샤이드, 아니 워치프는 군단장이자 군단 그 자체야. 200명을 상대하는데 세 명이 모두 투입되는 건 우리의 자존심이 허락지 않아."

"그럼 탈리의 단독 진입으로 훈련을 시작해 보지."

"좋아."

탈리케이아는 정신을 바짝 집중했다. 바람의 정령들이 그녀의 주변에서 회오리처럼 맴돌다가 흩어졌다. 그녀의 은색 눈동자는 하늘색 빛으로 채워졌다.

치프는 기계식 스톱워치를 들었다.

"테러리스트들, 인질을 데리고 위치로."

"위치로!"

UNSMC 대원들이 포프와 함께 건물 안으로 우르르 들어갔다.

"사만다는 드론들을 이용한 상황 점검을 확인."

"상황 점검. 이상 없음을 확인했습니다, 아저씨."

두툼한 헤드셋을 쓴 사만다는 초대형 스크린과 연결된 대형 단말기와 키보드를 열심히 만지며 UNSMC 대원들의 이동 및 배치 상황을 주시했다.

진입을 준비하던 탈리케이아가 주변을 돌아봤다.

"죠니 팀장은?"

"오늘은 테러리스트 팀의 대장이시지. 아까 못 봤어?"

"흠, 그럼 우리가 이 게임을 계속 이기면 결국 치프가 저쪽 팀의 대장이 되겠네?"

"그렇겠지?"

치프는 싱글싱글 웃었다.

사만다가 지켜보던 대형 스크린에 파란 빛이 반짝거렸다.

"팀 탱고(Tango), 배치 완료됐습니다."

"좋아, 그럼 훈련 개시."

치프가 하늘을 향해 공포탄을 쐈다.

활과 화살, 그리고 대인용 곡도를 만지작거리던 탈리케이아의 표정이 삽시간에 굳어졌다. 데스디아와 헤이파 역시 마찬가지였다.

'기척이… 사라졌어?'

그녀가 감지할 수 있는 것은 오로지 포프의 기척뿐이었다. 건물 안에 들어간 UNSMC 대원들의 기척은 전혀 감지되지 않았다.

탈리케이아의 눈에는 그 대형 건물이 마치 유령의 집처럼 보였다.

"후우……."

숨을 내쉰 탈리케이아는 다시금 바람의 정령 및 물의 정령과 교감하여 자신의 모습을 감췄다. 드래곤들이 사용하는 광학식 위장에 가까운 것이었다.

탈리케이아는 그 상태로 건물에 진입했다.

1분 후, 뭔가 펑 터지는 소리와 동시에 화면을 지켜보던 사만다가 고개를 흔들었다.

"탈리케이아 님이 사로잡히셨습니다."

"훈련 종료."

싱겁게 중얼거린 치프는 손에 든 스톱워치를 리셋했다.

"자, 다음 분 나오세요."

치프가 말했다.

데스디아가 기다렸다는 듯 걸어 나왔다.

"탈리가 방심한 것 같군. 난 저 친구들이 탈리에게 다 작살 난 다음 당신이 직접 지휘하는 꼴을 볼 줄 알았는데 말이지."

그녀가 아직 여유를 갖고 말하자 치프가 씩 웃었다.

"그럼 내가 잠깐 지휘해 볼까?"

"그 자리에서 말인가? 그럼 해봐. 지금 당장에라도 상대해 주지."

"그럼 훈련 개시."

치프는 오른손 검지와 중지를 펴고는 그 끝을 데스디아에게 맞췄다.

순간 데스디아가 상체를 고속으로 움직였다. 그녀의 뒤쪽 지면에 붉은색 페인트 탄이 박혀 터졌다.

사만다는 감탄할 수밖에 없었다.

'굉장해. 순발력만으로 저격소총의 탄환을 피하셨어.'

그녀는 키보드에 손을 올렸다.

"아저씨, 이번 경우도 공식 기록에 넣어야 합니까?"

"당연하지."

치프는 개별로 포장하여 준비해둔 물수건을 데스디아에게 내밀며 말했다.

"훈련 종료. 팀 탱고, 자리 재배치. 이걸로 닦아, 뎃디."

데스디아의 얼굴은 이마를 중심으로 터진 붉은색의 페인트 탄에 흠뻑 젖어 있었다. 제대로 저격당한 것이다. 그녀의 터번 역시 페인트 탄으로 젖어 있었다.

물수건을 받아든 데스디아는 분했는지 어금니를 꽉 깨물었다.

본래 페인트 탄을, 그것도 저격소총에서 사용하는 대형 탄을 급소에 맞게 되면 치명상을 입을 수도 있었다.

그라니트 행성의 정령들에 의해 신체가 강화된 데스디아에겐 저격소총의 탄환도 약간 따끔한 수준에 지나지 않았다.

하지만 그녀의 자존심은 해일에 맞아 무너진 흙벽처럼 참혹했다.

'두 명이 콤마 단위의 시간차를 두고 저격했다고? 내가 피할 것을, 피할 방법과 방향을, 동작 간의 간격을 완벽히 읽었단 말인가?'

데스디아는 물수건으로 얼굴을 닦고 터번을 벗으며 물러났다.

남은 한 명인 헤이파는 긴 호흡으로 마음을 정돈한 뒤 활과 화살을 내려놓았다. 대신 대인용 곡도와 정글도, 그리고 연습용 단검 몇 자루를 챙겨 전투복에 장비했다.

데스디아는 모친의 그러한 장비 변경을 보며 나름 생각해 봤다.

'낯선 장소지만 근접전 중심의 전투가 일어날 장소인 것만은 사실이니 활을 고집할 필요는 없지. 하지만 소총 등을 사용할 자들에게 근접 무기만을 쓰는 것은 한계가 있어. 괜찮으시겠습니까, 어머님?'

손을 몇 번 터는 것으로 준비를 끝낸 헤이파가 치프에게 손짓했다.

"진입 과정의 지휘만을 자네가 맡아줄 수 있겠나? 첫째에게 했던 것처럼 말일세."

"어렵지 않죠."

치프는 개인적으로 알타이르 워치프 출신의 베테랑 전사가 어떠한 결과를 낼지 궁금했다.

"그럼… 예, 훈련 개시."

치프는 손가락을 뻗지 않고 지시를 내렸다.

페인트 탄이 지면에 타다닥 박혔다. 자격수가 쏜 페인트 탄을 신체 능력만으로 피한 헤이파는 곧장 건물 내로 진입했다.

"부사장님께서 당하시는 모습을 보셨으니 가능하신 일이겠죠?"

사만다가 묻자 치프는 어깨를 으쓱이며 스톱워치를 봤다.

"그래도 꽤 놀라셨을 걸? 나도 놀랐으니까."

데스디아는 그가 왜 그런 말을 하는지 알고 있었다.

'단순한 시간차 저격이 아니야. 첫 번째 저격도, 두 번째 저격도, 그리고 마지막 저격도 어머니의 움직임이나 속도에 관계없이 명중만을 노리고 쐈어. 그게 너무 정확하고 빨라서 약속된 시간차 공격처럼 보였던 것뿐이야. 어머니께서는 나와 달리 날아오는 탄환들을 직접 보고 피하셨지. UNSMC의 저격수들은 정말 대단하군.'

그녀는 헤이파가 부디 좋은 결과를 내길 희망했다.

대형 백화점을 연상케 하는 12층 규모의 훈련용 건물에 진입한 헤이파는 아주 천천히 이동했다.

'정령의 힘으로 모습을 감춘 탈리가 정체 모를 폭발물에 당했어. 기폭 방식이 뭐였을까? 수동식? 아니면 감지장치가 달린 자동식?'

그녀는 기척을 감춘 UNSMC 대원들을 찾아내기 위해 바람의 정령을 불러 교감했다. 더불어 자신의 모습을 감추는 것도 잊지 않았다.

그녀는 건물 내의 인테리어를 살폈다.

'급조된 것들 치고는 수준이 괜찮군.'

그녀가 스프링클러 밑을 지날 때였다.

스프링클러가 펑 터지면서 천장은 물론 사방에서 검은색의 액체들이 몰아닥쳐 방을 가득 채웠다.

'부비트랩? 난 아무 짓도 안 했는데?'

온몸에 검은색 액체를 덮어쓴 헤이파는 대인용 곡도를 들고 저항하려 했다.

천장과 바닥, 책상, 심지어 벽 안에서까지 UNSMC 대원들이 우르르 뛰어나왔다.

그들 중 몇 명이 그물 총을 쐈다. 그물을 피하기 위해 움직이려 했던 헤이파는 자신의 힘이 일반적인 인간의 수준 이하로 떨어졌다는 사실에 경악했다.

그물에 걸린 그녀에게 두 번째, 세 번째 그물이 연속으로 닥쳐왔다.

말뚝과 함께 땅에 박힌 그물들은 헤이파의 몸을 바짝 죄었고, 헤이파는 그물들의 막강한 장력으로 인해 사람 가슴 높이까지 떠올랐다.

그녀를 향해 헬멧으로 얼굴을 감춘 UNSMC 대원들이 다가와 페인트 탄이 장전된 소총을 겨눴다.

모든 대원들은 헤이파의 곡도가 닿지 않을 거리에 자리를 잡고 있었다.

"원사님께서 여사님만큼은 특별히 대접해 드리라고 말씀하셨습니다."

몸집이 큼직한 대원 한 명이 말했다. 헬멧에 설치된 음성변조 장치 때문에 목소리에 기계음이 끼어서 좀 더 살벌한 느낌을 주었다.

힘이 빠질 대로 빠진 헤이파는 쓴웃음을 지었다.

"특별 대접? 무슨 말인가?"

"원사님께서 만약 일을 당하신다면 대신 저희를 지휘하실 분이 여사님일 거라고 말씀하셨거든요."

"첫째가 아니라 나라고?"

"따님의 경우에는 안정감이 있지만 지휘의 방향이 지나치게 안전제일주의라는 평가를 내리셨죠. 반면 여사님께서는 안정감과 지휘능력, 상황에 따른 임기응변능력, 그리고 낯선 상대와 호흡을 맞추시는 능력까지 모두 훌륭하신 분으로 평가됐습니다. 아까 정문에서의 저격도 모두 피하셨죠."

"첫째가 당하는 걸 봤기에 가능한 일이었네."

"콤마 단위의 속도라는 영역에서 자세를 제어하는 것은 놀라운 일입니다. 여사님께선 첫 번째 탄을 피하실 때는 0.028초, 두 번째 탄을 피하실 때는 0.021초, 세 번째 탄을 피하실 때는 0.008초의 움직임을 보이셨습니다. 세 번째 저격소총이 더 크고 탄두의 속도도 빠르다는 사실을 눈치채신 거죠."

"그보다 더 빠른 속도로 가시를 쏘는 적대성 생물이 우리 고향에서 서식하거든."

"거기 여행갈 때는 방탄복을 입어야겠네요."

"아무튼… 자네, 죠니 맞지?"

"예, 여사님."

죠니는 헬멧 아랫부분을 만져서 음성변조 장치를 껐다.

"역시 눈치 빠르시네요."

죠니의 목소리를 들은 헤이파는 몸에 힘을 줬다. 대화를 하는 동안 자신을 덮은 검은색 물체들이 반쯤 증발한 것을 이용한 것이다.

그물들을 고정시킨 벽의 말뚝들이 뽑혀나갔지만 죠니를 포함한 UNSMC 대원들은 헤이파에게 겨눈 총부리를 유지시켰다.

"특별대접은 이걸로 끝인가?"

"물론 아니죠."

그 자리에 모인 대원들 전원이 헤이파를 향해 페인트 탄을 일제히 퍼부었다.

소총을 든 자는 탄창을 바꿔 끼면서까지 방아쇠를 계속 당겼고, 어떤 자는 등에 거치한 분대지원용 기관총까지 꺼내어 페인트 탄을 무자비하게 날렸다.

고속으로 쌓이는 충격을 이겨내지 못한 헤이파는 결국 목을 숙이며 기절했다. 끝까지 저항했음을 드러내듯, 헤이파는 마지막 말뚝이 풀리면서 바닥에 쓰러졌다.

"진짜 테러리스트들이나 용병들에게 당하시는 것보다 백배 나은 겁니다, 여사님. 딱히 개인감정이 있는 건 아니니 오해 마세요. …이 말이 들리시긴 할라나."

중얼거린 죠니는 대형 자동권총을 꺼내고는 그녀의 뒤통수에 세 발의 페인트 탄을 꽂았다.

"여기는 탱고 리더. 표적은 사살 판정. 반복한다, 표적은 사살 판정."

─사살 판정, 확인했습니다.

사만다의 목소리를 들은 죠니는 수신호를 보냈다. 다른 장소에서 대기 중이던 UNSMC 대원들이 들것을 들고 달려와 헤이파를 실었다.

밖에서 화면을 지켜보던 사만다가 헤드셋에서 손을 떼고 치프 쪽을 봤다.

"헤이파 여사님, 사살 판정으로 훈련 지속 불가입니다."

"흠, 훈련 종료."

치프는 실망했다는 표정으로 고개를 흔들며 스톱워치를 리셋했다.

앉아서 쉬던 데스디아는 헤이파가 사살 판정을 받았다는 말에 경악했다.

"무슨 소리지? 사살 판정이라니?"

그녀가 묻자 치프가 고개를 돌렸다.

"총상이 치명적이면 사살 판정이야. 여사님께서는 아마 기절하셨을 걸?"

"어머님께서……?"

데스디아는 큰 충격을 받았다.

그녀는 이윽고 들것에 실려 건물 밖으로 나오는 헤이파와 탈리케이아의 모습에 격분했다.

"대체 무슨 수를 쓴 건가!"

"들어가면 알 거야. 일단 1시간 휴식."

"예, 1시간 휴식. 팀 탱고에 전달합니다."

휴식 지시가 떨어지자마자 데스디아는 UNSMC 대원들이 건물 안에서 움직이는 것을 감지했다.

치프는 야전 상의 주머니에 손을 꽂은 채 건물 안으로 들어갔다.

그는 자신을 맞이하는 죠니에게 자신의 단말기를 보여줬다.

[워치프 킬러의 효과는?]

단말기의 문자메시지를 읽은 죠니 역시 단말기를 꺼내어 답변을 작성했다.

[휘발성이 대단히 강한 고분자화합물입니다. 여사님들이라고 해도 쉽게 적응하긴 힘들 겁니다.]

[아무튼 빨리 제압해야겠군.]

[그렇습니다. 여사님께서는 2분도 안 되어 그물의 고정 말뚝을 전부 뽑아내시더군요.]

[그래도 여사님 정도면 1단계까진 넘어서실 줄 알았는데 말이지.]

[아무튼 다음에는 힘으로 밀고 들어오실 겁니다.]

[그러시겠지. 그래도 마지막 단계까지 돌파하려면 최소 나흘 정도는 걸릴 테니 대접 잘 해드려.]

[마지막 단계에 도달하면 다들 심리적으로 충격을 받겠죠?]

[그건 우리들이 실전에서 겪은 일이었잖아? 덕분에 안드레이가 서지컬을 통한 기계 덩어리가 됐어. 아픈 경험이니만큼 정성스럽게 전달해야지.]

단말기를 거둔 치프는 부비트랩을 재설치하고 시설을 청소하는 대원들의 어깨를 두드리며 그들을 격려했다.

마지막으로 포프가 있는 곳으로 간 치프는 단말기로 게임을 하는 중인 그녀에게 다가가며 손등으로 벽을 노크했다.

"아, 사장님."

포프가 활짝 웃으며 단말기를 내렸다.

"심심하지 않아?"

"아저씨들이 재밌게 얘기해 주셔서 괜찮아요."

"다행이네."

"그런데 워치프 분들이 1단계를 통과하지 못하실 줄은 몰랐어요."

치프는 빙긋 웃고는 검지로 자신의 입술을 두드렸다. 데스디아를 비롯한 워치프들이 충분히 얘기를 들을 수 있는 거리임을 늦게 깨달은 포프는 왼손을 자신의 입을 가렸다.

그래도 치프를 앞두고 말을 참긴 힘들었는지 속삭이듯 말했다.

"사장님 말씀대로 저는 헌터 일에 몰두하는 게 나을 거 같아요."

"그래? 마음을 바꾸신 계기라도?"

"그냥… 느낌이 그랬어요."

포프는 훈련 개시 알림과 동시에 비인간적인 기운을 흘리는 UNSMC 대원들의 모습이 너무 무서웠다는 구체적 설명을 생략했다.

치프는 그녀의 등을 토닥였다.

"사실 헌터보다도 좀 더 긍정적인 직업을 갖는 모습을 보고 싶은데 말이지."

"엄마가 해 오셨던 일을 부정하고 싶진 않거든요."

"해 오셨던 일이라……. 혹시 마스터 어째신?"

"절대 아니에요."

둘은 서로를 보며 활짝 웃었다.

다시 건물 밖으로 나온 치프는 의식을 되찾은 헤이파와 탈리케이아가 자신을 살벌한 눈빛으로 바라보는 것을 목격했다.

"일찍들 일어나셨네요?"

"자네는 우리에게 모욕감을 줬어."

헤이파가 투덜거렸다.

"실전에서 적들에게 총을 맞는 것보단 낫지 않을까요?"

"이런 식으로 당하진 않을 것 같은데 말일세."

"흐흠."

미소를 지으며 얼버무린 치프는 데스디아와 딱 마주했다.

"당신, 포프하고만 얘기했나?"

"어라, 혹시 질투?"

데스디아가 그의 양쪽 어깨를 붙잡고는 날카롭게 세운 무릎을 그의 복부에 박았다.

"…헉!"

치프는 바닥을 굴렀다. 건물의 창가에 붙어서 그 모습을 구경하던 UNSMC 대원들이 일제히 웃었다.

데스디아는 자신의 발 앞에 누워서 꿈틀거리는 치프를 노려봤다.

"단말기를 두드리는 소리가 요란하더군. 누구와 무슨 문자메시지를 주고받았는지 모르겠지만 잘난 척하는 꼴은 오늘까지일 거야. 노을이 지기 전에 전부 박살 내주지."

"그러세요. 으윽……!"

치프는 배에 손을 댄 채 일어나 사만다의 옆자리에 앉았다.

1시간의 휴식이 끝난 뒤, 이번에는 데스디아가 첫 번째로 건물에 진입했다.

그러나 2분도 채 지나지 않아 뭔가 펑 터지는 소리가 건물을 흔들었다.

시간은 그 상태로 4분이 흘렀다.

"제한 시간 초과. 인질 사망 판정입니다."

사만다가 말했다.

탈리케이아가 두 손으로 얼굴을 감쌌다. 헤이파는 입에 문 곰방대를 옆에 던지려다가 말고 분노를 다스렸다.

"훈련 종료. 다음 분, 준비하세요."

켐리의 안마를 받으며 시간을 보내던 치프가 스톱워치를 리셋했다.

점심시간과 휴식 시간이 지나고 노을이 질 때까지, 치프와 죠니가 설정해 둔 여러 단계 중에 첫 단계를 넘어선 사람은 아무도 없었다.

시험 삼아, 그리고 재미 삼아 도전했던 젝스마저도 1분이 안 되어 들것에 실려 나왔다. 셀레스티아 역시 도전하겠다고 했으나 치프는 정중히 그녀를 말렸다.

"셀리. 다들 네가 맨몸으로 지구 대기권에 돌입하고 주력전차를 한 손으로 들었다 놨다 했다는 사실을 알고 있어. 그러니 괜히 들어가서 사람 잡지 마."

"슈X맨 취급은 그만해 줘!"

"그래, 그럼 슈X걸 취급을 해주지. 넌 엄마한테 가서 힘 조절부터 제대로 배워, 제발."

치프가 셀레스티아를 설득하는 와중에, 사만다가 헤이파의 사살 판정을 외쳤다.

시간이 더 흘러 노을마저 식어버렸다.

"탈리케이아, 사살 판정이라……."

중얼거린 치프는 읽고 있던 만화책을 덮었다.

"오늘은 여기까지 하죠. 책의 글자도 안 보이네요."

그의 앞에 헤이파가 우뚝 섰다.

"마지막 기회를 주게."

"다음 훈련은 내일모레예요. 저기 안에 있는 테러리스트들도 좀 쉬어야 나쁜 짓을 성실히 할 수 있다고요. 아, 여사님들께 실망하진 않았으니 오해하지 마세요."

"……."

헤이파의 청을 곱게 거절한 치프가 단말기를 귀에 댔다.

"훈련 완전 종료. 특이 사항 없나?"

―인질… 아니 포프가 두 시간째 자고 있습니다.

"살살 깨워. 저녁은 먹이고 재워야지."

―예, 원사님.

단말기를 내린 치프는 사만다의 장비 철수를 도왔다.

포프가 자고 있다는 말에 결정타를 먹은 헤이파는 지친 몸을 끌고 자리에 앉았다.

데스디아는 두 주먹을 꽉 쥐고 몸을 숙인 채 분노와 모욕감을 억눌렀다. 탈리케이아는 허무감에 흐릿해진 눈으로 하염없이 하늘을 봤다.

"회의를 하자구나, 애들아."

헤이파가 일어나서는 데스디아와 탈리케이아를 불렀다. 두 명의 워치프는 굴욕감을 떨치고 일어나 헤이파의 뒤를 따라갔다.

*　　　*　　　*

저녁 식사를 마치고 숙소 1층의 휴게실에 들어간 데스디아, 헤이파, 탈리케이아의 분위기는 아주 무거웠다.

평소에 칼로리 관리를 철저히 했던 데스디아였지만 그녀는 알케온을 경악시킬 만큼 거하게 식사를 하여 속을 든든히 채웠다. 헤이파, 탈리케이아 역시 먹을 수 있는 데까지 먹었다.

그래도 화가 안 풀렸는지 그들 한가운데에는 먹기 좋게 잘린 치즈케이크들이 놓여 있었다.

셋은 탈리케이아가 손수 끓인 전통차를 마시며 속을 풀었다.

헤이파의 빈 찻잔을 채워준 탈리케이아가 휴게실을 살폈다.

"스승님, 이곳에도 도청 장치가 존재할 것 같습니다만."

"그렇진 않아."

데스디아가 말했다.

"확인해 봤어?"

"작년에 젝스와 포프가 이곳에서 지구의 야한 동영상을 며칠 동안 몰래 보다가 나에게 들켰지. 하지만 다른 사람들은 그 사실을 전혀 모르더군."

"…추궁하기 번거로워서 다들 모른 척한 게 아닐까? 그 나이가 되면 그런 거에 호기심을 가질 법하잖아?"

탈리케이아가 따졌다.

"그런가?"

데스디아가 고개를 옆으로 기울였다.

헤이파는 '너도 어릴 때 그런 걸 본 적이 있느냐'는 표정으로 탈리케이아를 바라봤으나 말을 꺼내진 않았다.

데스디아가 한숨을 쉬었다.

"도청이 문제인가? 오늘 우리의 추태를 벌써 잊었어? 도청을 당할 가치도 없었다고."

"…그렇지."

탈리케이아도 한숨을 터뜨렸다.

이윽고 헤이파가 장기 말을 놓는 기세로 테이블에 찻잔을 내려놓았다.

감적색의 동그란 테이블이 찻잔에 실린 힘에 의해 현악기의 선처럼 떨렸다.

"오늘 일들을 정리해 보자구나, 애들아."

"예."

데스디아와 탈리케이아가 동시에 답했다.

"그 새끼들… 아니, 상대방은 우리에 대해서 너무 잘 알고 있었지. 첫째가 탄환을 피할 때의 동작조차도 이미 숙지한 것 같더구나. 게다가 우리는 그들의 기척을 느낄 수가 없었지."

"뭔가 특별한 장치를 사용한 것일까요?"

탈리케이아가 물었다.

"만약 그러한 장치가 있다면 단순히 우리를 괴롭히기 위해 사용한 것은 아닐 게다. 우리가 실전에서 마주칠 적들이 그걸 쓸 수도 있다는 말일 게야."

"하지만 어머님. 파병 시절에 만난 적들도, 신들이 만든 변질

자들도 그만큼 조용하게 숨지는 못했습니다. 포프마저도 그랬지요."

"사람보다는 건물이 문제겠지."

헤이파가 지적했다.

"그 훈련용 건물 자체가 우리의 감지능력을 방해하는 원흉이 아닐까 하는 생각이 들더구나. 내 착각일 가능성도 크지만, 어쨌거나 그 건물 자체가 힘의 균형을 무너뜨리는 근원인 것만은 확실하지. 그렇지 않느냐, 첫째야?"

그녀가 데스디아에게 물었다.

"근원이라 하시면… 예, 어머님께서 말씀하신 그대로입니다. 우리는 그처럼 크고 내부가 복잡한 지구식 건물에서 다수의 적과 싸워본 적이 거의 없습니다. 있다 하더라도 그 새끼들… 아니, UNSMC와 같은 정예 병사들과는 만난 적이 전혀 없지요. 반면 UNSMC 대원들은 그런 곳에서 싸우는 것에 도가 튼 자들입니다."

모녀는 약속이라도 한 듯 마음속에 쌓인 욕설을 섞어 UNSMC에 대한 감정을 드러냈다.

헤이파가 고개를 끄덕이며 팔짱을 꼈다.

"그렇지. 은폐 및 엄폐에 대한 기술이 대단했어. 우리가 칼을 이용하려 하면 바로 방향을 바꾸거나 계단 위로 올라가 버렸지. 우리가 사용하는 공격 기술 및 무기의 약점을 너무 잘 알더구나. 활은 소총에 비해 대응 속도가 늦어. 차라리 투척용 단검이 더 나았지."

"총을 들고 싶다는 충동을 억누르기가 힘들었습니다, 스승님."

"이해한다, 탈리."

헤이파는 탈리케이아의 말에 동의했다.

"그들이 입은 경장갑 전투복의 신체 능력 보조 기능도 예상 이상이었어. 천장 위로 훌쩍 뛰어서 숨는 것은 기본이고, 좀 특별한 군화를 신은 자들은 아예 벽과 천장에 붙어서 걷고 달리더구나. 중력의 방향을 제어하는 신발로 보였지."

"그 군화를 이용해 로프도 없이 창문 밖에 대기하다가 돌입하는 경우도 있었습니다, 스승님."

"그런 상황에서 모든 병사들이 정확한 사격을 한다는 점도 놀라웠습니다, 어머님."

탈리케이아와 데스디아가 연이어 말했다.

"더 귀찮은 것은 전술이야. 구석에 몰아넣으면 한 명이나 두 명이 칼에 찔리는 상황을 각오하고 날 덮쳐서는 다른 자들에게 사격 기회를 주더구나. 시간차 사격은 기본이고, 고속으로 이동하여 거리를 좁히려 하면 우리 근처의 벽이나 천장을 쏴서 만든 파편으로 행동을 방해했지."

헤이파가 말했다.

셋이 동시에 한숨을 터뜨렸다.

"함정도 그렇고… 특히 그 검은색의 액체에 잘못 걸리면 방법이 없었단다. 우린 힘이 빠지는데 그들은 별 탈 없이 움직이며 우리를 벌집으로 만들었지."

"그것이 아마도 치프가 저에게 말했던 고분자 합성 물질일 겁니다. 정령과의 교감을 끊어버리지요."

"으음."

데스디아의 이야기를 들은 헤이파는 더 깊은 한숨을 쉬었다.

"가장 큰 문제는… 현재 그들을 지휘하는 자가 죠니라는 것이지. 치프가 직접 지휘하면 대체 무슨 일이 벌어질까?"

"여태껏 그가 쓰러뜨린 적들처럼 허무하게 당하겠지요. 죠니와 조셉, 딕슨의 경우가 그 근거입니다. 봉고쟁이라는 놈을 처리할 때는 치프가 그들을 지휘했지요. 제가 죠니에게 맡겼을 때와는 표적의 처리 속도가 달랐습니다."

"음……."

셋은 잠깐 침묵에 잠겼다.

"스승님, 내일부터라도 사격 훈련을 해야 할는지요?"

"그건 네 판단에 맡기마. 하지만 우리가 경험한 것들을 바탕으로 대응책을 꾸리는 것은 잊지 말아라, 탈리케이아. 내일 하루는 쉰다고 했으니 말이지."

그때까지 눈을 감고 가만히 생각하던 데스디아가 순간 움찔했다.

"도중에 젝스가 한 번 참여한 적이 있었습니다. 그러나 그 아이도 순식간에 당했지요. 과연 우리와 같은 방법으로 당했을까요?"

"알아봐서 나쁠 것은 없겠지. 젝스는 우리와 달리 정령과의 교감이 필요 없는 아이이니까 분명 다른 방식으로 당했을 것이야."

"스승님. 그것은 그들이 젝스에 대한 대응책마저 갖고 있다는 뜻이 아닐는지요?"

"그럴 것이야. 죠니는 치프 못지않게 감이 좋은 자란다. 아마 죠니는 젝스의 동작만 봐도 그 아이가 오늘 입은 속옷의 색깔과 팬티의 종류마저 알아맞힐 걸?"

"감이 좋은 변태로군요."

"……."

헤이파와 데스디아는 소감을 말한 탈리케이아를 물끄러미 바라봤다.

그때, 누군가가 휴게실의 문을 노크했다.

"뉘시오?"

헤이파가 대답하자마자 탈리케이아가 만약의 사태에 대비하기 위해 소리 없이 천장에 달라붙었다. 그녀는 손가락의 힘만으로 체중과 불균형을 견디고, 몸의 선이 천장과 수평이 되도록 유지하고 있었다.

"UNSMC의 안드레이 오티스 중사입니다. 알타이르에서 오신 분들께 정식으로 인사를 드리기 위해 찾아왔습니다."

"아, 죠니의 친구 말이구려. 우리가 여기 있는 건 어찌 아셨소?"

"켐리라는 이름의 청년이 안내해 줬습니다."

셋은 자신들이 켐리에게 차를 끓이기 위한 물을 심부름시켰다는 사실을 떠올렸다.

헤이파는 탈리케이아에게 천장에서 내려오라는 눈짓을 보냈다.

탈리케이아는 바로 자리에 앉았다. 그녀는 물수건으로 손가락 끝에 묻은 콘크리트 파편을 닦아냈다.

"들어오시오, 오티스 중사."

"실례하겠습니다."

문이 열렸다.

검은색의 머리를 대충 짧게 자르고 수염도 진하게 기른, 매우 큰 키의 사내가 휴게실 안으로 들어왔다. 그의 얼굴에는 수많은 흉터가 있었으나 헤이파의 눈에는 그의 모든 것들이 이상하게 보였다.

"초면에 실례입니다만, 지구에서는 문신이나 피어스 말고 인공적인 흉터로 몸을 장식합니까?"

"이 흉터들은 재현에 불과합니다."

안드레이는 손에 낀 검은색 장갑을 벗었다.

그의 손이 손가락부터 갈라지고 손바닥도 활짝 열렸다.

"간단히 말씀드리자면, 저는 신체의 약 80%가 인공물로 대체된 인간입니다."

"아……."

지구에서 안드레이에 대한 이야기를 치프에게 들었던 데스디아는 표정을 바꾸며 탄성을 흘렸다.

"치프에게 당신에 대한 얘기를 들었습니다."

"예, 부사장님."

뻣뻣하게 서 있던 안드레이가 그들을 향해 허리를 푹 숙였다.

"사죄드리겠습니다."

헤이파는 그의 갑작스러운 행동에 조금 놀랐다. 하지만 검은색 전통복을 입고 다리를 꼰 자세만은 그대로였다.

"무슨 말씀이십니까?"

"제가… 그날 아침에 진 플레커를 놓쳤습니다. 그녀가 여러분들이 계신 곳으로 가는 것을 막지 못했으며, 결과적으로 딕슨의 죽음과 신수의 출현을 불러왔습니다. 면목이 없습니다."

헤이파는 숲에서 맞닥뜨렸을 당시 진의 컨디션이 이상했다는 포프의 이야기를 떠올렸다.

"그날 아침에 진 플레커를 추적하고 싸운 사람이 중사였소?"

"제가 그녀의 수단을 너무 얕봤습니다. 정보 습득 절차를 무시하고 즉각 처리했다면 딕슨도 죽지 않았을 것이고 그녀가 신수로 탈바꿈하는 것도 막을 수 있었을 겁니다. 여러분들께서 위기를 맞이하실 일도 없었을 것이라 생각합니다. 이 죄, 끝까지 안고 가겠습니다."

헤이파와 탈리케아이아는 울먹거리지만 않을 뿐, 당장에라도 회사 본관 옥상에서 뛰어내릴 분위기인 그 남자를 어떻게 상대해야 할지 고민했다.

반면 데스디아는 팔짱을 끼며 생각했다.

'저 남자가 UNSMC 대원들 사이에서 실질적인 서열이 세 번째라고 들은 것 같은데……'

그녀는 허리를 펴지 못하고 있는 안드레이를 가만히 바라보다가 이윽고 말했다.

"딕슨은 긍지를 품고 세상을 떠났습니다, 중사. 그를 위해서라도 힘을 내어 우리를 도와주십시오."

"알겠습니다, 부사장님."

안드레이는 우울한 표정을 유지한 채 허리를 폈다.

"이 안드레이 오티스는 모든 분들께 큰 빚을 졌습니다. 도와드릴 일이 있다면 언제든, 무엇이든 말씀해 주십시오."

그의 각오를 들은 헤이파의 긴 귀가 쫑긋 움직였다.

"그럼 잠깐 앉아서 얘기 좀 합시다, 중사."

"예?"

"들으셨는지 모르겠습니다만, 우리가 오늘 UNSMC 대원들에게 큰 망신을 당했답니다."

"훈련이 있었다는 이야기는 죠니 상사에게 들었습니다."

"혹시 그들의 전술에 대해서 말씀해주실 수 있겠습니까? 대외비밀로 규정된 것을 제외하고 말입니다."

그러자 안드레이가 뒤를 돌아봤다.

"원사님. 괜찮겠습니까?"

안드레이의 그 말과 동시에 휴게실의 모든 이들이 움찔했다.

휴게실 밖에 서 있던 치프가 활짝 열린 문 안쪽으로 고개를 내밀었다.

"정말 분하셨나보네요, 여사님."

"……."

헤이파는 얼굴이 화끈했으나 최대한 표정을 유지했다.

"자네 기분 풀 겸, 기밀사항 빼고 잘 설명해드려."

치프가 거기까지만 얘기했다면 분위기는 괜찮았을 것이다.

하지만 그는 어깨를 으쓱하며 장난기를 부렸다.

"근데 설명으로 해결될 일이 아니라는 걸 몸으로 느끼셨을 텐데 말이지?"

"……."

그의 도발적 발언에 헤이파와 데스디아, 탈리케이아의 표정이 돌처럼 굳어졌다.

치프는 그대로 도망가려 했다. 그러나 그의 바지주머니에 들어 있는 단말기가 요란하게 진동했다.

그에게 케이크를 던지려던 탈리케이아의 동작도 멈췄다.

치프는 손을 들어 그녀들에게 양해를 구한 뒤 단말기의 화면을 눌렀다.

"오, 레투가. 무슨 일이야?"

치프는 모든 이들이 통화 내역을 들을 수 있도록 단말기의 스피커를 이용했다.

—늦은 시간에 미안하군. 자네에게 급히 일을 의뢰하고 싶다네.

레투가의 목소리에 잡음이 껴 있었다. 모든 이들은 레투가가 밖에 있으며 주변에서 심상치 않은 일이 벌어지고 있음을 알 수 있었다.

"일?"

—약 30분 전에 전투경찰용 임시숙소가 붉은 9월단이라는 집단에게 점거를 당했네. 중화기로 무장한 자들이며 실력이 상당해.

"숙소가 점거됐으면 자네가 당장 동원할 수 있는 전투경찰 인력이 부족하겠네. 그럼 놈들의 숫자는?"

—약 40명 정도일세. 지하실에 구멍을 내고 침입했지.

"그럼 직원들을 당장 보낼게. 그 정도 숫자라면 죠나 안드레이가 맡아도 충분할 거야. 다른 특이 사항은 없어?"

—인질로 삼은 전투경찰들을 벌써 다섯 명이나 살해했네.

그 대목에서 치프의 표정이 변했다.

"놈들의 요구 조건이 뭔데?"

—자네 회사의 폐쇄와 파괴 및 사만다의 신병 인도일세.

"사만다? 사만다 카터? 우리 회사의 사만다 말이야?"

톰이 지구에서 했던 경고가 치프의 머릿속을 번쩍 스치고 지나갔다.

사만다의 이름이 나오자 우울감에 찌들어 있던 안드레이의 표정이 확 바뀌었다. 휴게실 밖에서 간식을 먹으며 TV를 보던 UNSMC 대원들도 벌떡 일어났다.

―그렇다네, 치프.

"그럼 내가 직접 갈게. 보도관제나 잘 해줘."

―보도관제?

"사만다의 이름이 나온 이상 좀 거하게 저지를 필요가 있거든."

―알았으니 서둘러 주게.

"걱정 마, 끊지."

통화를 마친 치프는 사만다를 잘 지켜주라는 톰의 이야기를 떠올렸다.

UNSMC 대원들과 함께 TV를 보고 있던 롸켓이 치프에게 뛰어왔다.

"수송기를 준비하겠소, 사장."

"미안한데, 롸켓 아저씨는 회사나 잘 지켜줘. 여기도 위험해질 수 있거든."

"아, 알았소."

롸켓은 귀기(鬼氣)가 어린 치프의 표정을 보고 숨을 죽였다.

"안드레이."

"예, 원사님."

"알파 스쿼드를 소집시켜. 자네도 따라오고."

"알겠습니다, 원사님."

치프와 안드레이는 헤이파를 비롯한 다른 사람들에게 인사
도 하지 않고 자리를 떴다.

＊　　　　＊　　　　＊

레투가는 전투경찰 임시숙소 앞에서 전투복 차림으로 대기
중이었다.

그는 시계를 봤다. 시간은 치프와 통화를 한 이후 30분이 넘
어가고 있었다.

"언제 도착하는 거야, 이 친구는?"

시계를 보는 레투가의 표정에는 안타까움이 잔뜩 껴 있었다.
그 30분 사이에 또 한 명의 전투경찰이 살해될 뻔했기 때문이다.

그 순간 임시숙소의 정문이 벌컥 열리면서 붉은색 방탄복으
로 몸을 감싼 남자 한 명이 튀어나왔다.

그는 임시숙소를 습격한 테러리스트 집단의 일원이었다.

레투가와 함께 대기 중이던 소수의 전투경찰들이 일제히 그
를 조준했으나 그들 모두가 이내 아연실색했다.

총도 없이 뛰쳐나온 그 남자는 방탄헬멧을 벗어던졌다.

드러난 그의 표정은 공포에 질려 있었다.

"투, 투항한다! 투항한다고! 그러니 제발 날 살려줘!"

그러나 그는 문 안쪽에서 날아온 전기충격기에 뒤통수를 맞
고 앞으로 쓰러졌다.

검은색 경장갑 전투복을 입은 자가 정문으로 나오더니 군화
뒤축으로 그의 목을 꺾었다.

그는 죽은 자의 발목을 잡고는 건물 안으로 질질 끌고 들어 갔다. 보도블록의 요철에 시신의 머리가 툭툭 걸려 덜렁거리는 모습이 레투가를 당황시켰다.

같은 시각 숙소 위층에서, 치프가 어떤 방에 놓인 의자에 앉고는 헬멧을 벗었다.

"하아……."

한숨을 쉬는 그의 앞에는 테러리스트의 지휘관이 기중기 고리에 발목을 꿰인 채 천장에 거꾸로 매달려 있었다.

"인권과 인간의 존엄성에 관련된 명언은 굉장히 많아. 하지만 안타깝게도 우리가 뛰어드는 장소에선 그냥 개소리에 불과하지. 평소와 다른 방향으로 세상을 보는 느낌이 어때?"

테러리스트의 지휘관은 겁에 질려 대답하지 못했다.

치프의 뒤편에서는 헬멧을 쓴 안드레이가 작업에 한창이었다.

그는 죽은 테러리스트들의 머리를 일일이 손도끼로 찍으며 그들의 사망을 확인하고 있었다.

도끼에 의해 튄 피와 신체의 파편이 치프의 얼굴에 걸쭉히 묻었다.

치프는 그 상태로 빙긋 웃었다.

"난 널 살려주고 싶어, 친구. 그러니 내가 흥미를 가질 만한 것들을 얘기해 봐."

"이런 씨X… 도대체 어떻게 여길 들어온 거야!"

지휘관이 소리쳤다.

"분위기 파악이 안 되나? 안드레이, 저 친구 머리에 몰린 피 좀 빼야겠는데?"

치프의 지시에 안드레이가 손도끼를 들고 지휘관에게 다가가려했다.

"자, 잠깐! 우린 단지 의뢰를 받았을 뿐이야! 그리고 난 현장 지휘관일 뿐이지, 단장이 아니라고!"

지휘관이 즉답했다.

"하."

치프가 코웃음소리를 냈다.

시신 확인 작업을 마친 안드레이가 치프의 왼쪽에 말없이 섰다. 유리창의 블라인드 사이로 새어 들어오는 그라니트 행성의 밝은 달빛이 안드레이의 몸에 닿았다.

"그래, 의뢰를 받았다 치고… 그 뒤의 이야기가 궁금하군."

"정말이야! 전투경찰 녀석들을 인질로 잡고 사만다 카터의 신병을 요구하면 네놈이 직접 나타날 거라고 했어!"

"그래?"

덜덜 떨던 테러리스트 지휘관이 갑자기 활짝 웃었다.

"그래, 이 애새끼 살인마야! 뒈져!"

순간 방의 유리창이 깨지고 블라인드가 터져서 너덜너덜해졌다.

저격 소총, 그것도 장갑차를 뚫기 위해 만들어진 대형 저격 소총에 의한 저격이었다.

치프는 엉망이 된 유리창 쪽을 흘끔 보고는 헬멧을 다시 썼다.

"사만다가 아니라 날 노렸단 말이지? 이야, 다행이네."

테러리스트의 지휘관은 그를 넋 놓고 바라봤다.

방금 전, 그는 안드레이의 왼팔 소매가 찢어지면서 방탄 방패가 펼쳐지는 것을 목격했다.

치프를 노렸던 탄환은 그 방패를 뚫지 못하고 납작하게 눌린 채 바닥에 떨어졌다.

이어서 큼직한 저격 소총을 든 UNSMC 대원이 방문을 열고 들어왔다.

"상대 저격수, 처리 완료했습니다."

"응, 수고."

치프가 그를 보며 손을 흔들었다.

안드레이는 방탄 방패를 접어서 수납하려 했지만 방패는 움푹 구겨져서 잘 접히지 않았다. 탄환의 위력이 그만큼 강했던 것이다.

"방패를 분리하겠습니다, 원사님. 이 상태로는 왼팔을……"

"멋있는데 뭐 어때? 회사에 가져가서 자랑하자고."

방패를 펼친 상태에서는 왼팔을 아예 쓸 수 없다는 말을 하려 했던 안드레이는 입을 다물었다.

'누가 어디서 듣고 있을지 모르는데 약점을 밝힐 뻔했군.'

안드레이는 자신을 질책했다.

의자에서 일어난 치프는 오른손을 테러리스트 지휘관의 눈에 가까이 했다.

"악! 아아아악!"

지휘관이 몸을 비틀자 치프가 짜증을 냈다.

"누가 들으면 내가 자네 눈알을 생으로 뽑는 줄 알겠군."

그는 지휘관의 눈에서 떼어낸 콘택트렌즈를 들어서 구경했다.

"그 유명한 '붉은 9월단'의 간부가 이렇게 엄살을 부리면 어쩌자는 거야?"

"……."

치프는 손짓으로 안드레이를 부른 뒤 그에게 렌즈를 건네줬다.

"콘택트렌즈… 아니, 다기능 스마트렌즈입니다. 제작사를 알수 없는 신형이군요. 제 센서로는 감지를 못했는데, 원사님께선어찌 알아보셨습니까?"

"아까 이 방에 돌입했을 때, 기억 안 나나? 저 친구가 무슨 코미디언처럼 오만상을 찌푸리며 총을 쏘더군."

"아, 기억납니다."

"스마트렌즈를 처음 껴보는 촌놈들이 실전에서 겪는 현상이지. 긴급 상황에선 증강 현실 인터페이스가 눈앞에 갑자기 뜨기 때문에 조준에 방해를 받거든."

설명을 한 치프가 지휘관을 매달고 있는 기중기를 풀었다.

그는 땅에 벌렁 누워 자신을 바라보는 지휘관을 향해 웃음소리를 냈다.

"나도 처음엔 고생했어. 하하."

"……."

지휘관은 멍한 표정을 유지했다.

"좋아, 철수. 알파 스쿼드 전원은 전투경찰들이 구속된 체육관으로 집합한다."

치프는 벽에 세워둔 자신의 소총을 들었다.

"저 녀석은 그냥 놔두실 겁니까?"

"설마."

그의 총에서 뿜어진 소총탄 한 발이 지휘관의 머리를 터뜨렸다.

"사만다 이름이 저놈 입에서 나왔는데 가만 놔두라고?"

"저는 원사님께서 저놈을 사료 기계에 집어넣으실 줄 알았습니다만."

"그러고 싶은데, 정확히 28분 뒤에 야구 중계가 있어서 말이지."

"그렇군요."

소총을 등에 거치한 치프는 복도에 대기 중인 UNSMC 알파 스쿼드 사이를 지나갔다. UNSMC 중에서도 특별한 자들로 채워진 그 그룹의 대원들은 치프가 자신의 앞을 지나간 뒤에야 그의 뒤에 따라붙었다.

"저기, 혹시 붉은 9월단이 왜 하필 9월을 강조하는지 아는 사람 있어?"

치프가 물었다.

"그쪽 단장이 어느 해 9월에 수술을 받았다고 하더군요."

어떤 대원이 대답했다.

"수술? 병이라도 있었나?"

"포경수술이었습니다."

"……."

"돌팔이한테 걸려서 마취가 제대로 안 된 채 시술을 받았다더군요."

"…대체 몇 년도 얘기야?"

"출신 행성의 문명 등급이 꽤 낮습니다."

"그럼 그 단장이 현재 위치한 장소는?"

"방금 지나치셨습니다, 원사님."

"응?"

치프가 움찔하여 멈췄다.

"무슨 소리야?"

치프는 대원들의 안내를 받아 어떤 방으로 들어갔다.

아랫도리에 아무 것도 걸치지 않은 한 남자가 침대 아래에 드러누워 있었다.

머리의 절반은 소총탄에 의해 사라진 상태였고, 시체 옆 침대 위엔 머리카락이 심하게 흐트러진 여성 한 명이 담요를 덮은 채 잠들어 있었다.

"저 남자는 아까 원사님께서 취조하셨던 사내에게 현장 지휘를 맡긴 뒤 자신은 전투경찰을 겁탈하려 했습니다. 저 상태로 저항하려 하다가 즉각 사살됐습니다."

"…여기가 그렇게 만만해 보였다 이거군. 저 아가씨는?"

"진정제를 투여했습니다."

"그거 말고. 여기 소속된 전투경찰 맞아?"

"신원확인도 완료했습니다. 보안국에서 받은 신상 정보와 일치했습니다. 밖에 대기 중인 보안국 직원에게 심리치료 준비를 권해놨습니다."

다른 대원이 대답했다.

"혹시 다른 간부들까지 우리들한테 몰살된 건 아니겠지?"

치프가 설마 하는 심정으로 물었다.

"붉은 9월단의 남은 인원은 부단장 이하 간부 여덟 명, 그리고 대원들 90여 명 정도로 추산됩니다. 자료의 파편화가 심하여 단정 지을 수는 없지만 그들 모두 빅시티 안에 숨어 있을 확률이 높습니다."

대답한 사람은 안드레이였다.

"그럼 그 부단장이 이제 단장을 맡을라나?"

"특이 사항이 있습니다, 원사님."

"특이 사항?"

"단장과 부단장은 혼인 관계입니다."

"오우."

안드레이의 이야기를 들은 치프는 손짓으로 그를 불렀다.

"이 현장을 찍어서 그 마누라한테 보내. 저 아가씨 얼굴은 모자이크 처리하고."

"둘 사이에 애가 있습니다만……."

"…쯧, 그럼 됐어."

강력한 도발로 그들을 일거에 끌어내 쓸어버릴 생각이었던 치프는 고개를 흔들었다.

"그럼 전투경찰들을 보러 가자고. …오늘 야구는 3회부터 보게 생겼군."

치프와 알파 스쿼드 대원들이 간 곳은 전투경찰들이 구속된 채 모여 있는 실내 체육관으로 향했다.

전투경찰들은 전부 속옷차림이었고 손과 발이 케이블타이에 묶인 채 바닥에 앉아 있었다.

그들은 자신들 앞으로 다가온 치프가 헬멧을 벗고 얼굴을 드러내자 환호성을 질렀다.

"사장님!"

"우와, 사장님이다! 역시 사장님이셨어!"

"마스터 치프!"

마스터 치프라는 외침에 모든 알파 스쿼드 대원들이 치프를 봤다.

"언제 진급하셨습니까?"

"…지구에 있는 주임원사님한테는 비밀로 해줘. 제발."

"예."

치프는 전투경찰들을 훑어보며 자신의 입에 손을 댔다. 조용히 해 달라는 부탁이었다.

"여러분들이 다섯 명의 친구들을 잃었다고 들었어요. 일찍 오지 못해서 미안해요."

치프의 말에 분위기가 엄숙해졌다.

"여러분들을 습격하고 친구들을 죽인 놈들은 우리가 모두 처리했으니 안심해도 돼요. 하지만 같은 일이 또 발생했을 때, 그때도 우리가 여러분들을 도와줄 수 있을지는 보장할 수 없어요."

전투경찰들이 당황했다.

"진정하고 들어요. 이유를 말해줄게요."

치프가 안정감 있게 말했다.

"이 도시와 도시의 주변이 제법 웃기게 위험하다는 건 다들 알고 있을 거예요. 엠페라투스부터 시작해서 크고 작은 환상종들까지, 정말 스펙터클하죠. 그런데도 빅시티에 들어와서 인생을 개척하려고 하는 사람들의 숫자는 줄지 않고 있어요. 오히려 엄청나게 늘고 있죠. 전 다들 고향으로 보내 버리고 싶은데 말이죠."

치프는 농담을 섞었지만 그 젊은 남녀 전투경찰들은 그 농담에 실린 무게를 이해하고 있었다.

그랬기에 그들의 표정이 점차 비장해졌다.

"터무니없이 강력한 재해의 경우에는 사람들을 오히려 뭉치게 만들죠. 작년과 금년에 벙커로 민간인들을 피난시켜 본 여러분들이라면 지금 제가 한 말을 이해할 거예요. 작년엔 완전히 난리였지만 금년에는 할아버지부터 요만한 여자애까지 질서정연하게 움직여 줬잖아요?"

전투경찰들 다수가 고개를 끄덕였다.

치프가 그들에게 하려는 얘기는 그 이후가 진짜였다.

"하지만 재해와 테러는 달라요. 테러를 비롯해서, 인간이 인간에게 저지르는 각종 미친 짓들은 감정을 갉아먹죠. 지나치게 직관적이고 이해하기 쉬운 공포가 사람들을 어떻게 뒤집을 수 있는지는 당장 화재 현장만 가 봐도 알 수 있어요. 이재민들이 밖에 내놓은 물건을 훔치려는 사람의 얼굴을 본 적은 있나요? 신나고 재미나서 웃는 사람 엄청 많아요."

"……."

"마지막 말을 꺼내기 전에 물어볼게요. 여러분들은 이 도시를, 이 도시에 사는 사람들을, 그리고 그 사람들이 모여 이룬 이 사회를 좋아합니까?"

모든 전투경찰들이 망설임 없이 고개를 끄덕였다.

"실은 어떤 놈들이 이 사회를 무너뜨리려 하고 있어요. 그래서 저와 제 형제들이 그놈들을 지워 버릴 겁니다."

치프는 단검을 뽑아들었다.

"그런데 우린 이 사회를 지키려고 온 건 아니에요. 이건 제 말버릇이긴 한데, 무식하게 지키기만 해서 얻을 수 있는 건 잘 해야 동점이거든요. 그래서 사회를 지키는 역할은 우리가 아니라 다른 누군가가 따로 맡아줘야만 해요."

그는 가장 앞에 앉은 한 여성 전투경찰에게 다가가 그녀의 팔과 다리를 묶은 케이블타이를 끊었다.

치프는 자신이 사용한 단검을 그녀의 앞에 내려놓았다.

"제가 당장 여러분들께 드릴 수 있는 건 이것뿐이에요. 끊고 일어나세요. 보안국 전투경찰로서 이 사회를 지키는 겁니다. 자신 없는 사람은 집에 가세요. 하지만 가급적 이 도시의 사람들과 함께해 주기를 부탁할게요. 여러분들이 겪은 고통을 다른 사람들이 겪게 되는 일만큼은 막아주세요."

치프는 목 보호대 뒤쪽에 거치한 자신의 헬멧을 떼어 머리에 썼다.

"저희들은 사냥을 마저 하러 가겠습니다. 여러분들에게 용기가 있기를."

치프는 단검을 놓은 채 체육관 밖으로 나갔다. UNSMC 알파 스쿼드 전원이 그의 뒤를 따라갔다.

치프와 대원들은 건물 밖에서 대기 중인 헬리콥터에 올라탔다.

"원사님. 정말 사냥을 마저 하러 가실 겁니까?"

대원 한 명이 묻자 헬멧을 벗고 탄산음료를 손에 쥔 치프가 인상을 찡그렸다.

"물론 미끼부터 던져야지. 준비는 다 해놨나?"

"예, 원사님."

치프는 단말기를 들고는 화면을 조작했다.

그와 동시에 전투경찰 임시숙소의 창문들이 일제히 터졌다.

폭발에 밀려 유리창 밖으로 튀어나온 것은 밧줄에 목이 묶인 붉은 9월단들의 시체였다.

30여 명에 가까운 테러리스트들이 집단으로 교수형을 당한 듯한 그 광적인 모습은 밖에서 대기 중인 방송용 카메라를 타고 그대로 빅시티 전역에 퍼졌다.

건물 밖에서 대기하던 레투가는 손으로 얼굴을 덮었다.

기자들이 레투가를 순식간에 둘러쌌다.

"보안국장님! 어떻게 된 상황입니까?"

"…우리는 무차별적인 테러와 당당히 맞서 싸울 것이며, 그들에게 자비 없는 응징을 내릴 것입니다."

레투가는 초인적인 정신력을 발휘하여 가까스로 답변했다.

직원들의 힘을 빌려 기자들로부터 가까스로 벗어난 그는 눈앞에 자리 잡은 집단 교수의 현장을 불안한 눈빛으로 바라봤다.

'여태껏 내가 본 경고장 중에서 가장 스케일이 크고 도발적이군. 뒷감당이 되긴 하는 건가, 친구여?'

레투가의 머리 위로 치프와 알파 스쿼드를 태운 검은색 헬리콥터들이 소리 없이 날아갔다.

*　　　　　*　　　　　*

헬리콥터 안에서 헬멧을 벗은 치프는 조종석으로 직통되는 유선통화 장치를 눌렀다.

"스크린 좀 내려주겠나?"

―예, 원사님.

얇고 넓은 스크린 두 장이 탑승석 한가운데에 내려왔다. 서로를 마주 보며 앉은 대원들은 그 투명한 스크린 너머로 동료들을 볼 수 있었다.

헬멧을 벗은 그들의 표정은 40여 명의 테러리스트들을 순식간에 쓸고 목까지 메달은 자들이라고는 생각하기 힘들 만큼 평온했다.

군용 초콜릿을 씹거나 전해질 용액으로 목을 축이는 모습 역시 자연스러웠다.

"다음 작전의 브리핑입니까?"

치프의 옆에 앉은 대원이 물었다.

"야구 봐야지, 무슨 소리야?"

"옙."

하지만 스크린에 뜬 것은 야구 중계 화면이 아니라 사진이 첨부된 붉은 9월단 간부들의 명단이었다.

대원들은 별다른 동요 없이 명단과 사진을 살펴봤다. 야구랍시고 브리핑을 접하는 그 상황은 UNSMC 대원들에게 있어서 뉴스 속보보다 자극이 덜했다.

치프는 목에 찬 통신기를 지그시 눌렀다.

"전원 집중, 저놈들이 붉은 9월단의 잔당 라인업이야. 해설 부탁해, 안드레이."

―예, 원사님.

다른 헬리콥터에 탄 안드레이의 목소리가 탑승석 내의 스피커에서 나왔다.

―좌측 상단의 여성이 붉은 9월단의 부단장입니다. 전자전 전문가이며, 남편과 함께 고향 행성의 내전 상황을 이용하여 부를 축적하다가 추방된 전력이 있습니다."

치프는 지구인과 거의 흡사한 그 여성의 얼굴을 살폈다. 전체적으로 동양권 여성의 느낌이었고 얼굴 오른쪽에 문신처럼 새겨진 큰 흉터가 인상적이었다.

"테러리스트로 시작한 놈들이 아니라 군벌 세력이었나?"

―그렇습니다.

"우리가 제일 좋아하는 놈들이네."

치프의 말에 대원들이 피식피식 웃었다.

"하지만 엄밀하게 따지자면 용병에 더 가까운 놈들 같은데?"

―확실히 말씀드리자면 선발대 역할을 하는 자들입니다.

"선발대?"

붉은 9월단 간부들의 명단이 작게 축소된 후 온갖 조직의 이름이 무수히 떠올랐다.

―원사님께서도 아시다시피 각 행성에서 우주연합 군부를 불신하는 이유 중 하나가 바로 행성 내전의 조장에 대한 의심입니다. 우주연합에 가입한 대부분의 행성들이 최근 들어 크고 작은 일들을 겪었습니다. 지구의 경우에는 인스턴트를 이용한 월면기지 점령 사건이 대표적입니다.

"으흠."

치프는 콧소리를 내며 고개를 끄덕였다.

―그중에서 붉은 9월단은 문화 수준이 떨어지는 행성에 투입

되어 내전이나 대규모 사회 혼란의 불씨를 던진 것으로 파악되고 있습니다.

"사회 혼란으로 끝나면 다행이고, 내전으로 번지면 나머지 양아치 조직들이 전부 투입된다는 건가?"

—그렇습니다.

"음… 근데 뎃디네 고향… 아니, 알타이르는 왜 별일이 없었을까?"

—잊으셨습니까? 부사장님께서 이끄셨던 군단이 몰살당했습니다. 알타이르 행성의 인구를 생각하면 그것은 결코 가벼운 일이 아닙니다.

"아……."

치프는 크게 한탄하며 자신의 이마를 주먹으로 두드렸다.

"혹시 뎃디도 이걸 알아?"

—지금과 같은 정보를 습득하실 기회는 없었을 겁니다.

"흠… 하아."

팔짱을 낀 치프는 눈을 감은 채 한참을 생각했다.

대원들은 그의 행동에 주목했다.

'원사님께서 여자 걱정을 하고 있어!'

'이게 웬 경사야!'

모두 속으론 환호했지만 표정을 바꾸는 자는 단 한 명도 없었다.

"근데 제일 위에 있는 이름이 좀 특이한데?"

이윽고 치프가 눈살을 찌푸렸다.

"실버로드? 뭔가 게임에 나올 법한 이름이잖아?"

―정보로는 우주연합 군부와 행정부를 가리지 않고 드나드는 자라고 합니다. 오랫동안 미지의 인물이었으며, 사진을 비롯한 세부 정보가 밝혀진 것은 불과 며칠 전입니다.

이어서 실버로드의 이름이 확대되고 사진이 떠올랐다.

탁한 은발의 미남자가 우주연합 수도의 '지저분해진' 거리를 걷고 있는 사진이었다.

"머리가 진짜 은색이네. 옷도 흰색이야! 자기주장이 너무 강한 친구 아닌가?"

―저것이 실버로드의 유일한 사진입니다. 해당 임무를 수행하던 해군 정보부 요원은 저 사진을 전송한 직후 생명 신호가 끊겼습니다.

"음… 그럴 만하네."

―예?

"저 녀석, 일부러 자신을 노출시켰어."

―원사님의 생각도 그렇습니까?

"미지의 인물이었다고는 해도 어느 정도 구체적인 얼굴 형태와 신체적 특징, 즐겨 입는 옷차림, 체격 등의 정보가 있었으니까 저 친구를 실버로드라고 단정 짓고 사진을 찍었을 거 아냐?"

―예, 원사님.

"저 사진이 찍힌 장소는 우주연합 수도 한가운데에 있는 '영광의 길'인데, 저렇게 유명한 장소에서 자신의 개성을 적나라하게 드러내고 다닌다는 게 말이 될까? 최소한 모자 정도는 써야 정상이잖아? 게다가 저 사진이 찍힌 날짜를 보라고. 내가 똥통으로 만들어버린 뒤 며칠이 지난 상황이라서 마스크를 쓰지 않으면 밖에서 못 견딘다고."

─해군 정보부의 분석 역시 원사님의 말씀과 일치합니다.

"흠."

치프는 검지로 자신의 헬멧 위를 톡톡 두드렸다.

"우리와 제대로 붙어보자는 말인 것 같네."

─우리라기보다는… 원사님이라 생각합니다.

"그럴까?"

─아까 죽은 붉은 9월단의 현장 지휘관이 원사님께 했던 말을 기억하십니까?

"뭐였지?"

─직접 입에 담기 그렇습니다만… 그놈은 원사님을 '애새끼 살인마'라고 했습니다.

"아, 너무 자주 들어온 말이라 깜박했네."

치프는 실없이 웃었다.

─웃고 넘어가실 일이 아닙니다. 지금까지 수집된 원사님의 정보가 실버로드를 통해서 저 모든 조직들에게 넘어갔을 겁니다.

안드레이의 말을 들은 치프는 한숨을 쉬었다.

"…그럼 내 팬클럽을 만들어 보자고. 가입비는 10달러로 해서."

그의 농담에 대원들이 또다시 웃었다.

─확실한 것이 하나 있습니다.

"뭔데?"

─원사님에 대한 정보가 정말 제대로, 자세히 전달됐다면 붉은 9월단은 물론 그 어떤 조직도 이곳에 오지 않았을 겁니

다. 사만다의 이름까지 들먹이면서 원사님을 건드리면 자신들이 먼저 도살된다는 견적 정도는 뽑을 수 있는 자들이지 않습니까?

"……"

치프는 가만히 있었다. 반면 대원들은 그럴싸하다며 고개를 끄덕거렸다.

"내가 그렇게 악명이 높았나?"

—원사님 덕분에 엠페라투스의 이름값까지 떨어졌습니다.

"…듣고 보니 그 아저씨한테 미안하네."

치프가 쓴웃음을 지었다.

"그럼 자네가 파악한 상황을 얘기해 봐, 안드레이."

—빅시티에 대한 동시다발적 테러계획 자체가 어떤 큰일을 위한 미끼일 것 같습니다.

"그 큰일이 뭘까?"

—거기까지는 생각하지 못했습니다. 죄송합니다, 원사님.

"음… 아냐. 감이 오긴 하네."

—예?

"저 실버로드라는 놈의 최종 목표가… 정말 사만다일지도 몰라."

치프이 말에 대원들 전원이 놀랐다.

—뭔가 짚이시는 점이라도 있습니까?

"그냥, 느낌이 그래."

치프는 지구에서 톰이 자신에게 사만다에 대한 경고를 했다는 말을 꺼내지도, 티를 내지도 않았다.

그는 사만다 얘기를 듣자마자 안절부절못하는 대원들의 모습을 살폈다.

부인과 아이들이 있는 자들을 제외하고, UNSMC '아저씨'들에게 있어서 사만다는 가장 소중한 존재였다.

그들은 식민지 청소 도중 끝이 보이지 않는 지옥을 맛봤고 수많은 전우들을 잃었다. 정신적으로 피폐해지던 그들에게 인간성을 깨우쳐준 아이가 바로 사만다였다.

"혹시 사만다가 다치거나 험한 일을 당하게 되면 우린 어떻게 될까?"

치프가 말을 꺼내자 대원들 전원의 표정이 새파래졌다.

"불길한 말씀은 하지 말아주십시오, 원사님."

─심장이 없는 저도 가슴이 덜컥했습니다.

안드레이까지 치프를 탓했다.

"모르잖아, 사람 일이라는 건. 작년에 내가 회사에 없을 때 일인데, 사만다가 실제로 납치당한 적이 있었거든."

치프는 의도적으로 그들을 자극했다.

사만다 납치 사건에 대해 전혀 모르고 있었던 UNSMC 대원들은 자리를 박차고 일어났다.

"누굽니까? 어떤 놈입니까? 대답해 주십시오, 원사님! 그놈 배를 따서 내장을 들어내고 그걸로 줄넘기를……!"

"이봐, 진정해."

"진정하게 됐습니까? 사만다의 일이란 말입니다!"

"그래… 뭐, 사만다는 우리 부사장님이 무사히 구출했어. 카누덕 용역이었나? 아무튼 거기 사장 녀석이 범인이었지. 사만다를 이상하게 사용하려 했더라고."

"어떻게 말입니까?"

"사만다의 근육을 적출해서 자기 의자의 쿠션으로 삼으려고 했다던데?"

"……."

"자네들도 신체기관을 특수수지로 처리해서 보존하는 기술 정도는 알잖아? 그러려고 했더라고."

탑승석 내에 침묵이 돌았다.

"근데 그 카누딕이라는 친구, 살아 있으려나? 난 여기 일 때문에 바빠서 움직이질 못했거든."

말을 끝낸 치프는 헬리콥터 내에 미리 준비해둔 탄산음료를 쭉 들이켰다.

그의 여유와 달리 UNSMC, 알파 스쿼드의 병사들은 뻘겋게 충혈이 된 눈으로 각자의 단말기를 바삐 살폈다.

혼자 속이 편한 치프는 다시 통신기를 눌렀다.

"안드레이, 아까 하던 얘기를 계속 해보자고."

그러나 응답이 없었다.

"안드레이? 이봐, 응답해."

─아… 죄송합니다, 원사님. 무심결에…….

"카누딕에 대해 찾고 있었나? 집어치우고 현재 상황에 집중해."

─예, 원사님. 처리해야 할 목표물은 붉은 9월단만이 아닙니다.

"리스트에 있는 조직들 말이지? 저 녀석들이 전부 이 도시에 들어와 있나?"

─전부는 아니지만 꽤 많이 들어왔습니다. 신수 사건 이후

제가 직접 조사했습니다.

"흠, 그럼 빨리 청소해 버리고 쉬자고. 계획 좀 짜 봐, 안드레이."

—알겠습니다, 원사님.

치프는 이후 안드레이가 세운 계획을 들으며 고개를 끄덕였다.

54
도움말, 거짓말

다음 날 새벽 다섯 시에 개인 숙소를 나온 치프는 검은색 야전 상의를 입은 뒤 훈련장으로 향했다.

그곳에서는 데스디아가 헤이파, 탈리케이아와 함께 책상다리를 단정히 한 채 사람 가슴 높이까지 떠 있었다.

치프는 그녀를 향해 걸어갔다.

"뎃디, 오늘 시간 있어?"

정령과의 교감에 집중한 데스디아는 그의 말을 듣긴 했으나 대답하지 않았다. 그에게 뭔가 화가 나서 그런 게 아니라 집중을 흐트러뜨리고 싶지 않았기 때문이다.

"저기요, 부사장님?"

"…오늘은 휴일이라고 당신이 말하지 않았나?"

"응, 그래서 말인데……."

치프가 머쓱하게 웃었다.

"나랑 데이트할래?"

데스디아가 책상다리 자세 그대로 바닥에 쿵 떨어졌다.

헤이파와 탈리케이아는 집중을 유지했기에 그대로 떠 있었으나 둘 다 당황한 표정으로 치프를 바라봤다.

얼른 일어난 데스디아는 눈을 빠르게 깜박이며 치프를 돌아봤다.

"데이트?"

"응."

치프가 빙긋 웃었다.

데스디아는 둔부에 묻은 흙을 털거나 머리를 만질 뿐, 대답을 망설였다.

"음… 싫으면 할 수 없고."

치프가 돌아서려하자 데스디아가 그의 어깨를 확 잡았다.

"미, 미안. 적당히 입을 옷이 없어서……."

"옷? 하하, 그냥 평상시처럼 입으면 돼."

"그, 그러지. 음."

데스디아는 가슴이 뛰었다. 입가부터 실룩실룩했다.

하지만 헤이파는 '평상시처럼 입으라'는 치프의 말이 영 마음에 걸렸다.

그리고 3시간 뒤.

데스디아는 UNSMC 대원들이 중무장을 하고 탑승한 수송기 안에서 자신을 향해 손짓하는 치프를 무섭게 노려봤다.

'네가 그럼 그렇지, 개새끼……!'

그녀는 주먹을 우두둑 쥐며 수송기에 올랐다.

*　　　　*　　　　*

데스디아의 탑승을 마지막으로, 롸켓이 모는 수송기가 육중한 소리를 내며 떠올랐다.

치프는 수송기가 안정되자 조종석과 이어지는 통화 장치를 눌렀다.

"롸켓?"

―말씀하시오, 사장.

"수송기에 설치한 능동위장 장치들은 점검해 봤나?"

―새벽부터 돌려봤다오. 지구군의 최신형 능동위장 킷이 초월적인 성능을 갖고 있다는 소리는 들었는데, 정말 놀랐다오. 회사 상공에서 별의별 짓을 다 해봤는데, 알아차리고 창문을 연 사람은 헤이파 여사님뿐이었소.

"위장장치는 지금부터 작동시켜줘. 작전 마치고 돌아갈 때까지 계속."

작전이라는 단어가 그의 입에서 나오자 데스디아의 관자놀이 부근에 핏줄이 부풀었다.

'데이트라며?'

그녀의 표정을 보지 못한 치프는 롸켓과의 대화에만 집중했다.

―능동위장 장치를 사용하면 작전 수행 가능 시간이 줄어들게 될 거요.

"24시간 정도만 잘 돌아가면 돼."

—알겠소. 그런데… 정말 내가 조종해도 괜찮겠소? 난 UNSMC와 제대로 손발을 맞춰본 적이 없소.

"손발을 맞춰야 하는 일은 브라보와 델타 스쿼드에 맡겼어. 우리 쪽은 롸켓 아저씨의 솜씨가 더 중요해."

—오늘도 내 주머니에 생명 수당을 듬뿍 꽂아주겠다는 말로 들리는구려. 돈 말고 불사신이 되는 약 같은 건 없소?

"그런 게 있으면 내가 먼저 먹었겠지. 그럼 아까 얘기해 준 장소로 바로 가 줘."

—알겠소, 사장.

"좋아, 이제부터는 무선통신으로 얘기하자고. 혹시 콜사인 필요해?"

—그냥 롸켓으로 계속 갑시다.

"그럼 잘 부탁해, 롸켓."

통화 장치에서 손을 뗀 치프는 탑승석 구석에서 장비들을 점검 중인 대원을 향해 휘파람을 불고는 데스디아의 옆자리에 앉았다.

호출된 대원은 데스디아의 소총 가방을 들고 그녀 앞에 내려놓았다.

"여기 있습니다, 부사장님."

"고맙소."

"편히 말씀하십시오. 만약의 경우에는 부사장님께서 이 알파 스쿼드를 지휘하셔야 합니다."

"음, 그러지."

가방을 무릎 위에 놓은 데스디아는 가볍게 숨을 내쉬며 가방의 잠금장치를 열었다.

그녀가 지구에서 구입했고 작년 이후 이따금씩 사용한 CheyT408R 저격소총이 가방 안에서 신선한 냄새를 풍겼다.

"오, 귀한 물건을 갖고 계시네요? 민수용이 아니라 군용이잖아요? 엄청 비싼 건데……."

데스디아와 같은 줄에 앉은 대원이 그 총을 흘끔 보고 감탄했다.

"아무 것도 모른 채 사버렸지. 할부도 안 받아주더군."

데스디아가 쓴웃음을 지었다.

"겉을 보니 세부 조정도 잘 됐고… 총열 내부에 그래핀 코팅을 하셨군요?"

아까 그 대원이 계속 얘기했다.

"잘 아는군."

"해군 특수전 연구개발단 소속 저격수들이 그래핀 코팅을 즐겨 쓰거든요. 합동훈련이 있을 때마다 그 친구들과 사격 경기를 했기에 잘 압니다."

"음……."

데스디아는 그의 복장을 한참 살폈다.

그가 입은 옷은 치프의 것과 마찬가지로 경장갑 전투복이었으나 군화의 디자인이 완전히 달랐고 옷 곳곳에는 담배 갑 크기의 장치들이 단단히 부착되어 있었다.

데스디아는 그와 똑같은 복장의 남자를 본 적이 있었다.

"혹시 자네, 어제 내 머리를 맞췄던 그 저격수인가?"

"엡, 로베르토 병장입니다. '로빈'이라고 불러주십시오."

"음. 반갑군, 로빈. 어제의 빚은 꼭 갚아주지."

"영광입니다, 부사장님."

미소를 지으며 로빈과 굳게 악수를 나눈 데스디아는 가방을 툭 닫았다.

"치프, 내가 이걸 쓸 일이 있을까?"

치프는 단말기로 뭔가를 살피며 고개를 끄덕였다.

"첫 번째 지역에서만 날 도와주면 돼. 오후에는 별일 없을 거야."

"UNSMC 대원들의 저격 실력도 상당한데, 왜지?"

"상당한 실력과 상식 밖의 실력은 그 격이 다르지."

치프는 자신의 단말기를 데스디아에게 넘겨줬다.

UNSMC 대원들은 그가 단말기 화면을 보여주는 것에 그치지 않고 단말기 그 자체를 그녀에게 넘겨줬다는 사실에 깜짝 놀랐다.

'작전 중에는 윗분들에게도 단말기를 넘긴 적이 없으셨는데?'

대원들에게는 굉장한 상황이었으나 데스디아는 떫은 표정으로 치프의 단말기를 만지작거렸다.

화면에는 오파로아의 암살자, 일명 '자매단' 소속의 암살자들 여덟 명의 사진이 떠 있었다.

"현재까지 빅시티에서 발견된 자매단들이야. 이들 중에 몇 명이 작전 지역에 존재할 확률이 있어."

"딕슨이 그랬던 것처럼 대원들이 전자 장비의 도움을 받지 못하고 당할 수 있다 이거군."

"맞아, 전자 장비보다 빨리 이 아가씨들을 발견해서 저격할 수 있는 사람은 내가 아는 한 너밖에 없어."

"당신 부탁치고는 너무 평범한데?"

"아, 자매단은 단 한 명도 죽이지 마."

"…이제야 그럴싸해지는군."

데스디아는 총이 든 가방을 바닥에 내려놓았다.

"대원들이 여기저기 분산될 일이 없다면 저격보다는 칼이나 맨손이 더 나을 거야. 근접전용 무기를 가져오지 않았으니 맨손으로 싸워야겠군."

"괜찮을까?"

치프가 걱정하여 묻자 데스디아는 자신이 어젯밤부터 아침까지 정리한 자료를 토대로 길게 대답할 것을 결심했다.

"자매단의 원거리 공격 수단은… 진 플레커의 경우만 봐도 잘 해야 단검 던지기였어. 자매단이 진 플레커처럼 약이라도 빨지 않는 이상 단검의 유효 사거리는 십여 미터에 불과해. 게다가 이쪽 대원은 전부 맨몸이 아니라 방탄 및 방검 성능이 뛰어난 경장갑 전투복을 입고 있어서 투척 단검 따위는 어느 각도에서도 먹히지 않아. 이야기 꺼내긴 미안하지만… 딕슨의 경우를 생각해 보면 돼."

데스디아는 약간의 여유를 두어 모든 이들에게 양해를 구했다. 딕슨의 사례를 인용해도 괜찮겠냐는 것이었는데, 불쾌감을 피력하는 자는 없었다.

"딕슨은 중장갑 전투복을 입고 있었기에 예시로 삼기엔 문제가 좀 있지만, 당시 회사를 습격한 오파로아 암살자들은 딕슨의 무기만을 망가뜨릴 수 있었고 전투복 자체엔 손도 대지 못했어. 결국 대응책으로 폭약을 쓰려 했지. 그때는 딕슨 혼자였으니 그 계집들이 머리를 굴릴 수 있었겠지만 이번엔 아니잖아?"

"음."

치프는 고개를 끄덕여 그녀의 의견에 동의했다.

데스디아가 이야기를 계속했다.

"기계식 활이나 중화기는 그 계집들에게 있어서 은신 능력을 방해하는 물건일 뿐이야. 건하운드처럼 준비에 시간이 걸리거나 광선총처럼 방사능을 대놓고 방출하는 무기는 더더욱 어울리지 않지. 그런 게 동원될 리는 없다고 봐. 대원들의 목숨을 위협할 수단은 히트 블레이드와 같은 완전 백병전용 무기와 폭탄 정도라고 봐야 해. 딱히 내가 총을 갖고 긴장할 필요는 없겠지."

"이야, 공부 열심히 했는데?"

치프가 박수를 쳤다. 대원들도 마찬가지로 가볍게 박수를 보냈다.

"무슨 소리야?"

"우리들의 장비 특성과 전술 특성을 어느 정도 파악했잖아?"

"어제 그따위로 능욕을 당했는데 그런 것쯤은 당연히… 아."

데스디아는 고개를 푹 숙이며 한탄했다.

"방금 내 총을 미끼로 날 시험한 건가?"

"당연하죠."

대답한 치프는 장비들을 맡고 있는 병사에게 손짓했다.

"다니엘, 우리 부사장님 장비들 좀 부탁해."

"예, 원사님."

아까 병사를 휘파람으로 호출했을 때와는 다른 분위기였다.

데스디아 앞으로 배달된 것은 스트라투스와 지구에서 알타이르 전사들에 맞춰 만든 대인용 곡도였다.

"이 곡도는… 어머님께서 쓰시던 것과 칼날은 비슷하지만 자루가 완전히 다르군. 나무 위에 가죽 끈을 엮은 건가?"

"여사님께서 칼날만큼은 마음에 드는데 무게중심이 형편없다고 강력히 요구하셨거든. 그래서 어느 나라의 도검 장인을 불러서 잘 맞춰봤어. 여사님 손에 맞으면 네 손에도 맞지 않을까?"

"흠."

데스디아는 곡도를 손에 들었다.

"이 자루는… 나무 손잡이에 어류의 가죽을 대고, 그 위에 가죽을 엮어서 손에 잘 달라붙도록 만들었군. 합성수지나 합금으로 된 자루가 아니라서 스트라투스와 마찬가지로 정령들의 도움을 받을 수 있겠어."

그녀는 곡도의 칼집을 왼손으로 잡고 오른손으로 칼을 뽑았다.

"…칼날에 반사되는 빛의 색이 붉은색이잖아? 스트라투스에 가까운데?"

"그 칼날은 사실 우리 회사에서 지구에 판매한 브리치의 조각으로 만든 거야. 그 어마어마한 양의 쇳덩이들을 잘 정제하면 희귀 금속이 나오는데, 브리치 하나당 그 칼 두 자루를 만들수 있을 정도의 양이 뽑히지."

"보통 금속이 아니로군. 저번에 어머님께서 사용하셨던 칼의 칼날도 이것과 동일한 것이었나?"

"희귀 금속 순도는 너에게 준 것이 더 높아."

데스디아는 칼날을 완전히 뽑아들었다.

스트라투스와 달리 칼날에서 생동감이 느껴지진 않았다. 하지만 그에 가까운 탄탄함이 훌륭했다. 칼집에서 데스디아의 손을 거쳐 손목과 팔꿈치, 어깨 등에 걸리는 무게감 역시 완벽에 가까웠다.

"훌륭하군. 하지만 브리치 반쪽과 맞먹는 가치의 칼이라니, 너무 부담스러운데?"

"지구 입장에선 무기로서의 테스트 겸 감사의 증표야. 손에 맞지 않거나 중심이 이상하면 얼마든지 고쳐줄 테니 걱정하지 마."

"음."

데스디아는 고맙다는 말을 할까 하려다가 인상을 살짝 구겼다.

"혹시 데이트 선물이 이건 아니겠지?"

치프가 움찔했다.

"…역시 옷이나 목걸이 같은 게 더 나았을라나?"

그의 말에 데스디아는 너그러운 미소를 지었다.

"지금은 그런 것보다는 이런 게 어울리는 사람이 필요하잖아? 좋은 선물, 잘 써주지."

칼날을 칼집에 넣은 데스디아는 총이 든 가방과 스트라투스를 앞으로 내밀었다.

"표적이 오로지 오파로아 계집들이라면 스트라투스까지 동원할 필요는 없을 것 같군."

"좋아."

치프는 다시 다니엘에게 손짓했다. 그는 데스디아가 물린 무기들을 챙겨서 장비들 사이에 묵묵히 밀어 넣었다.

헬멧을 쓴 치프는 조종석에 있을 롸켓을 호출했다.

"롸켓, 목표지점까지 얼마나 남았지?"

―목표가 이동하지 않는다면 앞으로 5분 정도라오.

"그럼… 아, 잠깐."

치프는 데스디아에게 왼손을 내밀었다.

데스디아는 그의 손을 가만히 보다가 그 위에 자신의 손을 툭 얹었다.

"…말고, 단말기."

"……."

얼굴이 훅 달아오른 데스디아는 자신이 쥐고 있던 치프의 단말기를 얼른 그에게 돌려줬다.

치프는 전에도 이와 비슷한 일이 있었지 않았나 생각하며 단말기를 조작해 '목표'의 상황을 살폈다.

한편, UNSMC 대원들은 치프를 보며 '저딴 식이니까 여태껏 결혼은커녕 여자랑 단둘이 영화도 못 본 거다'라며 마음속으로 비난을 퍼부었다.

"목표의 위치는 변동 없음. 그대로 이동해 줘, 롸켓."

―알았소, 사장.

치프는 창가로 이동하여 지상을 봤다. 수송기는 이미 빅시티 안에 들어온 상태였다.

*　　　*　　　*

젝스가 옆에서 지켜보는 가운데, 포프는 그날도 스카이보드 훈련을 위해 애를 쓰고 있었다.

이제 단순한 이동까지는 아무 문제가 없었으나 실전을 상정한 회피기동 훈련에 들어가면 끔찍한 실패를 맛봐야 했다.

그녀가 가상의 적으로 설정한 환상종은 그리핀이었다. 그것도 알파 그리핀이 아니라 크기가 작고 나약한 오메가 그리핀이었다.

하지만 그리핀은 포프에게 20초 이상의 시간을 주지 않았다.

훈련을 시작하자마자 그리핀의 부리에 쪼이거나 발톱에 꿰여 사망판정을 받는 것이 예사였다. 너무 급격한 움직임을 시도하다가 물리법칙의 마수에 붙들려 추락하는 것은 일도 아니었다.

결국 지쳐서 지상으로 내려온 포프는 정신적 피로를 이기지 못하고 자리에 주저앉았다.

"이제 확실히 알 것 같아, 젝스."

"뭘?"

"키드는… 이것저것 혐오스럽긴 해도 정말 좋은 선생님이었어."

젝스는 아무 말도 하지 않았다.

그녀가 보기에도 그랬기 때문이다. 포프의 스카이보드 실력은 키드가 냉동수면장치에 들어간 직후부터 완벽에 가까울 만큼 정체되어 있었다.

"도움을 줄 수가 없어서 미안해, 포프. 날개달린 자들의 비행과 스카이보드의 비행은 너무 동떨어져 있어서……."

"아냐, 젝스. 내가 추락할 때마다 붙잡아주는 게 어딘데?"

말은 좋게 했으나 포프의 웃음에는 기운이 없었다.

그때, 포프의 벨트에 매달린 단말기가 길게 진동했다.

포프는 단말기의 화면에 자릿수가 너무 많은 번호가 뜨자 화들짝 놀랐다.

'뭐지?'

그녀는 일단 통화를 해보기로 마음먹었다.

"포프 베르자르입니다. 누구시죠?"

─반달리온이다.

포프가 의아해했다. 옆에 있던 젝스도 당황했다.

"아, 반달리온 씨. 무슨 일이신가요?"

포프의 말에 젝스가 깜짝 놀라서는 그녀의 단말기에 자신의 귀를 붙였다.

─왕녀를 만나고 싶다. 그런데 그 회사 분위기가 며칠 전과는 매우 다른 것 같군.

반달리온의 말에 포프는 쓴웃음을 지었다.

훈련장 저편 사격장은 실탄사격까지 포함하여 각종 무기를 점검 중인 UNSMC 대원들이 우글거렸다.

회사 외부에서는 다수의 기갑 병력이 기동훈련에 열중이었고 오늘 아침에 완공된 임시 활주로 위에는 중형 폭격기들이 잔뜩 세워져 점검을 받고 있었다.

특히 눈에 띄는 것은 회사 옆에 떠서 거대한 그늘을 만들고 있는 대형 전함, 위스콘신이었다.

"아마 그냥 내려오셨다가는 날개도 못 펴시고 박살 나실 거예요."

─…사장이나 부사장에게 허가를 받을 수 있겠나?

"어쩌죠? 지금 두 분 모두 자리에 안 계셔서……."

─바쁜가보군. 그럼 내가 왕녀에게 직접 연락하지.

통화가 끊기자 포프는 어딘가에 있을 반달리온을 찾기 위해 하늘을 쳐다봤다. 젝스 역시 하늘을 둘러봤다.

"반달리온을 좋게 보나 봐?"

젝스가 물었다.

"음… 엄마를 죽음으로 몰고 간 존재라는 것까진 잊지 않았어. 하지만 그가 목숨을 걸고 약속을 지켰다는 것도 사실이야."

"흠."

젝스는 포프의 손목에 단단히 감겨 있는 반달리온의 팔찌를 흘끔 봤다.

"난 정정당당히 그를 쓰러뜨릴 거야. 그러기 위해선 이 스카이보드가 필요해."

"그럼 키드를 깨워야 할까?"

젝스의 물음에 포프는 모르겠다는 듯 미적지근한 미소를 지었다.

"이런 일까지 사장님께 의지하고 싶진 않아."

"그건 잘못된 생각이야, 포프."

포프의 대답을 들은 젝스가 대단히 진지한 표정으로 지적했다.

"망설이지 마. 키드의 능력이 필요하다면 그냥 쓰는 거야. 사장은 아주 간단하게 허락할 거라고. 넌 누군가를, 특히 반달리온을 아에 죽여 없애기 위해 스카이보드를 타려는 것도 아니잖아?"

"…정말 허락해 주실까?"

"물론이지."

젝스는 단호하게 대답했다.

"늦으면 후회할 뿐이야."

중얼거린 젝스는 모자를 벗고 사격장을 봤다.

"조셉과 딕슨에게 고급 사격훈련을 도와달라고 부탁한 적이 있어. 근데 약속을 잡은 다음 날 조셉이 세상을 떠났지. 딕슨도 얼마 있다가 조셉의 뒤를 따라갔어. 내 부탁은 그걸로 끝나버린 거야. 좀 더 일찍 얘기했어야 했는데 말이지."

포프는 그 이야기를 덤덤하게 말하는 젝스의 표정이 어쩐지 어른스럽게 보였다.

"사장은 당분간 천천히 일하자고 했지만 앞으로 어떻게 될지는 아무도 몰라, 포프. 내일 아침에 눈을 뜨면 모두가 사라지고 우리만 남게 될 수도 있어. 그러니 절대로 망설이지 마."

포프는 젝스가 상심한 채로 이야기하고 있음을 알아차렸다.

그래서 포프 자신도 솔직하게 말하기로 했다.

"내가 걱정하는 건 키드의 상태야. 키드는 세뇌로 인해 부사장님을 공격한 적이 있어. 키드가 두 번 다시 그러지 않는다는 보장은 없잖아?"

"그래봤자 날아가는 건 키드의 목숨이야. 사장이 그것도 생각 안 하고 움직일 것 같아?"

젝스는 손에 든 모자로 포프의 어깨를 툭 두드렸다.

"이 행성의 일이 끝나면 아마도 이 회사는 문을 닫겠지. 이 땅이 다시 우리 날개 달린 자들의 땅이 될지, 아니면 모두가 함께 살아가는 땅이 될지는 모르겠지만 사장은 목적을 이루자마자 미련 없이 자신의 자리로 돌아갈 거야."

"응, 나도 사장님이라면 그러실 거라 생각해."

포프는 젝스의 말에 동의했다.

치프와 처음 만났을 때, 포프는 치프가 뭘 잘하는 사람인지, 취향이 무엇인지, 성격이 어떠한지 파악할 수 없어서 그냥 '자신을 고용해 준 고마운 사람'정도로 여겼었다.

하지만 지금은 아니었다.

거울 속의 세계에 사는 사람처럼, 자신들과 똑같은 것 같으면서도 전혀 다른 성격의 땅을 걷고 있는 군인이었다.

"그때를 대비해서 빠르게, 차근차근 자신을 완성시키도록 해, 포프."

"그래. 얘기 고마워, 젝스."

둘이 손을 마주치는 한편, 회사 본관 옥상에서 드래곤의 모습으로 변한 셀레스티아가 백금색의 빛을 뿌리며 날아올랐다.

"지구에서 오신 모든 여러분, 제가 직접 손님을 맞이하겠습니다! 사격하지 말아주세요!"

셀레스티아의 목소리가 회사 전체에 쩌렁쩌렁 울렸다. 지상의 군인들은 그냥 묵묵히 할 일을 계속 했으나 전함 위스콘신만은 본체에 숨기고 있던 주포를 일으키고 셀레스티아를 추적했다.

조금 뒤, 회색의 드래곤 반달리온이 셀레스티아의 뒤를 따라 회사 본관 앞에 내려왔다.

그가 인간의 모습을 하자마자 중장갑 전투복을 입은 UNSMC 대원들이 여기저기서 나타나 그를 포위했다.

"A—1730과 비슷한 냄새를 풍기는 자들이 잔뜩 있다니, 입맛이 도는군요."

반달리온은 코트 주머니에서 캐러멜을 꺼내 입안에 넣었다.

그는 회사를 쭉 둘러봤다.

"회사는 무장된 요새로 변했지만 사장과 부사장은 보이지 않는데, 무슨 일입니까?"

"어제부터 갑자기 바빠졌답니다, 반달리온이여. 혹시 짚이는 바라도 있나요?"

"전혀 없습니다."

공손히 대답한 반달리온은 고개를 굽히는 것으로 최소한의 예의를 다했다.

"그럼 들어가서 그대의 이야기를 듣기로 하겠습니다."

"알겠습니다."

셀레스티아가 본관 쪽으로 돌아섰다. 대원들이 본관으로 가는 길을 비켜주지 않자 그녀도 깜짝 놀랐다.

"여러분?"

"죄송하지만 저희들은 공동대표님의 지시를 따르라는 명령을 듣지 못했습니다."

병사들 중에서 가장 계급이 높은 자가 대표로 말했다.

"예? 그럼 지금 당장 치프에게 연락해야 하나요?"

"채널이 닫혀서 불가능합니다."

"…그럼 저와 반달리온은 회사 밖에서 이야기하겠습니다. 그건 괜찮겠지요?"

셀레스티아는 조금 속이 상했다. 그녀를 난처하게 만들기 위해 찾아온 것이 아니었던 반달리온은 자신의 파뿌리 같은 머리를 만지작거렸다.

그때, 향초의 향기가 병사들의 뒤쪽에서 물씬 풍겨왔다.

"다들 무기를 내리고 물러나게."

헤이파의 목소리와 동시에 UNSMC 대원들 전원이 각종 무기들을 내리고 물러나 길을 텄다.

나무로 된 높은 굽의 신발을 신고 검은색 전통복을 입은 헤이파가 대원들이 만든 길을 통해 걸어 나왔다.

그녀는 왼손을 자신의 허리 뒤쪽에 댄 채 반달리온을 봤다.

"저 날개 달린 자는 엠페라투스의 부하입니다, 왕녀 전하. 그러한 자를 이곳에 함부로 들일 수는 없지요."

"그래서 밖으로 나가겠다는 말씀을 드렸습니다, 여사님."

"그것 또한 용납할 수 없습니다, 왕녀 전하. 전하께선 가장 중요한 보호 대상입니다."

"그럼 어찌 해야 합니까?"

셀레스티아가 따지자 헤이파가 반달리온을 향해 걸어갔다.

"반달리온이여. 당신이 우리에게 해를 끼칠 일이 없다는 보증이 필요하오만."

반달리온은 어찌할까 하다가 두 팔을 들었다.

"몸수색이라도 하시지? 목에 폭탄목걸이를 채워도 좋다, 알타이르의 전사여."

"보기보다 현명하구려."

헤이파는 손짓으로 대원들에게 지시를 내렸다.

중장갑 전투복을 입은 대원들이 반달리온의 주머니는 물론 옷 안쪽까지도 샅샅이 뒤졌다.

나온 물건은 캐러멜 두 갑뿐이었다. 대원들은 캐러멜을 박스에서 꺼내어 각종 기계로 살핀 뒤 그의 주머니에 넣어주었다.

　"이상 없습니다, 여사님."

　그러자 헤이파도 옆으로 물러났다.

　"손님과 함께 들어가십시오, 왕녀 전하. 제가 뒤따르겠습니다."

　하지만 셀레스티아는 앞으로 걷기는커녕 입술을 오리처럼 쭉 내민 채 그 자리에 가만히 있었다. 그만큼 속이 상한 것이다.

　헤이파가 그녀에게 다가가 등을 가볍게 두드려주었다.

　"셀리, 이렇게 하는 편이 너에게도 좋고 네 손님에게도 좋은 거란다."

　헤이파는 며칠 전부터 그녀를 편하게 부르고 있었다.

　그렇게 된 계기는 파울라의 부탁이었는데, 셀레스티아와 파울라 모두 숨기는 게 '적어졌다고' 판단한 헤이파는 그 부탁을 흔쾌히 받아들였다.

　"그래도 너무 심하잖아요, 여사님! 저번 싸움에서 반달리온은 우리를 도왔어요!"

　"그래, 인정하마. 하지만 어찌어찌 그리 된 것뿐이지 않느냐? 뿐만 아니라 그전의 싸움에서는 병원 앞에서 인질을 잡고 폭탄을 터뜨리려 하는 등, 쉽게 용서받기 힘든 짓들을 병신처럼 저질렀지. 넌 그걸 잊은 것이냐? 아니면 간단하게 잊어달라고 부탁하는 것이냐?"

　"……."

　그 대목에서는 반달리온 자신도 쓴웃음을 감추지 못했다.

　'지금 들으니 정말 멍청하게 살아왔군.'

그는 스위트 베르자르의 죽음을 목격한 이후 더더욱 광적으로 행동했던 자신을 떠올렸다.

'날개 달린 자가 아니라 짐승으로서 행동했지. 아마도 응분의 대가를 치를 거야.'

반달리온은 훈련장 쪽에서 자신이 있는 곳으로 달려오는 포프와 젝스를 봤다.

'짐승은 사냥꾼에게 쓰러져야 하는 법이야. 진짜 그리 된다면 얼마나 낭만적이겠는가?'

그는 캐러멜 하나를 입에 더 넣었다.

스위트 베르자르가 그에게 알려준 맛이 그의 마음을 진정시켰다.

'하지만 날 기다리는 건 개죽음이겠지.'

반달리온이 우울감에 빠진 한편, 헤이파는 셀레스티아를 계속 토닥이며 조언을 이어나갔다.

"의전은 중요한 법이란다, 셀리. 앞으로 수많은 행성의 다양한 지도자들을 한 종족의 대표로서 대하게 될 텐데 이렇게 대놓고 칭얼대면 어쩌자는 것이냐? 책임과 너그러움도 좋지만 예절과 절도, 절차를 잊어선 안 돼. 그래야만 다른 자들이 너희 종족을 짐승으로 보지 않을 것이야."

"……."

셀레스티아는 인상을 쓰며 시선을 피했다. 그 모습을 본 헤이파는 고향에 있을 자신의 막내딸을 떠올렸다.

"언제 어엿한 왕녀 전하가 되실꼬. 다 큰 처녀가 한시도 못 참고 몸을 비틀며 어리광을 부리는데, 대체 여태껏 어찌 억눌러온 것이냐?"

한 번 더 꾸중을 날린 헤이파는 왼쪽 손을 들어 손목을 빙글빙글 돌렸다. 대원들에게 내리는 해산 명령이었다.

그걸 본 대원들은 빳빳한 정예 군인이 아니라 조기축구회에 나온 중년의 아저씨들처럼 일제히 축 늘어지며 난잡하게 움직였다.

아예 장갑과 헬멧을 벗고 하품을 하거나 음료를 마시는 자도 있었다.

"여사님. 오늘 점심은 어떻게 하죠? 알케온 팀장인가 하는 분이 안 계신데요."

대원 한 명이 헤이파에게 물었다.

"위스콘신에서 조리사가 내려오기로 하지 않았나? 난 그렇게 전달받았는데?"

"그 친구가 조리하는 음식은 꼭 애기 기저귀에서 추출하는 것 같거든요."

"알아서들 하게. 내일 모레부터는 아예 양말이 어디 있느냐며 나에게 따질 기세로군. 내가 자네들 엄마라도 되는 줄 아나?"

"농담입니다."

대원들이 실없이 웃으며 사방으로 흩어졌다.

"쯧. 들어가자꾸나. 셀리. 손님도 따라오시오."

"그러지. …아니, 알겠습니다."

반달리온은 뭔가 참 적응하기 힘든 분위기라고 속으로 중얼거리며 셀레스티아의 뒤를 따랐다.

반달리온을 감시하듯 걸어가던 헤이파가 군인들 사이에 서 있는 포프와 젝스를 봤다.

그녀는 어서 따라오라는 손짓을 보냈다. 그 아이들의 진중함을 인정했기 때문이다.

서로를 본 둘은 얼른 헤이파의 뒤에 붙어 섰다.

"그 스카이보드인가 하는 물건은 1층에 고이 두고 오려무나. 젝스."

헤이파가 곰방대 안의 향초를 재떨이 안에 떨구며 말했다.

"예, 여사님."

300kg에 가까운 스카이보드를 옆구리에 끼고 서 있는 젝스가 또렷하게 대답했다.

그런 기이한 모습에 이미 익숙한 UNSMC 대원들은 식사에 대한 얘기를 평범하게 나누며 계속 걸어갔다.

셀레스티아, 헤이파, 반달리온, 그리고 포프와 젝스까지 함께 탄 엘리베이터는 틈이 잘 보이지 않을 만큼 푸짐했다.

"오늘은 회사 본관이 이상할 정도로 깨끗한 느낌이로구나. 엘리베이터도 그렇고."

"켐리가 새벽부터 열심히 청소했거든요. 전 회사에 수동 청소기가 있는 줄도 몰랐어요."

포프가 대답했다.

"잘 보이려고 노력하는구나. 그놈이 가진 장점이라고는 똥오줌을 쌀 장소를 가릴 줄 안다는 것 정도인 줄 알았는데 말이지."

"…지구식 농담이 한층 더 자연스러워지셨네요. 여사님."

포프가 어이없다는 표정으로 말을 하는 한편, 젝스는 웃음을 참기 위해 모자를 억지로 눌러쓰는 등 혼신의 힘을 다했다.

반달리온은 이 분위기에 적응하기가 싫었다.

'난… 실버로드에 대한 진지한 이야기를 하러 왔는데 말이지.'

그는 셀레스티아와 얘기를 나눌 자리에 제발 파울라가 동석하여 균형을 잡아주길 기원했다.

파울라는 탈리케이아와 함께 사장실의 대형TV를 보며 이야기를 나누고 있었다.

화면에 떠 있는 것은 오늘 이어질 작전에 대한 대략적인 정리였는데, 파울라는 셀리스티아가 사장실 안에 들어오자마자 TV화면을 껐다.

셀레스티아의 뒤를 따라 헤이파와 반달리온, 포프, 젝스가 차례로 들어왔다.

아랫입술 아래쪽에만 수염을 기른 반달리온은 파울라를 보자마자 안도의 한숨을 흘렸다. 그 소리가 반달리온의 예상보다 컸기에 파울라를 포함한 모든 이들이 의아해했다.

"여기서 그대와 초면이라 할 수 있는 자는 탈리케이아 정도구려."

헤이파의 말에 반달리온은 탈리케이아쪽을 보고 고개를 꾸벅 숙였다.

"반달리온이라 하오."

"알타이르의 워치프인 탈리케이아라 합니다."

둘은 예의범절보다는 분위기 안정을 위해 인사를 나눴다.

"일단 앉으시오."

헤이파는 작은 의자를 하나 들어서 TV 아래에 놓았다. 신장이 큰 편인 반달리온은 그냥 앉으려다가 옷걸이에 자신의 검은색 가죽 코트를 벗어 건 후 편하게 앉았다.

그는 치프가 없는 현 상태에서 이 회사의 총책임자를 맡고 있는 헤이파가 끝까지 사장석에 앉지 않는 것을 가만히 관찰했다.

'A—1730에 대한 예우가 대단하군.'

다른 생물들의 상하관계에 대해 지극히 대략적인 지식만 갖고 있는 반달리온은 그 상황이 매우 흥미로웠다.

그가 파악한 헤이파는 알타이르 역사상 유일하게 워치프와 최고 제사장 자리를 모두 거친 위인이자 엠페라투스가 상당한 흥미를 갖고 있는 존재였다.

그런 그녀가 치프의 자리에 앉지 않는 것은 꽤 의미가 있는 광경이었다.

파울라가 회의실에서 큼지막한 의자를 꺼내 셀레스티아 뒤에 놓았다. 그녀가 자리에 앉자 헤이파는 즉시 이동하여 치프의 자리에 앉았다.

'순서를 따지는 것뿐이었군.'

반달리온은 뭔가 좀 아쉬웠다.

"왕녀 전하께서 먼저 말씀하십시오."

자리가 자리이니만큼 헤이파는 절도를 지켜 말했다.

셀레스티아는 무슨 얘기를 할까 고민하다가 이윽고 목소리를 냈다.

"반달리온이여."

"말씀하십시오."

"점심은 드셨나요?"

"……"

대답을 어찌 해야 할까 잠시 고민한 반달리온은 파울라를 흘끔 봤다. 하지만 파울라는 셀레스티아에게만 눈을 두고 있을 뿐이었다.

"실례지만 용건을 먼저 말하겠습니다."

"아… 예."

머쓱해진 셀레스티아는 자신이 얘기를 잘못 꺼낸 것이냐고 묻듯 헤이파 쪽을 봤으나 헤이파는 반달리온을 가만히 바라보기만 했다.

"엠페라투스 님께서 왕녀께 말씀을 전달하라 하셨습니다."

"무엇인가요?"

"엠페라투스 님께서는 지금 빅시티와 이 회사에 닥치려 하는 일에 개입하실 생각이 없습니다."

"그럼 그분께선 이번 일에 대해 구체적으로 알고 계시다는 겁니까?"

"엠페라투스 님께서는 그저 전달을 받으셨을 뿐입니다."

"대체 누가 어떠한 계획을 전달했단 말입니까?"

연속되는 셀레스티아의 질문에 반달리온은 한숨을 쉬었다.

"파울라, 실버로드에 대해서 알고 있나?"

반달리온을 의식하지 않으려 했던 파울라였으나 직접 질문이 들어오니 어쩔 수가 없었다.

"알고 있소. 돌대가리 헬터스크, 미치광이 반달리온, 학살자 실버로드는 엠페라투스의 추종자들 가운데에서도 가장 답이 없는 삼각(三角)으로서 2세대 모두에게 유명하지 않소?"

'미치광이 반달리온'이라는 말에 반달리온의 표정이 조금 구겨졌다.

"그럼 파울라여. 왕녀께 나를 대신하여 실버로드에 대한 설명을 해드리게."

"싫소."

"……."

매몰차게 거절당한 반달리온은 대단히 머쓱해했다.

"실버로드는… 예, 우리 추종자들 가운데에서도 가장 특이한 존재였습니다, 왕녀여."

반달리온은 그 말로 과거의 이야기를 시작했다.

셀레스티아는 별명부터 다들 특이하지 않느냐며 묻고 싶었지만 왠지 반달리온을 괴롭히는 이야기가 될 것 같아 말을 아꼈다.

"실버로드가 추종자들 사이에 섞인 계기는 바로 운캄타르와의 언쟁이었습니다. 실버로드는 운캄타르 앞에서 그때 당시 존재했던 수많은 문제점들을 따졌지만 운캄타르는 실버로드가 거론한 모든 문제들에 대해 '잘 알고 있으며 해결하기 위해 노력해 보겠다'는 말을 거듭할 뿐이었습니다."

"사실입니까?"

셀레스티아가 놀라서 물었다. 하지만 믿을 수 없다는 반응까진 아니었다.

'예상한 것보다는 차분하군. 설마 그 사이에 운캄타르와 접촉했나?'

반달리온은 약간 고민했다.

"제 시점에서 일방적으로 해석하여 드리는 말씀이니 곧이곧대로 받아들이실 필요는 없습니다. 그 때문에 파울라에게 설명을 부탁했습니다만……."

그러자 파울라가 눈살을 구기며 반달리온을 쏘아봤다.

"무슨 사건인지는 알고 있습니다만… 전 당시에 태어나지도 않았습니다. 반달리온이여."

"아……."

그 사실을 깜박했던 반달리온은 난처하여 머리를 만졌다.

"…그럼 제가 설명을 계속 하겠습니다. 왕녀여."

"예, 반달리온이여."

"그전에 잠시 실례를."

반달리온은 자신의 코트 주머니에서 캐러멜을 몇 개 꺼냈다. 그중 하나는 포장지를 벗겨서 입에 넣었고 나머지는 공깃돌처럼 바닥에 내려놓았다. 개별 포장이기에 위생에는 문제가 없었다.

그 모습을 물끄러미 바라보던 헤이파가 말을 휙 던졌다.

"실례하오만, 당뇨라도 있소?"

"…그냥 버릇입니다."

"다행이구려. 우리 사장처럼 탄산음료 없는 세상에선 살아가지 못하는 체질인 줄 알았소."

"……."

반달리온은 어이가 없었으나 거론하지 않기로 했다.

"실버로드는 언쟁을 계속하려 했으나 운캄타르는 그를 꾸준히 무시했습니다. 결국 실버로드는 어떠한 말을 운캄타르에게 던졌고, 운캄타르는 분노하여 실버로드를 직접 때렸습니다. 운캄타르가 날개 달린 자에게 직접 폭력을 가한 경우는 그때가 처음이었을 겁니다."

"아빠가… 아니, 아바마마께서 대체 무슨 말을 들으신 겁니까?"

"당신은 우리를 동족이 아니라 하등동물로 보고 있다. 그것이 실버로드가 던진 말입니다."

반달리온은 캐러멜을 하나 더 입에 넣었다.

"그 이후 실버로드는 엠페라투스 님의 추종자들 사이에 섞이게 됐습니다. 그리고 날개 달린 자들이 '세대'로서 구분되기 시작한 것도 그때부터였습니다. 실버로드의 그 말이 세력에 상관없이 통한 것입니다. 당시엔 2세대들 사이에서 태어난 아이들, 그러니까 파울라와 같은 존재를 3세대라 불렀습니다. 하지만 장래에 진짜 3세대가 나타날 것이라 생각한 자는 없었습니다."

파울라는 거기에서 반달리온의 설명이 끝날 거라 생각했다. 이야기의 흐름 자체가 그랬다.

그러나 반달리온의 말은 끝난 게 아니었다.

"3세대의 등장은 2세대의 멸망이나 다름없었으며, 3세대가 번성한 이 땅은 2세대의 묘비와도 같습니다. 적어도 저는 그렇게 생각합니다. 그런데 실버로드가 이번에 찾아와서 재미있는 말을 하더군요."

"그가 무슨 말을 했습니까?"

셀레스티아가 물었다.

"그는 4세대가 이 땅에 있으니 3세대도 사실상 끝난 것 아니냐는 말을 했습니다."

반달리온의 그 말을 듣자마자 셀레스티아는 자신도 모르게 치마를 꽉 쥐었다.

"4세대라니요?"

셀레스티아가 물었다.

반달리온은 가만히 그녀를 바라봤다.

"저는 실버로드의 말을 무시했습니다만, 지금 왕녀께서 보이신 반응을 보니 그가 영 터무니없는 말을 한 건 아닌 듯하군요. 뭔가 아시는 바라도 있습니까?"

"……."

셀레스티아는 입을 열지 않았다.

그녀가 4세대 날개 달린 자에 대해 처음 들은 장소는 지구였고, 그 말을 해준 사람은 바로 그녀의 부친이었다. 그 자리에 함께 있었던 치프와 데스디아는 공교롭게도 모두 자리를 비운 상태였다.

셀레스티아는 너무 혼란스러웠다.

반달리온뿐만 아니라 사장실에 있는 모든 이들이 셀레스티아에게 시선을 집중했다.

가만히 그녀의 대답을 기다리던 반달리온은 캐러멜을 하나 더 개봉했다.

"답하지 않으셔도 상관없습니다."

"…예, 반달리온이여."

"실버로드가 왜 4세대를 언급할 수 있었는지에 대해서는 저도 모릅니다. 아무튼 그는 4세대가 이곳에 있다는 것을 확신하고 있었고, 그 4세대를 확보하기 위해 모든 방법을 동원할 것이라고 엠페라투스 님께 고했습니다."

"엠페라투스는 뭐라 했습니까?"

"엠페라투스 님께서는 구경하는 재미만을 즐기겠다고 실버로드에게 말씀하셨습니다. 그리고 이쪽으로 그 일을 전달하라 명하셨습니다."

"그렇군요. 알겠습니다."

셀레스티아가 대답했다. 그녀의 표정은 걱정으로 심각했다.

"저에게 주어진 임무는 여기까지입니다."

하지만 반달리온은 일어나지 않았다.

"개인적인 부탁을 드리고 싶습니다, 왕녀여."

"예?"

"파울라와 단둘이 이야기를 할 시간을 주십시오."

부탁을 받은 셀레스티아는 파울라를 돌아봤다.

"괜찮으시겠습니까, 장로님?"

셀레스티아는 일부러 그녀를 어머니라 부르지 않았다. 그러기에는 아직 반달리온을 믿을 수 없었기 때문이다.

"저도 마침 반달리온과 얘기를 나누고 싶군요. 허락해 주십시오, 왕녀 전하."

"알겠습니다."

"감사드립니다, 왕녀여."

자리에서 일어난 반달리온은 코트를 다시 입고 사장실 밖으로 나갔다. 파울라는 심호흡을 하며 그를 뒤따랐다.

사장실의 문이 닫히자마자 셀레스티아가 몸을 숙이며 한숨을 터뜨렸다.

"하아, 힘들어……."

혼잣말까지 하는 그녀에게 헤이파가 다가왔다.

"셀리. 4세대 날개 달린 자라니, 대체 무슨 말이냐?"

"예?"

"반달리온은 그냥 넘어갔지만 난 억지로라도 듣고 싶구나."

"……."

셀레스티아는 손을 모아 쥔 채 가만히 있었다.

헤이파는 해볼 테면 해보자는 식으로 반달리온이 앉았던 의자를 가져다가 셀레스티아 앞에 마주 앉았다.

셀레스티아가 그 압박감에 곤혹스러워하는 한편, 파울라를 따라 회사 옥상으로 올라간 반달리온은 기지개를 켜며 숨을 돌렸다.

"헤이파라는 여자는 보통이 아니로군. 데스디아라는 계집과는 그 기백의 깊이가 달라."

"워치프로서 파병되어 수많은 전투를 치르셨고, 그 이후에는 최고 제사장의 자리에 올라 알타이르 행성의 정치까지 경험하신 분이라오."

"그래서 왕녀의 교육까지 그녀에게 맡겼나?"

"우리에겐 큰 행운이 아니오?"

"그녀를 인정하고 있군."

"그렇소. 그보다 나에게 할 말이 있다고 하지 않았소?"

"음."

반달리온은 파울라 쪽으로 돌아섰다.

"나에게 사과해야 할 일이 있지 않나?"

"사과를 듣기 위해 왕녀 전하께 부탁한 것이오?"

"다른 이에게 사과를 받는 것이 어떤 기분인지 궁금해서 말이지."

파울라는 참으로 설득력 넘치게 말한다며 속으로 투덜거렸다.

"그 일에 대해서는 진심으로 사과하오. 그리고 깊이 감사하고 있소."

"음."

"그대가 온몸을 던져 날 막았다고 왕녀 전하께서 말씀하셨소. 그대가 아니었다면 난 수많은 이들에게 돌이킬 수 없는 짓을 저질렀을지도 모르오."

"이런 기분이었군, 시시한데?"

반달리온이 머리를 긁었다.

"그때 왜 그런 행동을 했소? 미치광이 반달리온에겐 어울리지 않는 일이라 생각하오만?"

"그리 하고 싶어서 그랬을 뿐이야."

그는 주머니에서 캐러멜을 꺼냈다. 먹지는 않고 손으로 포장을 만지작거렸다.

"그런데 하고 싶은 일을 한다는 건… 목숨을 걸지 않으면 안 되더군."

파울라는 그가 그런 말을 할 줄은 꿈에도 몰랐기에 놀라움을 감추지 못했다.

"묘하게 어른스러운 말을 하는구려."

"넌 어른스럽게 반응하는군."

"목숨을 걸어야 한다는 말에 공감했을 뿐이오."

"그러한 경험을 한 적이 있나?"

"아주 오래전에. 그리고 지금 이 시간에도 하고 있소."

"…그렇군."

캐러멜을 주머니에 다시 넣은 반달리온은 뒷목을 주물렀다.

"도움이 될 만한 얘기를 하나 해주지."

"무엇이오?"

반달리온은 지평선 쪽으로 눈을 돌렸다.

"신수와의 싸움 때, 실버로드는 내 목숨을 제대로 노렸어. 그래놓고는 뻔뻔하게 나타나서 온갖 얘기를 지껄이더군."

"같은 추종자들끼리 다툼이라도 있소?"

"확인 중일세. 아무튼 실버로드는 사만다 카터를 노리고 있어."

"4세대뿐만이 아니라 사만다까지 노리고 있단 말이오?"

붉은 9월단에서 사만다의 신병을 요구했다는 사실을 들었던 파울라는 놀란 얼굴로 질문했다.

반달리온은 딱하다는 듯 한숨을 쉬었다.

"그 4세대가 사만다 카터야."

"⋯⋯."

"그녀에게서 정령의 가호가 느껴진다고 말한 알타이르인은 없나?"

파울라는 대답하지 못했다.

의식이 혼란의 틈바구니로 날아간 상태였기에 몸을 비틀거리기까지 했다.

"그 문제는 회사 사람들과 잘 얘기해 보도록 해. 그럼 난 이만 가도록 하지."

회사 옥상에서 휙 뛰어오른 반달리온은 회사에서 멀리 떨어진 허공에서 드래곤의 모습으로 몸을 바꾼 뒤 날개를 접고 빠른 속도로 이탈했다.

레이더에서 그가 사라진 것을 확인한 전함, 위스콘신은 주포 포탑들을 수납한 후 한 단계 낮은 경계태세를 유지했다.

파울라는 반달리온이 날아간 방향을 하염없이 바라봤다.

"4세대가 사만다라니? 사만다는 목성 식민지 출신이라고 들었는데?"

그녀는 반달리온의 말을 헛소리로 치부하려 했다. 하지만 다른 지구인들과는 너무 다른 사만다의 피부색과 체격, 완력, 유연성, 순발력이 머리에서 맴돌아 쉽게 결정하지 못했다.

"왕녀 전하께선 뭔가 아실지도……."

그녀는 혼자 중얼거리며 옥상에서 내려갔다.

아주 멀리 떨어진 하늘에서 파울라의 모습을 지켜보던 반달리온은 목을 옆으로 돌렸다.

"지시하신 대로 했습니다, 엠페라투스 님."

"잘했군."

보라색의 거대한 드래곤이 반달리온 옆에 나타났다.

"파울라가 사만다 카터에 대한 거짓말을 과연 믿을지 의문입니다."

"파울라는 워낙 마음이 약해서 자네가 거짓말을 했을 거란 생각도 못 할 거고, 자신이 들은 것을 다른 이에게 말하지도 못할 거야. 상황이 걷잡을 수 없게 되었을 때에야 비로소 입을 열겠지."

"말씀하신 대로 될지 모르겠습니다."

"흠… 자네, 조금 화가 나 있군."

엠페라투스의 지적에 반달리온은 불쾌감을 드러냈다.

"그렇습니다. 엠페라투스 님께서는 거짓말이야말로 가장 값싼 죄악이라 하셨는데, 제가 그 죄악을 대신 하려니 저의 존재 가치에 의문을 갖지 않을 수 없었습니다."

"정확히는 파울라에게 거짓말을 하는 것이 싫었겠지. 지금 우리 둥지를 지키고 있는 3세대 드래곤들에겐 신나게 입을 나불대지 않았나?"

"……."

반달리온은 더 이상 따지지 못했다.

"사만다 카터를 이용하여 실버로드와 A—1730의 일에 간접적으로 끼어드신 이유가 궁금합니다."

반달리온이 묻자 엠페라투스는 씩 웃었다.

"그 녀석과 녀석의 부하들이 분노하는 모습을 보고 싶었거든."

"A—1730의 분노 말씀이십니까?"

"사만다 카터에게 일이 생기면 녀석은 온갖 수단을 동원하여 실버로드를 박살 내겠지. 확실하고 치명적인 방법으로 말일세."

엠페라투스는 눈을 감고 그에 대한 상상을 즐겼다.

"반달리온이여. 자네도 어제 봤지 않나? 녀석은 이미 죽은 자들의 목을 매달아 버렸어. 수십 명의 시체가 동시에 유린당하는 모습을 빅시티 전역에 공개해 버렸지. 그게 녀석의 본질이야. 테러리스트들에게 역으로 테러의 공포를 꽂아버리는 미친놈이지."

"……."

"실버로드는 과연 어떻게 죽을까? 공포에 허우적거리다가 끔찍하게 죽을까, 아니면 어제 내 앞에서 그랬던 것처럼 그럴싸한 말을 당당히 펴부을까? 어느 쪽이든 재밌을 것 같아."

"실버로드에게 화가 나셨군요."

반달리온이 지적했다. 아까 자신이 썼던 것과 동일한 방법으로 보복을 당한 엠페라투스는 그 상황 자체가 너무 재미있어 웃음을 참지 못했다.

"자네와 함께 있는 것이 이렇게도 즐거울 줄은 몰랐군! 하하하!"

반달리온은 그의 평가가 그리 기쁘지 않았다. 아까 자신의 거짓말을 듣고 놀라는 파울라의 모습이 머릿속에 남아 있었기 때문이다.

'나의 이 고뇌조차도 이분의 재밋거리 중에 하나겠지.'

반달리온은 옅게 웃었다.

55
깔끔한 청소, 아쉬운 잔돈

치프와 데스디아는 수송기에서 몸을 던졌다.

둘은 1,000미터가 넘는 상공에서 떨어졌으나 치프는 중력식 완충장치를 이용해 무사히 착지했고, 데스디아는 바람의 정령이 일으키는 강풍을 이용하여 낙하속도를 줄여 가볍게 땅을 밟았다.

치프는 옆에서 망토와 터번을 정돈하는 데스디아를 가만히 바라봤다. 그의 시선을 느낀 데스디아는 인상을 찡그렸다.

"왜?"

"아, 그… 바람을 이용해서 착지하는 기술 말이야. 알타이르 왕족이라면 누구나 다 할 수 있는 거야?"

"기본 소양은 아니야. 집중력을 유지하지 못하면 정령과의 교감이 풀리고, 교감이 풀리면 추락하기 때문에 오랫동안 훈련해야만 해."

"집중력이 풀리면 아침에 네가 뚝 떨어졌던 거랑 비슷하게 된단 말이군."

"…음."

그때 일을 떠올린 데스디아는 억지로 대답했다.

"근데 그때 왜 집중이 풀린 거야?"

치프의 질문에 결국 데스디아의 분노가 폭발했다.

"닥치고 앞장서."

그녀는 주먹으로 치프의 옆구리를 치려했다. 그러나 치프가 때맞춰 몸을 숙이는 바람에 그녀의 주먹은 치프의 헬멧을 제대로 때렸다.

퍽, 하는 소리와 동시에 치프의 헬멧 좌측이 움푹 함몰됐다.

더불어 목까지 꺾일 뻔했지만 경장갑 전투복의 신체 형태 유지 기능 덕분에 치프는 목이 꺾이는 대신 옆으로 뻣뻣이 넘어져야 했다.

"…이건 좀 심하지 않나요?"

"흥, 계집애처럼 누워 있지 말고 일어나. 어서."

데스디아의 반응은 차가웠다. 하지만 그녀의 심장은 터질듯이 뛰고 있었다.

"아, 이게 뭐야."

치프는 투덜거리며 헬멧을 점검했다. 다행이 기능적인 문제는 없었다.

치프가 목표 지점인 골목을 향해 걸어갔다. 데스디아도 따라서 움직였다.

"움직일 때마다 헬멧 속에서 파편이 쩔그럭거리는데? 붉은 9월 단이니 뭐니 할 것 없이 이 소리를 들으면 전부 도망가겠군. 목에 방울을 건 고양이의 느낌이 이런 걸까?"

"……"

"딱히 널 탓하는 게 아니야, 뎃디. 단지 네가 만들어준 파편이 아주 약간 엄청 신경에 거슬릴 뿐이라고."

"……"

"혹시 그 주먹으로 내 옆구리를 칠 생각은 아니었겠지? 그게 아니라면 내 주머니에서 동전을 꺼내려고 한 거야? 동전 정도는 그냥 달라고 얘기하면 되잖아?"

"……"

"저기요? 돌주먹 부사장님?"

"아, 그래! 내가 잘못했다고! 정말 원숭이가 X알 털듯이 격렬하게 주둥이를 터는군!"

그녀가 소리를 지르자 근처에 있던 모든 사람들이 그들에게 시선을 돌렸다.

"표현 죽이네요."

남루한 차림의 청년이 데스디아의 옆을 지나며 감탄했다.

데스디아는 왼손으로 자신의 얼굴을 누르듯 가렸다.

"흠, 폼이 안 나니 헬멧은 잠깐 벗어야겠군."

치프가 헬멧을 벗고 머리를 정돈했다.

둘의 걸음이 멈춘 곳은 중간 규모의 주점이었다.

"이 주점, 뭔가 이상하지 않아?"

치프가 묻자 데스디아가 주변을 둘러봤다.

"평범한데?"

"24시간 영업을 하는 주점치고는 쓸데없이 깔끔하다고. 영화에 나오는 주점들은 적절히 지저분해서 분위기가 나는데 말이야."

"영화에 나오는 주점이 아니니까 그렇겠지. 이 근방은 빅시티의 거리들 중에서도 치안과 위생이 중간쯤은 되는 편이야."

"아쉽네."

"분위기 찾지 말고 일어나 해. 치프."

"옙."

치프는 고개를 끄덕이며 주점의 문을 열었다.

그와 데스디아가 들어오자 주점 내에서 조용히 술을 마시던 사람들의 시선이 확 쏠렸다.

얼굴이 고목나무처럼 울퉁불퉁한 주점 주인도 치프와 데스디아를 향해 삐걱삐걱 고개를 돌렸다.

치프가 왼손을 들었다.

"저기, 붉은 9월단의 아이스 렉스라는 친구를 찾는데요?"

순간 누군가가 품속에서 뭔가를 꺼내 치프 쪽으로 투척했다.

그것은 고농도 최루탄이었는데, 치프는 아주 빠르게 헬멧을 써서 큰일을 모면했지만 데스디아는 얼굴이 제대로 노출되어 눈을 감고 말았다.

"뎃디!"

"쯧."

데스디아는 눈을 감은 채 테이블 위로 몸을 날렸다.

그녀는 빈 술병과 각종 향신료가 담긴 병들을 사뿐사뿐 밟으며 주점의 뒷문 쪽으로 향했다.

최루탄을 투척하고 도망치려 했던 남자, 아이스 렉스는 권총을 꺼내어 저항할까 하다가 그만두었다. 접근해오는 데스디아의 기세가 너무 무서웠기 때문이다.

'눈을 감고 저런 짓을 한다고? 괴물인가?'

그는 등판으로 주점의 뒷문을 받아 부수며 골목으로 뛰쳐나왔다. 능숙하게 몸을 굴려 일어난 아이스 렉스는 골목 저편을 향해 그대로 달려 나갔다.

주점의 손님과 직원들은 최루탄 때문에 정신을 못 차렸다. 눈물과 콧물, 기침이 사방에서 작렬했다. 그러나 그런 화학물질에 영향을 적게 받는 행성인인 주점 주인은 나뭇가지 같은 팔을 삐걱삐걱 움직여 환풍기를 작동시켰다.

그를 향해 헬멧을 쓴 치프가 다가왔다.

"맥주 두 병 주세요. 최대한 싼 걸로요."

치프의 요구에 주점 주인은 잘 팔리지 않아 미지근한 곳에 뒀던 맥주 두 병을 치프에게 내밀었다.

"돈은 여기 있고요… 나머지는 청소비에 수리비, 팁이에요. 대신 저는 못 본 걸로 해주세요."

지폐 한 뭉치를 카운터에 둔 치프는 주점 주인이 고개를 끄덕이자 그대로 병을 들고 뒷문을 나섰다.

치프는 데스디아가 골목 한가운데에 서 있는 것을 보고 한숨을 쉬었다.

"뎃디, 괜찮아?"

"눈을 못 뜨겠군. 누가 내 얼굴과 기관지에 후추를 들이부은 것 같아."

"그런 거 치고는 얘기 잘하네."

"알타이르의 워치프를 무시하지 마."

데스디아는 대답하자마자 치프의 어깨를 밀었다. 화살이 치프의 헬멧을 스치고 땅에 박혔다.

"망할 년들이 나타났군."

중얼거린 데스디아는 골목에 대기하고 있던 UNSMC 대원들에게 붙잡힌 아이스 렉스를 건너뛰고는 건물과 건물 사이를 밟으며 올라갔다.

아직 눈을 뜰 수 없었고 호흡도 불편했으나 데스디아는 오히려 명상을 하는 듯한 표정으로 공중에서 몸을 뒤틀었다.

도중에 쭉 뻗어 나온 발차기가 허공을 타격했다. 맞자마자 기절한 오파로아의 자매단 소속 암살자가 의식을 잃고 떨어졌다.

낙하 도중 건물 한쪽을 밟고 재도약한 데스디아는 손으로 뭔가를 잡아채더니 그것을 건물 벽에 처박았다. 상체가 벽을 뚫고 들어간 자매단은 기절하여 다리를 축 늘어뜨렸다.

거기서 한 번 더 도약한 데스디아는 왼쪽 어깨에 걸친 망토를 뻗어 뭔가를 휘감았다. 망토에 붙잡힌 존재 역시 자매단이었다.

상대를 망토로 포박한 데스디아는 공중에서 몸을 돌리고는 적절한 위치로 상대를 내던졌다.

기척을 감춘 채 옥상에서 떨어져 내리던 자매단 한 명이 데스디아가 던진 자매단과 충돌했다. 벽에 부딪힌 둘은 기절한 채 땅에 떨어졌다.

다시 건물 사이를 밟고 올라 높은 곳으로 올라간 데스디아는 자신에게 날아오는 단검 두 개를 손으로 후려쳐 무력화시킨 뒤 단검을 던진 상대에게 급강하했다.

2미터가 넘는 신장의 데스디아가 여태껏 경험해 보지 못한 속도로 접근해 오자 자매단의 암살자는 급히 히트 블레이드를 꺼냈다.

암살자의 히트 블레이드 공격을 빠른 몸놀림으로 피한 데스디아는 오른손 주먹으로 상대의 양손을 차례로 쳤다.

그 공격으로 인해 양손 검지부터 약지까지의 손가락뼈가 부러진 암살자는 칼을 놓을 수밖에 없었다.

암살자는 눈을 감은 채 자신에게 다가오는 데스디아의 모습에 압도당했다.

데스디아는 두 손으로 상대의 어깨를 붙잡은 뒤 그대로 땅을 향해 몸을 던졌다. 그 모습이 마치 스프링보드를 박차고 오른 다이빙 선수처럼 보였다.

떨어지는 도중에 상대를 벽에 꽂아 기절시킨 데스디아는 방향을 몇 번 바꿔 자세를 안정시킨 뒤 망토를 펄럭이며 안전하게 착지했다.

아이스 렉스에게 총을 겨눈 채 그 모습을 구경한 UNSMC 대원들이 휘파람 및 박수를 보내며 감탄했다.

정령들과 교감하여 주변을 샅샅이 수색한 데스디아는 치프를 향해 이상이 없다는 수신호를 보낸 뒤 자신의 뒤편을 가리켰다. 자매단들을 처리하라는 뜻이었다.

"세 명은 아이스 렉스를 붙잡고, 구급상자를 가진 대원을 제외한 나머지는 저 계집들을 구속하도록 해. 장비는 벗겨서 압

수. 물론 옷도 모두 벗겨 버려."

"속옷도 말씀이십니까?"

대원 한 명이 물었다.

"그래, 속옷도 벗기고 구멍이란 구멍은 다 조사해. 한두 번 하는 것도 아니잖아?"

"하지만 전부 포프와 비슷한 체형이라……."

"응?"

"예, 원사님! 즉시 시행하겠습니다!"

지시를 받은 대원들 10명이 그 자리에서 2인 1조로 나뉘어 자매단의 암살자들을 확보하고 '작업'을 개시했다.

등의 거치대에서 구급상자를 분리한 위생병이 데스디아에게 다가갔다.

"괜찮으십니까, 부사장님?"

"깨끗한 물이나 생리식염수, 둘 중에 하나를 줄 수 있겠나?"

"생리식염수를 드리겠습니다."

"그럼 내 손에 쏟아주게."

데스디아는 세수를 하기 전에 두 손을 모으는 자세를 잡았다.

식염수가 든 비닐팩을 완전히 뜯은 위생병은 그녀의 부탁대로 식염수를 그녀의 손에 쏟았다.

손바닥에 부딪혀 흘러내릴 것 같았던 물이 마치 수은처럼 둥글둥글하게 맺혀 단 한 방울도 튀지 않았다.

모았던 손바닥을 좌우로 벌려 식염수 덩어리도 쪼갠 데스디아는 그것들을 자신의 눈에 직접 댔다.

손바닥에 모인 식염수가 데스디아의 눈과 손바닥 사이에서 세탁기의 물처럼 격렬하게 요동쳤다.

이윽고 눈에서 손을 뗀 그녀가 눈을 번쩍 떴다.

"나쁘지 않군. 마실 물도 받을 수 있겠나?"

"예, 부사장님."

데스디아는 위생병이 건네준 물로 입과 목, 코를 헹궜다.

맥주병을 양손에 든 치프는 아이스 렉스에게 다가갔다.

"여어, 친구. 우리 얘기 좀 할까? 객기 부렸다가는 이 맥주병이 인체에 얼마나 유해한지 알게 될 거야."

치프는 맥주병 중 하나로 벽을 쳤다.

병은 목만 남기고 어설프게 부러졌다. 아이스 렉스와 그를 포박한 대원들, 그리고 데스디아가 치프를 물끄러미 바라봤다.

"아, 난 이게 안 돼."

그는 남은 하나의 맥주병을 옆에 있는 위생병에게 건넸다.

그가 병으로 벽에 치자 병의 아랫부분만 제대로 날아가면서 맥주가 왈칵 쏟아졌다.

그 '도구'를 건네받은 치프는 아이스 렉스의 눈앞에서 그것을 흔들었다.

"내 손기술 봤지? 너무 어설퍼서 자네에게 지나친 아픔을 줄지도 몰라. 뭐… 좀 참아봐."

치프는 자신의 군복, 특히 헬멧과 장갑판에 뚜렷이 묻은 최루 물질을 손수건으로 닦아낸 뒤 그것을 병의 깨진 자리에 묻혔다. 최루 물질의 모습은 초콜릿 도넛에 묻은 하얀색 시럽처럼 뚜렷했다.

"바지 벗겨."

치프의 지시에 대원들이 아이스 렉스의 바지를 벗기고 속옷을 내렸다. 다리를 강제로 벌리는 것도 잊지 않았다.

"우, 웃기지 마! 웃기지 말라고! 그만둬!"

아이스 렉스가 몸부림을 치며 소리쳤다.

몇 분간의 작업 끝에 원하는 정보를 얻어낸 치프는 단말기로 안드레이를 호출했다.

"안드레이, 들리나?"

—여기는 델타 스쿼드의 안드레이. 현재 청소 중입니다, 원사님.

"그래? 그럼 나중에 연락할까?"

—아닙니다. 말씀하십시오, 원사님.

"컨테이너 트럭 세 대의 위치를 조회해 줘. 번호는 지금 전송해 주지."

—알겠습니다, 원사님.

치프가 단말기의 가상 키패드를 이용해 차량의 번호판을 입력하는 사이, 단말기의 저편에서는 인간의 비명소리와 총소리, 그리고 금속 물질이 인간의 뼈와 살을 두들겨 끊는 소리가 진득하게 터졌다.

—조회가 완료되었습니다. 세 대는 10미터 정도의 간격을 두고 빅시티의 강변도로를 달리고 있습니다. 위치 정보를 전송하겠습니다.

정보를 받은 치프는 트럭들의 위치를 확인한 뒤 지도를 축소했다. 그 근방에 신경 써야 할 건물이 있는지 살펴보기 위해서였다.

"아무래도 메이&노드 백화점을 노리는 것 같군."

백화점의 이름에 가장 뚜렷한 반응을 보인 사람은 데스디아였다.

"메이 앤 노드 백화점이라고?"

"응. 보안 수준이 건물의 크기에 반비례하는 곳이지. 소비자들의 감시에만 집중하고 있어서 붉은 9월단 같은 녀석들이 노리기엔 딱 좋아. 지하 1층 2층이 식품 판매 구간이라서 인질을 잡고 농성을 벌이기에도 적절하지."

"말도 안 돼!"

데스디아가 고함을 지르자 치프가 깜짝 놀랐다.

"왜?"

"아… 음. 아무것도 아냐."

"그러시군."

치프는 킥킥 웃으며 단말기를 다시 들었다.

"롸켓 들리나? 이쪽으로 와 줘."

—오, 내가 자주 들리는 술집이구려. 들려서 맥주 한 컵 마시고 가도 괜찮겠소?

"가게가 최루탄 때문에 엉망이야. 아이스 렉스가 사고를 쳤어."

—빌어먹을! …하아, 바로 가겠소.

"능동위장장치는 유지하도록 해."

—명심하겠소.

치프는 머리 위로 손을 들고 손목을 빙빙 돌렸다.

"전원 수송기로 철수 준비. 그전에 자매단 아가씨들에게는 12시간 분량의 수면제를 투여하도록 해. 손가락 부러진 아가씨는 처치 잘해주고."

위생병이 치프 옆에 섰다.

"원사님. 저들에게 인질로서의 가치가 있습니까?"

"인질이라기보다는… 왠지 갱생의 가능성이 보여서 말이야."

"갱생이요? 하하, 저런 덜 익은 체형의 아가씨들에게 흥미가 있으셨군요! 진작 말씀하시지 말입니다."

"…나랑 싸우자는 거지?"

"즉시 움직이겠습니다, 원사님!"

위생병이 급히 자매단에게 달려갔다. 그는 선임 대원에게 경고성으로 헬멧 뒤통수를 맞은 뒤에야 치프가 지시한 대로 작업할 수 있었다.

"남은 건 이 친구인가."

치프는 아까 심문을 마친 아이스 렉스를 쳐다봤다. 바지와 속옷, 양말, 신발을 품에 꼭 껴안은 채 골목 구석에 앉아 있던 아이스 렉스는 치프의 시선을 느끼자마자 움찔했다.

"백화점 습격에 참여하지 않은 간부는 자네 말고 몇 명이지?"

"저, 전 미끼였어요! 미끼였다고요!"

"음… 자네가 나한테 숨기는 것이 있을 줄은 몰랐군."

치프가 다시 깨진 맥주병을 들었다.

"그. 그만해요! 엄마한테 이를 거예요! 우리 엄마한테 일러바칠 거라고요! 우리 엄마는… 으흐흑!"

치프의 '작업'으로 인해 유아퇴행에 빠진 아이스 렉스는 손으로 얼굴을 가리며 펑펑 울었다.

"그래, 집에 가서 엄마가 챙겨주는 밥을 먹고 싶으면 솔직히 얘기를 해."

"어, 없어요. 부단장이 단장의 복수를 할 거라면서 단원들을 모두 동원했어요. 저는 달리기와 장애물 통과가 특기라서 미끼 짓을 했을 뿐이라고요! 아까도 말했잖아요! 왜 절 괴롭히는 거예요?"

"흠, 미안하게 됐군."

치프는 골목 저 멀리 병을 던졌다. 그러고는 주머니에서 지폐 뭉치를 꺼내 아이스 렉스에게 던져줬다.

"이 정도면 집에 갈 여객선 비용으로 충분할 거야. 어서 엄마 곁으로 가, 친구."

돈을 받은 아이스 렉스는 대충 팬티만 차려입고 후다닥 뛰었다.

"어이, 근데 말이지."

치프가 그를 불러 세웠다.

"예?"

"자네 기록을 보니까 온갖 행성에서 직접 영유아를 살해했다는 혐의가 걸려 있는데? 그것도 꽤 많이 말이야. 이거 단지 혐의일 뿐인가?"

"전쟁을 코디네이션 하는 게 우리 일인데요? 애새끼들을 모아서 학살하는 건 효과가 죽인다고요."

"오, 효과만큼은 인정해."

툭 하는 소리와 동시에 아이스 렉스의 이마와 뒤통수에서 핏물이 터졌다.

노이즈 캔슬러가 달린 치프의 권총에 머리를 관통당한 아이스 렉스는 앞으로 풀썩 쓰러지고는 더 이상 움직이지 못했다.

"열도 받고 말이지."

치프는 권총을 내렸다.

"저 녀석의 시체는 어찌할까요?"

"보안국에 연락해. 2급 전쟁범죄자로서 현상수배중인 놈이니 방송에 잘 나오겠지."

치프의 머리 위로 작은 바람 소리가 들렸다.

능동위장장치로 모습을 감춘 수송기의 소음이었다.

"이동 준비. 자매단 아가씨들은 잘 챙겼나?"

"우선 음부 안쪽과 항문에 숨겨놨던 폭탄을 제거했습니다. 만약 부사장님이 한 사람이라도 죽였다면 그 폭탄들이 터졌을 겁니다. 피부 안쪽에 들어 있던 신호발생기, 그리고 머리카락 사이에 심은 통신기까지 전부 제거했습니다. 이대로는 감기에 걸릴 것 같은데, 팬티라도 입혀놓을까요?"

"그대로 실어서 수송기의 철창에 넣어봐."

"정육점 분위기가 나겠네요."

대원 중에 한 명이 말했다.

"철창의 조명이 빨간색이었나?"

"드디어 기억을 되찾으셨군요."

"하하."

즐겁게 웃은 치프는 데스디아와 함께 골목을 빠져나갔다. 그 와중에 아이스 렉스의 등판에 총을 쏴서 심장을 뚫는 것도 잊지 않았다.

수송기에 탑승한 UNSMC 대원들은 자매단들을 철창 안에 넣고 자리에 앉았다.

헬멧을 벗은 치프가 목에 건 통신기를 눌렀다.

"롸켓, 지금 보내준 이동 물체를 추적해."

—트럭 세 대 말이오?

"맞아. 능동위장장치는 최대 출력으로 가동. 이번에는 아저씨가 저 녀석들을 잡아야 해."

—아하, 그래서 브라보 스쿼드나 델타 스쿼드와 달리 이 큰 수송기를 끌고 나온 거구려.

"어제 저녁에 붉은 9월단의 이동 수단을 살펴봤는데, 무게가 많이 나가는 차량의 흔적이 있었거든. CCTV를 살피니 검은색 컨테이너 트럭이 발견됐지. 근데 좀 더 정확한 정보가 필요해서 말이야."

—음… 이 녀석들, 아마추어 아니오? 일반적인 색의 트럭도 세 대가 열을 맞춰 달리면 사람들의 눈길을 끄는데, 색깔 맞춤까지 해서 이러고 다닌다는 게 좀…….

"함정 같다고?"

—그렇다오.

"내가 보장하지. 괜찮으니까 놈들을 추격해 줘."

—음, 알겠소. 지시대로 하리다.

통신을 마친 치프는 탈의실에서 평상복으로 갈아입었다. 데스디아의 손에 깨진 헬멧은 보급을 맡은 대원, 다니엘에게 맡겼다.

"이건 수리팀에게 보내줘."

"원사님, 아무리 봐도 주먹에 맞아 깨진 흔적 같습니다만."

"아냐, 그냥 넘어져서 그런 거야."

"…납득하기 힘듭니다만?"

"응, 넘어졌는데 하필 거기에 뎃디의 주먹이 있었어. 됐지?"

"옙, 알겠습니다."

다니엘을 강제로 납득시킨 치프는 어깨를 주무르며 데스디아의 옆자리에 앉았다.

눈을 감은 그녀는 손으로 눈꺼풀 위를 마사지하고 있었다.

"아직 좀 아프지?"

"음, 최루 성분은 다 빠졌지만 통증이 쉽게 가시지 않는군."

"헬멧이라도 쓰는 게 어때? 앞으로 나타날 적들은 저 암살자 아가씨들처럼 정직한 방법으로만 공격해 오진 않을 거야. 화학병기, 생물병기, 방사능병기 등등을 쏟아부을 거라고."

"화생방 병기는 우리 나름대로의 대처 방법이 있어. 최루탄 따위로는 우리들의 성대와 호흡을 망가뜨릴 수 없지. 지구에서 가장 강력하다는 화학병기와 생물병기도 워치프에겐 통하지 않아."

"그럼 눈은?"

치프가 묻자 데스디아는 눈꺼풀에서 손을 떼고 팔짱을 꼈다.

"눈은… 굳게 감아야지."

"저기요, 부사장님?"

"……."

그녀가 다른 곳으로 눈을 돌리자 치프가 한숨을 터뜨렸다.

"하아. 해결책이 필요하겠네."

그가 중얼거리자 그들의 대화를 가만히 듣고 있던 다니엘이 손을 들었다.

"원사님. 오로지 눈만 보호하는 물건이라면 하나 있습니다."

"응? 진짜?"

"좀 구식이긴 해도 말이죠."

다니엘이 화물칸에서 종이 상자 하나를 꺼내 흔들었다.

"방진방적 고글입니다. 당연히 군용 사양이고요, 통신장치도 달려 있고 단말기와의 연동에 의한 증강 현실 인터페이스도 지원하죠."

"오, 그거? 괜찮네. 뎃디, 한번 써볼래?"

"음."

데스디아가 끄덕였다.

다니엘에서 고글이 든 상자를 받은 치프는 상자 안에서 뺀 고글의 상태를 점검했다.

"렌즈 안팎에 코팅이 되어 있어서 김이 서리는 일 따위는 없을 거야. 렌즈의 색이 검정인데, 막상 써보면 그냥 보는 거랑 차이가 없을 거야. 역시 새것은 좋군."

치프는 고글을 그녀의 무릎 위에 툭 올려놨다.

총기 점검을 하던 대원들은 그 꼴을 보고 속이 뒤집혔다.

'늙어 죽을 때까지 혼자서 밥 먹을 팔자로군.'

'부사장님이 다른 남자랑 부둥켜안고 호텔에서 나오는 꼴을 봐도 혈색 하나 안 바뀌겠지.'

'수염이 멀쩡히 나는 걸 보면 아랫도리에 문제는 없는 것 같은데?'

'원사님한테 엉덩이를 들이밀며 유혹했던 놈이 연병장 깃대

에 거꾸로 매달린 걸 보면 딱히 남자를 좋아하는 것 같진 않은
데 말이지.'

대원들은 표정 변화 없이 분노와 걱정의 파동을 치프에게 보
냈다.

치프의 그런 태도에 익숙한 데스디아는 별생각 없이 고글을
들려다가 움찔했다.

오늘 아침, 헤이파가 식사 도중에 날린 경고가 머릿속에 떠오
른 것이다.

'어머니께 치프를 빼앗길 수는 없지.'

데스디아는 굳게 마음먹었다.

"지구의 군장에는 익숙지 않으니 당신이 좀 도와주겠나?"

데스디아의 말에 치프가 그녀를 물끄러미 바라봤다.

"…그냥 씌워달라고 해."

"……."

데스디아는 어이가 없었다.

치프는 밋밋하게 웃으며 그녀의 무릎에 놔뒀던 고글을 들었다.

"이쪽으로 돌아앉아봐."

"흠."

데스디아는 팔짱을 굳게 낀 채 허리와 고개를 돌렸다.

대원들은 그 꼴을 보고 '저 여자도 문제다'라며 내심 비웃었다.

"이렇게 있으니까 너랑 처음 만났을 때가 생각나네."

"좋은 추억은 아니지."

"그런가? 아무튼 여기까지 같이 오게 될 줄은 몰랐네."

치프는 고글의 끈을 조절하며 빙긋 웃었다.

"후회하나?"

그녀가 묻자 치프는 헛웃음을 터뜨렸다.

"널 만난 이후 지금까지 별의별 일이 다 있었잖아?"

"지옥 같진 않았지만 최악이었지."

"나랑 반대네."

"그래?"

"널 만난 이후로는 수면제 없이 잠들 수 있었어. 믿을 수 있는 사람이 생겼다는 사실 하나만으로 기적처럼 평범하게 잠들고, 꿈을 꾸고, 일찌감치 일어날 수 있게 된 거야."

"……"

"터번 풀어봐."

데스디아는 오른손으로 터번의 끝을 잡아 가볍게 풀었다. 터번에 구속되어 있던 그녀의 긴 머리카락이 등판 위로 찰랑 쏟아졌다.

치프는 끈을 조절한 고글을 그녀의 머리에 씌워줬다.

"좋아, 가만히 있어."

치프는 고글의 위치를 조절했다.

"으음, 역시 미인이시네요. 넌 광대 선글라스를 써도 어울릴 거야."

"……"

"어때, 잘 보여? 불편한 건 없고?"

"너무 좋아. 누구에게도 빼앗기지 않을 거야."

치프는 데스디아가 왜 그런 말을 했는지 전혀 이해하지 못했다. 반면 대원들은 감격하여 목구멍으로 눈물을 삼켰다.

"이 고글은 흔한 보급품이니 너무 그러지 마."

하지만 치프의 그 한마디에 분위기는 다시 얼어붙었다.

그때, 치프가 목에 두른 통신기가 가볍게 진동했다.

─사장, 놈들의 차량들을 따라잡았소. 속도를 맞춰서 비행 중이니 지시해 주시오.

롸켓의 보고를 받은 치프가 자리에서 일어났다.

"트럭 세 대를 동시에 끌어 올릴 수 있겠나?"

─길바닥에 떨어진 동전을 재채기로 띄워보라는 식이구려.

"흠, 그래서?"

─운 좋게도 내가 그런 거 전문이지. 갖다 놓을 장소나 말해 주시오.

"근처 둔치에 내려놓으면 돼."

─벨트 매고 어금니 물으시오.

치프는 자리에 다시 앉아 안전벨트를 맨 뒤 모두에게 주의하라는 수신호를 보냈다.

길이만 30미터에 너비는 그 이상인 대형 수송기, 슈퍼 오스프리가 검은색의 컨테이너 트럭들을 향해 급강하했다.

보행자들은 도로 사이에 걸린 홍보용 플래카드가 뚝 끊어져 날아가는 것을 보고 깜짝 놀랐지만 능동위장장치로 모습과 소리, 그리고 바람까지 감춘 롸켓의 수송기를 알아보지 못했다.

조종석에서 눈을 활짝 뜬 롸켓은 숨을 멈추고 버튼을 조작했다.

수송기에는 기갑차량 회수용 전자석 기중기가 두 개 설치되어 있었다. 또한 다목적 견인광선도 설치되어 있었다.

견인광선의 성능은 80톤 중량의 전차를 각도와 속도에 상관 없이 거뜬하게 들어 올릴 수 있을 만큼 강력했다.

문제는 전자석 기중기였는데, 장갑차나 전차의 경우에는 차체가 단단하기 때문에 급한 경우 기중기로 대충 붙잡아 올려도 문제가 없었다.

하지만 상대는 전차에 비해 길이가 길고 상대적으로 차체가 약한 컨테이너 트럭이었다.

전자석을 아무렇게나 붙였다가는 차량의 중심이 무너져 컨테이너가 땅에 떨어지거나 차체가 땅에 질질 끌리며 주변에 피해를 줄 수 있었다.

중심에 맞춰 제대로 붙인다 해도 무리하게 상승하면 차체가 그 힘을 버티지 못하고 쿠킹호일처럼 찌그러질 위험이 있었다.

롸켓은 감지장치와 수송기 하단을 비추는 카메라, 그리고 정면을 쉴 새 없이 살폈다. 제아무리 잘 나가는 프로게이머라고 해도 지금의 롸켓을 본다면 자신이 꽤 한가하면서도 안전한 직업을 갖고 있다는 걸 깨닫게 될 것이다.

아무튼 롸켓은 이 상황을 미친 듯이 즐기고 있었다.

이윽고, 전자석 기중기가 트럭들을 향해 떨어졌다. 그와 동시에 견인광선이 선두 차량을 붙잡았다.

세 대의 트럭 중에서 견인광선에 잡힌 선두 차량과 기중기에 잡힌 두 번째 차량이 안정적으로 떠올라 능동위장장치의 위장 장막 안으로 사라졌다. 그러나 가장 후열을 달리던 트럭이 크게 휘청거렸다.

트럭의 컨테이너가 휘어지는 걸 목격한 롸켓은 씩 웃었다.

"이래야 인간적이지!"

그가 수송기를 옆으로 굴리듯이 움직였다. 롸켓은 트럭이 그 힘에 튕겨 오르자마자 전자석의 전력을 차단했다.

그 기막힌 타이밍에 의해 트럭에 실린 운동에너지가 0이 됐다. 트럭은 허공에 붕 뜬 채로 잠깐 정지했고, 그 위로 기중기의 전자석이 다시 떨어져 내렸다.

롸켓은 즉시 기수를 올렸다. 전자석에 제대로 달라붙은 트럭이 얌전히 수송기를 따르며 위장장막에 감춰졌다.

"휘우! 하하! 잘 봤소, 사장? 돈과도 바꿀 수 없는 이 실력을!"

—확실히 흥분되긴 하는군. 이제 둔치에 내려놓자고.

"음? 목소리가 왜 그렇소? 어디 다쳤소?"

—괜찮아. 별일 아니야. 통신 종료.

"흠, 알겠소. 통신 종료."

롸켓은 CCTV를 통해 탑승실의 상황을 보려 했으나 카메라 두 대가 모두 먹통이었다.

그는 수송기를 자동조종으로 전환하고 CCTV를 수리하여 탑승실 내의 상황을 구경하고 싶었다. 하지만 정말 그랬다간 큰일이 날 것 같은 느낌이 들었기에 그냥 쓴맛을 다시며 조종을 계속했다.

한편, 탑승실 내의 치프는 앞에 보이는 데스디아의 등판을 손바닥으로 두드렸다.

"부사장님? 이제 내려오시죠?"

"......"

아까 롸켓이 수송기를 과하게 틀었을 때 좌석에서 붕 떠올라 버린 데스디아는 수송기가 안정을 찾으면서 치프의 허벅지 위에 떨어져 버렸다.

치프가 그녀를 잡아준 덕도 있었지만, 어쨌거나 치프는 그녀의 체중이 키에 비례하여 '굉장히' 무겁다는 사실을 깨달아야만 했다.

"괜찮나?"

데스디아가 묻자 치프가 헛웃음을 터뜨렸다.

"골반 아래쪽으로 감각이 없어."

그 말에 데스디아가 벌떡 일어났다. 치프는 피트니스 클럽에서 운동을 하듯 두 다리를 곧게 펴며 자신이 괜찮다는 것을 보여줬다.

"사람 놀라게 하지 마, 치프."

안도한 데스디아는 다시 자신의 자리에 앉고는 아까 착용하지 않았던 안전벨트를 단단히 착용했다.

치프의 두 다리 안쪽에서 빠직빠직 소리가 났다.

금이 갔던 허벅지 뼈가 재생능력에 의해 달라붙고 있는 것이다.

데스디아는 대단히 미안했으나 치프는 묵묵히 자신의 단말기를 보며 위치를 확인했다.

"저 아가씨들 위에 그물을 쳐 놔서 다행이네."

치프의 말에 대원들이 웃었다.

그들에게 포획당하여 철창에 갇힌 오파로아의 암살자들은 대원들이 안전을 위해 미리 쳐둔 그물 덕분에 수송기가 출렁거릴 때도 무사할 수 있었다.

"으음."

치프는 오른손 주먹으로 자신의 허벅지를 쳐봤다. 뼈와 그 주변의 조직 재생이 완료됐는지 주먹과 허벅지 사이에서 터지는 소리에 탄력이 넘쳤다.

"좋아."

고개를 끄덕인 치프는 안전벨트를 풀고 자리에서 일어났다.

"롸켓, 목표지점까지 얼마나 남았지?"

—4분 정도? 더 속도를 내면 트럭들이 망가진다오.

"딱 좋군. 트럭들은 최대한 곱게 내려줘."

—땅에 내려놓자마자 도망치면 어쩌오?

"그건 걱정하지 마."

치프는 알파 스쿼드의 지정 저격수인 로빈에게 손짓을 했다.

"후방 출입문 개방, 지금 바로."

—응? 아, 알았소.

자리에서 일어난 로빈은 자신의 대형 저격소총을 챙겼다. 그의 총은 데스디아의 저격소총과 달리 레이저 광선이라도 쏠 듯한 생김새를 자랑했다.

삼각대는 중력고정 방식이었고 조준경도 광학식이 아니라 가변배율 방식의 전자시각장치를 사용하고 있었다.

데스디아는 그 총을 유심히 봤다.

'처음 보는 물건인데 말이지.'

개방된 후방 출입문에 자리 잡은 로빈은 소총의 다이얼을 전자펄스에 맞춘 후 자신의 특수군화를 작동시켰다.

　로빈은 중력고정식 군화의 도움을 받아 수송기의 아래쪽으로 걸어서 내려갔다. 그러고는 군복에 달린 담배 갑 모양의 장치를 기동시켰다.

　장치들로부터 일제히 뿜어진 와이어들이 수송기 장갑판을 파고들어 로빈의 몸을 단단히 고정시켰다.

　준비를 마친 로빈은 트럭의 엔진을 향해 전자펄스탄을 쐈다. 탄에 적중된 엔진은 전자충격으로 인해 각종 회로들이 터지며 완전히 무력화됐다.

　"음?"

　로빈은 트럭의 운전석을 봤다. 평상복을 입은 운전수들이 두 손을 들고 항복을 외치고 있었다.

　로비빈은 조준장치를 통해 그들의 손과 근육발달 정도를 측정해봤다.

　'운전수답지 않은 몸이로군. 한 명은 중화기 사수, 한 명은 소총사수, 마지막 한 명은… 흠, 역시 중화기 사수야.'

　소총의 다이얼을 대인용으로 맞춘 로빈은 바람과 수송기의 움직임으로 인해 심하게 흔들리는 트럭들을 가만히 본 뒤 일반 탄환 세 발을 툭툭 쐈다.

　운전석에 탄 붉은 9월단 단원 모두가 이마 위쪽이 박살 나 즉사했다.

　수송기 바닥을 걸어 탑승실로 돌아온 로빈은 총에 안전장치를 건 뒤 치프에게 거수경례를 했다.

　"적 차량 무력화, 완료했습니다."

"좋아, 로빈. 중화기 지원팀은 초음파 지뢰들을 챙기도록. 혹시 모르니 스테이플러도."

"예, 원사님."

덩치 큰 대원들이 바삐 움직이는 한편, 데스디아는 초음파 지뢰라는 말에 조금 놀랐다.

"저들을 전부 죽일 생각인가?"

"살려서 보낼 이유가 딱히 없잖아? 녀석들은 좀도둑이 아니라 이 도시를 노리는 테러리스트들… 아니, 전쟁 코디네이터들이야. 그리고 어제 전투경찰들을 죽였지. 공권력도 우습게 보는 놈들이 민간인의 목숨을 가치 있게 취급할 리가 있을까?"

치프는 목에 건 통신기를 눌렀다.

"브라보, 델타. 여기는 알파. 브라보 스쿼드부터 보고하도록."

─브라보 리더 죠니입니다, 원사님. 조금 전에 청소를 마쳤습니다.

─여기는 델타 리더 안드레이. 브라보 스쿼드보다 15분 늦게 청소를 끝냈습니다. 처벌해 주십시오.

안드레이의 보고에 치프가 떫은 표정을 지었다.

"경연대회를 하라고 내보낸 거 아니니까 이상한 소리 하지 마, 안드레이. 자네들, 포로는 잡았나?"

─브라보 스쿼드의 사전에 포로란 없습니다. 대신 납치됐던 민간인들을 구출했습니다.

─델타 스쿼드는 시신 확인에만 신경 썼습니다.

"흐흠, 이쪽은 아가씨들을 홀딱 벗겨서 철창에 가둬놓고 있지."

─노예 경매로 좀 챙기시려고요?

죠니의 농담에 치프가 키득거렸다.

"전부 오파로아의 자매단이야. 쓸모가 있을 것 같아서 말이지."

―포프에게 상처가 될 일이 아니길 빕니다.

"물론이지. 브라보, 델타는 찰리 스쿼드에 연락해서 더 잡을 만한 놈들이 없는지 알아보고, 없다면 회사로 귀환하도록."

―알겠습니다, 원사님.

―지시대로 하겠습니다, 원사님.

"그럼 회사에서 보자고. 통신 종료."

통신기에서 손을 뗀 치프는 활짝 열린 후방 출입문을 통해 빅시티 강의 둔치를 확인했다.

트럭들을 땅에 내려놓은 수송기는 아주 가까운 곳에 착륙했다.

"스테이플러로 컨테이너의 문을 고정시켜."

"예, 원사님!"

장갑관통용 대형 스테이플러를 든 대원 세 명이 빠르게 달려가서는 컨테이너의 문을 스테이플러로 고정시켰다.

컨테이너 안쪽이 소란스러워졌다.

"어, 어이! 항복할 테니 꺼내줘! 이대로 떠날 테니 이런 이상한 곳 말고 공항에 내려달라고!"

치프는 첫 번째 트럭의 컨테이너에 귀를 대고 소리를 들어본 뒤 고개를 절레절레 저었다.

뒤이어 두 번째 컨테이너에 귀를 댄 치프는 가만히 눈을 감고 있다가 초음파 지뢰를 든 병사들에게 첫 번째 컨테이너와 세 번째 컨테이너를 가리켰다.

컨테이너 좌우 중앙에 초음파 지뢰가 달라붙었다. 컨테이너에 지뢰가 붙는 소리를 들은 붉은 9월단 단원들은 안에서 총을 마구 쏘는 등 난동을 부렸다.

하지만 그들 스스로가 장갑판을 덧대어 약간 강화시킨 컨테이너는 쉽게 뚫리지 않았다.

결국 그들은 몸으로 출입구를 들이받았다. 그러나 스테이플러로 단단히 고정되어 총격에도 꿈쩍하지 않았던 문이 몸통박치기 따위에 부서질 이유는 없었다.

"지뢰, 격발."

컨테이너 아래쪽에 몸을 숨기고 있던 UNSMC 대원들이 지뢰를 돌리고 몸을 땅에 붙였다.

컨테이너 좌우에 설치된 초음파 지뢰가 정확히 5초 뒤에 격발됐다.

방수처리가 되지 않은 컨테이너의 출입구 아래로 빨간 핏물이 벌컥 쏟아졌다.

제대로 사용할 경우 인체의 골격은 물론 눈썹과 머리카락까지도 분해시키는 것이 바로 초음파 지뢰였다.

치프는 하나 남은 컨테이너를 손등으로 두드렸다.

"붉은 9월단의 부단장, 거기 있지?"

"…네가 UNSMC의 A—1730인가?"

여성의 목소리가 굵직하게 들려왔다.

"으흠, 사인이라도 해주고 싶지만 그랬다간 내가 벌집이 되겠지. 당신과 단장 사이에 애가 하나 있다고 들었는데 맞나?"

"그래, 딸아이야. 하지만 태어나자마자 고아원에 버렸어."

"태어나자마자… 까진 맞지만 고아원은 아니겠지. 애는 당신 어머니에게 맡겼을 텐데? 위치는 허슬렉 행성이고 1년에 한 번 씩 어머니 계좌에 거금을 입금시켜왔더군. 애는 그쪽 국립학교를 다니고 있고… 다행히 당신과 당신 '아들'이 직접 접촉한 적은 한 번도 없군."

그러자 누군가가 컨테이너 안쪽에 주먹질을 했다.

"무슨 생각이지? 내 애는 건들지 마!"

"오해하는군. 당신과 당신 부하들을 살려줄 생각은 전혀 없어. 여태까지 사람들을 죽이고 괴롭혀온 대가는 치르셔야지? 하지만 시간 정도는 주고 싶어서 말이지."

"시간? 무슨 시간?"

"당신에게 남은 돈을 어머니 계좌로 전부 입금시켜. 한 푼도 남김없이 말이야. 지저분한 짓으로 번 돈이지만… 뭐, 이 정도 배려는 해줘야겠지."

"거절한다."

부단장은 깔끔하게 거절했다.

"네놈 말대로 지저분한 돈임에는 분명하니까."

"그럼 그 선택도 존중해 주지."

치프는 이미 초음파 지뢰를 붙여놓고 대기 중인 대원들에게 손짓했다.

"격발. 대신 위력은 4분의 1로."

"예?"

초음파 지뢰의 위력을 그렇게 낮추면 무슨 일이 벌어지는지 알고 있는 대원들은 강하게 머뭇거렸다.

"시체가 좀 남아야 그림이 제대로 나올 거 아냐? 이 친구들 역할은 광고모델이라고."

"예, 원사님."

대원들은 치프의 지시대로 위력을 낮춘 뒤 격발시켰다.

앞의 컨테이너 두 대와 달리 지옥의 유황에서나 터질 법한 비명이 컨테이너를 가득 채웠다.

초음파 지뢰가 멈춘 뒤, 치프는 컨테이너의 출입구를 열었다.

컨테이너 안에서는 팔다리가 소실되고 피부가 모조리 벗겨진 붉은 9월단의 단원들이 바닥에 널브러진 채 신음하고 있었다. 그 모습이 마치 토마토소스 속에서 뒹구는 생고기처럼 보였다.

"기분이 어때? 쫙 벗겨졌으니 상쾌할 텐데?"

"……."

"2분 정도 있다가 보안국 전투경찰들이 와서 너희들을 수거할 거야. 웃기는 바닥에서 웃기는 짓을 해 온 놈들이 웃기는 꼴로 죽는 건 이상한 일이 아니니 너무 부끄러워하지 마. 아, 웃을 수 있는 사람은 웃어보겠나?"

치프는 단말기의 카메라로 컨테이너 안쪽의 지옥도를 찰칵찰칵 찍었다.

"혹시라도 치료받고 멀쩡해질 기대는 하지 마. 너희들의 생존 시간은 정말 잘해야 5분이거든. 저승에서는 성실히 지내도록 해."

치프는 컨테이너의 양쪽 출입문 중에서 하나를 닫았다. 그리고 반대편 문을 닫으며 씩 웃었다.

"사진 고마워."

윙크를 끝으로 말을 마친 치프는 문을 완전히 닫고 걸어 잠 갔다.

"전원 수송기에 탑승."

치프가 손을 빙빙 돌리며 수송기 쪽으로 걸어갔다.

데스디아는 그의 모습이 섬뜩했으나 부담스럽진 않았다.

'나도 치프에게 물이 들었나보군.'

데스디아는 터벅터벅 수송기 안으로 들어갔다.

모든 인원을 싣고 다시 떠오른 수송기는 능동위장장치로 자 신의 모습과 소리를 완전히 감춘 채 하늘에 머물렀다.

이윽고 보안국 전투경찰들의 순찰차와 장갑차 다수가 붉은 9월단의 컨테이너를 향해 달려왔다.

치프에게 미리 경고를 받은 전투경찰들은 각오를 한 뒤 컨테 이너들을 열었다.

전투경찰 중 일부는 구역질을 했지만 대다수는 남다른 눈빛 으로 테러리스트들의 끔찍한 모습을 눈에 새겼다.

그 용감한 자들은 어제 임시숙소에서 치프와 UNSMC에게 구출된 자들이었다. 그들의 마음에는 치프가 해준 이야기가 아 직도 생생히 남아 있었다.

창문을 통해 그들의 모습을 본 데스디아는 약간 걱정이 됐 다. 치프의 어두운 부분이 그들에게 옮지 않을까 해서였다.

'그런데 정말 어두운 부분일까? 치프가 초음파에 껍질이 벗겨 진 적들을 조롱하며 사진을 찍던 모습은 아무리 생각해도 이해 할 수 없어. 그러나 억지력 측면에서 냉정하게 보자면 딱히 미

친 짓도 아니야. 치프가 오늘 죽인 자들은 전부 민간인만을 대상으로 범죄를 저질러온 자들이라고.'

데스디아는 어떻게는 치프를 납득해 보려고 했다.

치프는 롸켓에게 출발 신호를 보낸 후 데스디아의 옆에 앉았다.

"표정이 왜 그래?"

치프가 묻자 데스디아는 조금 먼 곳을 바라보는 듯한 눈으로 탑승실의 천장을 봤다.

"당신 입장에선 웃기게 들리겠지만, 녀석들을 살릴 생각이 없었다면 그냥 강물에 빠뜨리는 게 낫지 않았을까?"

데스디아가 물었다.

"강물이 무슨 죄를 지었다고?"

웃으며 대답한 치프는 다시 자리에서 일어나 자신의 관물함으로 갔다. 그는 데스디아가 사줬던 선글라스를 먼저 꺼내고는 권총용 탄창 몇 개를 추가로 꺼냈다.

"아무리 죽어 마땅한 놈들이라고 해도 계획 없이 처리할 수는 없어. 여기는 법과 규칙이 존재하는 사회야. 시민들도 아직까지는 평온한 편이지. 웃기지도 않은 일이 무슨 계절 행사처럼 벌어지는 동네라 그럴 수도 있겠지만… 재해와 테러는 다르거든."

"음."

"어제 전투경찰들의 임시숙소가 습격당하고 경찰 다섯 명이 사망했지만 각 금융회사에서 집계된 각종 카드 매출에는 이상이 없어. 주식시장도 멀쩡하지. 사람들이 아직까진 테러의 공포를 모른다는 뜻이야. 그런 상황에서 시체가 잔뜩 든 트레일러나 벌집이 된 테러리스트가 민간인들에게 발견되면 어떨 것 같아?"

"난리가 나겠지."

데스디아가 대답을 하며 고개를 끄덕거렸다.

치프는 방금 꺼낸 탄창들을 바지 이곳저곳에 잘 숨겼다.

"총격을 당한 시체를 직접 목격한 사람들의 정신적 충격은 말할 것도 없는데, 더 큰 문제는 각종 소셜 네트워크 서비스를 이용한 정보의 확산이야. 예나 지금이나 단말기로 찍은 사진이나 동영상이 소셜 네트워크를 통해 퍼지는 속도는 대단하지."

그는 얘기를 이어나가며 자신의 권총을 점검했다.

"시체가 발견됐다는 소문이 도는 것과 시체 사진이 도는 것은 충격량이 달라. 누적될 경우 빅시티 관련 경제는 끝장나는 거야. 각종 공장, 광산, 농장 관련 투자 계획은 보류되고 고향으로 돌아가려는 사람들도 속출하겠지. 그럼에도 불구하고 남을 수밖에 없는 사람들은 끝없는 지옥에 시달려야 해. 무차별이든, 계획적이든 간에 테러 행위가 몰고 오는 공포는 그런 거지."

"드래곤들이 과거에 그런 식으로 대응했다면 엠페라투스가 깨어날 일도 없었겠군."

"대신 행성 파괴용 어뢰 같은 것들이 쏟아졌을 걸?"

"아……."

데스디아는 치프의 말을 납득했다.

"시민들의 충격을 가장 크게 줄일 수 있는 방법은 공권력을 거쳐서 정보를 공개하는 거야. 보안국에서 제대로 된 브리핑을 통해 테러리스트 처리 정보를 공개하면 사람들은 보안국이 참으로 열심히 일해 준다고 생각해 주겠지. 그렇게 해도 불안감을 느끼는 사람들은 분명 발생하겠지만 그 충격의 강도는 달라. 안정감은 말할 것도 없고."

"우리 얘기는 어디에도 안 나오려나?"

"나와 봤자 우리만 불편해져. 하지만 테러리스트들은 이곳 보안국에서 처리했다는 말을 절대 믿지 않을 거야. 보안국 전투경찰들의 전투 능력을 알거든. 지구에서 온 어떤 미친놈들의 소행이 분명하다고 생각하겠지."

"음······."

가만히 생각하던 데스디아는 치프에 손을 뻗어 그의 셔츠를 이리저리 만져주었다.

"그런데 무기는 왜 챙겼지? 우리도 집에… 아니, 회사로 돌아가는 게 아니었나?"

"매이&노드 백화점으로 가야지."

"응?"

데스디아가 깜짝 놀랐다.

"붉은 9월단 놈들의 컨테이너 트럭들은 자신감을 팍팍 뿌리며 달려갔어. 그건 그 백화점의 보안 체계가 붉은 9월단의 선발대에 의해 엿이 됐다는 뜻이야. 주차 요원과 보안 요원 일부가 붉은 9월단의 인원들로 대체되고 CCTV등의 보안장치도 맛이 갔겠지. 그놈들이 나사가 풀려서 미친 짓을 하기 전에 놈들을 완전히 정리해야 돼. 조용하고 깔끔하게 말이야."

그의 말에 데스디아는 고개를 갸웃했다.

"사람들 전부가 대체됐을 리는 없잖아? 선발대는 분명 소수일 텐데?"

"확인하는 방법이 있지. 있다가 보여줄게."

치프는 목의 통신기를 눌렀다.

"롸켓. 목적지까지의 거리는?"

—백화점 말이오? 3분 정도 남았소.

"60초 카운트 시점에서 우리에게 신호를 주고 백화점 헬리콥터 착륙장을 향해 후방 출입문 개방."

—알겠습니다, 원사님.

"응?"

—아니, 나도 한 번 그렇게 불러보고 싶었소. 하하하!

"하하. 그럼 잘 부탁해."

—알았소.

롸켓에게 지시를 마친 치프는 데스디아의 건너편에 앉은 대원들을 봤다.

"로빈과 리온은 후방 출입문에 대기. 목표 지정은 내가 한다."

"예, 원사님."

알파 스쿼드의 저격수 두 명이 즉시 일어나 자신들의 총을 점검한 후 후방 출입문에 나란히 섰다.

군화의 중력조절장치와 케이블을 이용해 몸을 단단히 고정시킨 둘은 저격소총을 들고 대기했다.

전자식 스코프를 든 치프는 그들 사이에 섰다.

"내 스코프와 자네들의 조준 장치를 연결하자고. 연결용 신호를 방출하지."

"로빈, 신호를 수신하고 연결을 완료했습니다."

"리온, 신호 수신 및 연결 완료."

"흠… 시험 삼아 음악이라도 틀어줄까?"

"아뇨."

저격수 두 명이 단호하게 거절했다.

농담을 해봤던 치프는 자신의 단말기와 스코프를 연결시켰다.

"사진이라는 건 여러모로 쓸모가 많지."

치프는 아까 찍었던 붉은 9월단의 끔찍한 모습을 단말기 화면에 띄운 후 시간을 보냈다.

이윽고 롸켓의 목소리가 들려왔다.

―60초! 후방 출입문 개방!

"롸켓, 중력 앵커로 기체 고정."

―중력 앵커로 기체 고정, 완료! 이야, 이거 군대에 재입대한 느낌인데? 기분이 아주 엿 같소!

"그런 거치곤 굉장히 즐거운 목소리잖아?"

―사장처럼 정신머리가 쩌는 지휘관은 없었으니까!

"흐흠."

치프는 가볍게 웃었다. 반면 탑승실에 앉아 대기 중인 UNSMC 대원들은 참으로 편한 군대 생활을 즐긴 남자라며 롸켓을 부러워했다.

후방 출입문이 활짝 열리자 치프는 헬리콥터 착륙장을 스코프로 살폈다.

착륙장 주변에는 총 네 명의 경비원이 있었다.

치프는 스코프와 단말기를 이용해 그 네 명이 갖고 있는 단말기의 번호를 알아냈다. 그는 이어서 붉은 9월단의 사진을 그들의 단말기로 전송했다.

네 명 중에 두 명은 인상을 찡그리며 단말기를 거둔 뒤 투덜거렸다.

반면 다른 두 명의 안색이 납빛으로 변했다. 둘 다 사진에서 눈을 떼지 못했고, 둘 중 한 명은 사진의 진위 여부를 확인하기 위해 단말기 화면을 확대시키기까지 했다.

치프는 그 두 명을 목표로 지정했다.

"목표 설정 완료. 전기충격 탄환으로 저격."

"전기충격 탄환으로 저격."

복명복창한 로빈과 리온은 저격소총에 전기충격 탄을 장전하고는 거의 동시에 방아쇠를 당겼다.

목표로 설정한 두 명이 쓰러지자 다른 두 명의 경비원들이 당황했다.

"뎃디, 가자고."

"그러지."

수송기는 착륙장 위를 지나갔고, 둘은 착륙장 바닥에 안전히 착지했다.

둘의 모습이 드러나자 경비원들은 반사적으로 총을 쏘려 했다. 하지만 도중에 수송기에서 날아온 탄환이 그들의 호주머니 단추를 깔끔하게 날려서 질리게 만든 덕에 큰일로 이어지진 않았다.

"수고하십니다."

치프가 오른손을 들며 착륙장에서 내려왔다. 데스디아는 4미터 정도 되는 높이에서 가볍게 뛰어내렸다.

"아… 아! 마스터 치프!"

경비원 두 명의 표정이 변했다.

"그냥 치프라고 해주세요. 아무튼 이쪽으로 와주시겠어요? 지금 쓰러진 아저씨들의 신상 정보를 확인하고 싶어서 말이죠."

"물론이죠!"

두 명의 경비원은 유명 연예인을 앞에 둔 청소년들처럼 어찌할 바를 모르며 치프와 데스디아의 뒤를 따랐다.

치프는 전기충격 탄환에 의해 기절하여 엎드린 경비원을 발로 뒤집은 뒤 무릎으로 그의 가슴을 누르고는 그의 턱 근처에 손을 댔다.

치프는 뱀의 허물을 벗기듯 그가 얼굴에 쓰고 있던 위장용 마스크를 벗겼다.

"혹시 이 친구 아시나요?"

경비원들은 분위기를 읽고는 자신들의 단말기를 이용해 마스크가 벗겨진 청년의 얼굴을 확인했다.

"우리 경비원 직원 명단엔 없습니다. 마스크가 벗겨지기 전엔 그렇지 않았지만요."

"신입 직원이 아니라 원래 있던 직원들의 모습이란 말씀입니까?"

"그렇습니다. 아, 살아 있어야 할 텐데……."

"동료 분들께 행운이 있길 빌죠."

치프는 일어나면서 자신이 누르고 있던 자의 목을 신발 뒤축으로 눌러 꺾어버렸다.

뒤이어 나머지 한 명의 마스크도 벗겨냈다. 그자 역시 명단에 존재하는 자는 아니었다.

이번에는 치프 대신 데스디아가 그의 뒷목을 발로 차서 숨통을 끊었다.

치프는 얼굴이 상기된 경비원들의 어깨를 두드렸다.

"잘 들으세요. 붉은 9월단이라는 전쟁범죄자 녀석들의 잔당이 이 백화점에 숨어 있어요."

"하아……"

어젯밤 뉴스 속보를 통해 그들이 집단으로 교수형당하는 모습을 봤던 경비원들은 시선을 하늘로 올리며 한숨을 쏟아냈다.

"무장과 전투 능력 모두 가볍게 봐선 안 될 놈들이니 직원 분들끼리 전기충격기나 곤봉 같은 걸로 어떻게 하실 생각은 하지 마세요. 우리가 해결할게요."

"예, 마스터… 아니, '그냥 치프'의 말을 따르죠."

치프는 경비원의 호명 어감이 좀 이상해서 당황했지만 여유 부릴 틈이 없었기에 다음에 할 말을 계속했다.

"놈들의 위장을 일일이 확인할 새가 없어서 그러는데요, 혹시 방법이 있을까요?"

"글쎄요, 딱히……"

경비원들이 고개를 갸웃거렸다.

"방법이 있을 것 같아, 치프."

데스디아가 말했다.

그녀는 발로 시체의 하반신을 밟은 뒤 벨트의 버클을 손으로 뜯어냈다.

"여기에 사용된 금속의 질이 다른 거 같은데? 반사광부터가 저 사람들이 사용하는 것과 차이가 있어."

"그래?"

치프는 데스디아가 건네준 벨트 버클과 눈앞에 있는 경비원의 벨트 버클에 단말기를 차례로 댔다.

겉모양은 확실히 비슷했지만 구성 성분이 아예 달랐다.

"가짜는 아연합금이고 진짜는 티타늄합금이군."

치프는 곧바로 목에 낀 통신기를 눌렀다.

"롸켓과 알파 스쿼드 모두 주목. 경비원들 가운데에서 아연합금 재질의 벨트 버클 사용자가 있는지 확인해봐."

─수송기의 스캐너로 긁어보겠소, 사장. 음… 경비원들의 것으로 한정했을 때 아연합금 버클이 총 10개가 잡히는구려. 그중에 하나는 사장이 들고 있고 다른 한 명은 죽었으니 살아서 돌아다니는 아연합금 버클 사용자는 8명이오.

"이어서 주차장 관련 직원들의 복장도 체크."

─같은 주차장 직원 관련으로 한정해서 복장의 소재가 다른 자는 총 다섯 명이오.

"좋아. 주차장은 알파 스쿼드 강습팀이 처리한다. 제압만 해. 최악의 상황이 아니면 절대 죽이지 마."

─강습팀 팀장 더스틴입니다. 지시대로 하겠습니다.

"실수 없도록. 통신 종료."

통신기에서 손을 뗀 치프는 심호흡을 한 뒤, 바지 뒤쪽에 숨겨놓은 권총집에서 권총을 뽑아 탄을 장전했다.

"저어, '그냥 치프'. 우리를 도와주실 거죠?"

분위기에 압도되어버린 경비원들이 조심스레 물었다.

"치프예요, 치프. 너무 긴장하신 거 아니에요?"

"아하."

치프는 뭐가 '아하'냐는 눈빛으로 경비원들을 바라보다가 고개를 흔들며 웃었다.

"걱정 마세요. 도우려고 왔고, 이제부터 도와드릴 거니까요."

경비원들을 안심시킨 치프는 셔츠 주머니에 끼워둔 선글라스를 쓰며 데스디아에게 손짓했다.

"가자고, 뎃디."

데스디아는 권총을 뽑느라 구겨진 그의 셔츠를 만져주고 선글라스의 위치도 조정해준 뒤 그와 함께 이동했다.

백화점의 직원용 엘리베이터 앞에 선 치프는 목에 건 통신기를 눌렀다.

"롸켓. 가장 가까운 곳에 있는 적들의 위치를 말해줘."

—사장 위치가 아직 옥상이니… 바로 아래층 푸드 코트에 있는 놈들이 가장 가까울 것이오. 그쪽에 세 놈이 있소.

"놈들의 무장 상태를 알 수 있나?"

—둘 다 권총과 기관단총에 수류탄 비슷한 것을 갖고 있소. 측정기는 그 물건이 최루탄일 확률을 80% 이상으로 잡고 있구려.

"최루탄이라… 뎃디, 고글 가져왔어?"

치프가 그녀를 돌아봤다.

데스디아는 이미 고글을 쓴 후 머리를 정돈하고 있었다.

"놈들을 가급적이면 조용히 잡아야 해. 민간인들 앞에서 사람을 구겨 버리거나 하지는 마."

치프의 조언에 데스디아는 고글을 쓴 채로 고개를 끄덕였다.

─아, 사장. 다 좋은데, 가급적이면 빨리 끝내주시오.

"왜?"

─전투경찰들의 붉은 9월단 컨테이너 수습장소에 기자들이 나타났다고 하오. 혹시 사장, 전화기능 꺼놓고 있소?

"그런데?"

─레투가 보안국장이 사장과 연락 좀 하게 해달라며 방금 전까지 난리를 쳤소.

"이놈의 인기는 정말 어쩔 수 없군."

치프는 단말기를 조작하여 무선전화 기능을 활성화시켰다.

그와 동시에 단말기의 화면에는 레투가의 통화 요청 메시지가 떠올랐다.

"하아."

한숨을 쉰 치프는 바로 통화버튼을 눌렀다.

"난 지금 바쁘다고, 레투가."

─알고 있네! 더 바쁘게 일을 해달라고 조르기 위해 연락한 것이네!

"응?"

─컨테이너 수습 장소에 나타난 기자들이 앞으로 약 15분 내로 속보를 내겠다며 나에게 으름장을 놨네! 롸켓에게 들어보니 그 백화점에 잔당이 남아있다고 하더군! 만약 도시에, 특히 그 백화점 내에서 속보가 뜬다면 붉은 9월단의 잔당 녀석들이 무

슨 짓을 할지 몰라!

치프는 찌뿌둥한 표정을 지었다.

"저기, 레투가? 자네 보안국장 맞지?"

―그렇다네.

"그럼 그 기자들을 어디에 가둬. 아니면 언론사에 엠바고(시한부 보도 중지)를 걸어버리라고. 보안국장의 권력이면 엠바고 따윈 아무 것도 아니잖아?"

―그게 안 먹힌다네! 언론사들이 작당을 한 건지, 아니면 뭔가 냄새를 맡은 건지 내 부탁을 전부 거절했네!

"쯧, 아무래도 이 도시에 테러리스트들이 돌아다닌다는 걸 알리고 싶은 놈들이 있나보군. 좋아, 그럼 최악의 상황에 대비하자고."

―최악의 상황?

레투가가 의아해했다.

"이 도시의 상하수도 및 전기 공급 시설은 전투경찰들이 단단히 보호하고 있을 거야. 전투용 로봇들까지 동원됐으니 큰 문제는 없겠지. 지금 상황에서 사람들이 테러리스트를 인식하고 공포를 느낀다면 제일 먼저 뭘 할 것 같아?"

"식료품을 구하려 하겠지. 그 다음엔 의약품일 거야. 미친 듯한 사재기가 사방에서 터지면 그야말로 지옥이겠군."

데스디아가 레투가 대신 대답했다.

"얘기 들었지?"

―음, 생각만 해도 끔찍하군.

"아무튼 이쪽에서 최대한 빨리 끝내도록 하지. 이 백화점의 일만 끝내면 적어도 내일까지는 빅시티에 아무 일도 일어나지 않을 거야."

—그렇다면 내일 모레가 걱정되는군. 아무튼 무사히 마무리 해 주길 빌겠네.

"좋아. 무선전화 기능을 다시 끌 테니 급한 일이 생기면 롸켓에게 얘기하도록 해."

—알겠네.

통화를 마치고 전화 기능을 끈 치프는 마침 올라온 직원용 엘리베이터에 탑승했다.

데스디아와 함께 푸드 코트로 내려간 치프는 단말기의 증강현실 인터페이스를 이용해 적들의 위치를 파악했다.

"둘은 딱 붙어 있고 나머지 한 명은 극장 매표소 앞에 있군. 저 한 놈은 네가 맡도록 해, 뎃디."

"내가 둘을 맡는 게 낫지 않나?"

"사람이 없는 장소라면 당연히 네가 맡아야겠지. 하지만 난 네가 적들을 너무 화려하게 쓰러뜨리는 모습을 너무 많이 봐버렸어."

"날 믿지 못하겠다는 소리로 들리는군."

"그럴 리가? 넌 그냥 서 있는 것만으로도 나에게 굉장한 도움을 줄 수 있어."

치프는 바지 주머니에서 장갑을, 정확히는 오픈핑거 글러브를 꺼내 양손에 꼈다.

"마침 놈들이 이쪽으로 오는군. 시범을 보여주지."

데스디아는 좋을 대로 하라는 듯 옆으로 비켜섰다.

푸드 코트는 사람이 너무 많았고 각 매점간의 거리도 좁았다. 데스디아는 그렇지 않아도 덩치까지 좋은 자들을 소리 없이 처리하는 게 과연 가능할지 궁금했다.

데스디아 스스로는 자신이 있었다. 암살자로서 훈련을 받은 적은 없지만 주변 사람들의 신경을 둔하게 만들어 목표물만 어떻게 해버리는 기술 정도는 아무 것도 아니었다.

궁금증과 함께, 데스디아는 치프의 모습이 어느 순간 사라진 것에 깜짝 놀랐다.

오히려 사람들의 시선을 끄는 것은 실내에서 고글을 쓴 데스디아 자신이었다. 문제는 그녀를 바라보는 사람들 가운데 치프가 맡기겠다고 한 붉은 9월단의 잔당들도 끼어 있다는 사실이었다.

그녀가 당혹해하는 그 순간, 치프가 두 남자의 뒤편에서 은근슬쩍 나타나 그들의 어깨에 팔을 걸쳤다.

"흐흐하핫."

친구라도 만난 듯 실없이 웃은 치프는 둘을 자신 쪽으로 잡아당겼다. 치프의 장갑에 설치된 즉효성 환각제에 당한 두 남자는 표정이 풀렸지만 어떻게든 저항하기 위해 필사적으로 치프의 몸을 붙들었다.

하지만 다른 사람들이 보기에는 친구들끼리 장난을 치는 모습으로만 보였다.

둘을 화장실로 데리고 들어간 치프는 2분 정도가 지나 밖으로 나왔다. 그에게선 화장실에 쓰이는 소독제 겸 방향제의 냄새만 날 뿐, 피 냄새 따위 나지 않았다.

치프는 손가락으로 극장 매표소를 가리켰다.

그의 신호를 본 데스디아는 눈을 감고 정신을 집중했다.

'나는 내 방식으로 처리하면 되겠지.'

데스디아의 모습이 흐릿해졌다. 포프처럼 자신의 존재감을 지우는 것이 아니라 바람과 물의 정령을 이용하여 자신의 모습을 감추는 기술이었다.

동료들의 모습이 보이지 않자 바짝 긴장한 붉은 9월단은 권총에 손을 가까이한 채 주변을 쉴 새 없이 살피고 있었다.

그런 그의 의식이 끊긴 것은 불과 수 초 뒤의 일이었다.

팝콘 가게의 지붕 위로 그를 끌고 올라간 데스디아는 기절한 상대의 무장을 모두 해제한 뒤 일어나려다가 고개를 갸웃했다.

그녀는 목에 건 통신기를 눌렀다.

"치프. 할당량은 채웠고 무장도 해제시켰는데, 혹시 내가 빠뜨린 게 있을까?"

—거기서 잠깐 기다려.

치프가 팝콘 가게 옆으로 다가왔다.

그는 주머니에서 작은 라이터 비슷한 물건을 꺼내 던졌다.

"수면제야. 최소 12시간 정도는 쿨쿨 잘 거야."

"최소 12시간이면 영원히 잠들 수도 있다는 말이군."

"그래봤자 사람들 눈에는 약 빨고 거기 올라간 변태쯤으로 보이겠지. 놈이 가진 통신기를 나에게 던지고 그놈 바지와 속옷도 무릎까지 내려 놔. 놈의 오른손은 다리 사이에 놓아두고."

"바지와 속옷은 또 왜?"

"뭐… 발견자가 성인이라면 대충 이해할 거야."

"…아, 용두질 말인가? 그렇군, 그럴싸해. 진작 그렇게 말하지 그랬어?"

데스디아는 치프의 말대로 상대에게 마취제를 놓고 바지와 속옷을 내린 뒤 오른손을 '적절히' 세팅했다.

"잘 보니까 이 남자, 왼손잡이인 것 같은데?"

"대충 해도 돼."

치프는 오른손으로 선글라스를 매만지며 민망함을 감췄다.

데스디아가 소리 없이 그의 옆에 내려왔다.

"다음 장소로 가자고. 아직 여섯 명 남았어."

치프가 극장 지역 밖으로 걸어 나갔다.

남은 여섯 명 중에 다섯 명도 그런 식으로 조용히 처리됐다. 마지막으로 1층에 있는 남자를 처리하려 했던 치프는 통신기가 울리자 데스디아와 함께 완구 전문점으로 휙 들어갔다.

"여기는 알파 리더."

─더스틴입니다. 주차장에 있던 녀석들을 모두 처리했습니다.

"놈들을 밖으로 실어 나를 수 있겠나?"

─진공청소기로 흡입하면 어찌어찌 될 것 같습니다, 원사님.

"아주 작살을 내 놓으셨군. 목격자는 없지?"

─깔끔합니다.

"그러니까, 목격자까지 담아야 할 만큼 큰 진공청소기가 필요하단 말인가?"

─목표들만 처리했으니 안심하십시오, 원사님.

"그럼 이쪽은 마지막 목표물을 처리하겠다. 뒷정리 잘하도록.

─예, 원사님.

통신을 마친 치프는 나가기 전에 어린이용 물총을 하나 구입했다.

"물총? 마취제나 수면제를 넣고 놈에게 쏠 생각이야? 저놈이 갖고 있는 무기가 권총 하나라서 다행이군. 멋진 총싸움이 되겠어."

"음… 그게, 저 녀석은 좀 특별해."

"어떤 면에서?"

"안드레이와 마찬가지로 사이보그야. 몰래 어떻게 처리하기가 좀 힘들어. 내가 가진 권총은 안 먹힐 거고, 각종 약품 역시 녀석에겐 모기의 독에 불과할 거야."

"…물총은 먹히나? 내가 놈을 우그러뜨리면 될 텐데?"

"언론사의 엠바고가 풀릴 시간부터 얼마 안 남았어. 사람들이 너무 많아서 저 녀석이 잘못 터지기라도 하면 재앙이 될 거야. 그러니 남의 도움을 좀 받아야지."

치프는 통신기를 눌렀다.

"경비원 여러분, 준비됐습니까?"

─안심하고 작업하십시오, 치프.

치프는 단말기의 카메라로 주변을 돌아봤다. 20명이 넘는 경비원들이 중화기를 든 채 대기 중이었다.

"그럼 잠깐 갔다 올게, 뎃디."

치프는 인파를 향해 다가갔다.

데스디아는 그가 사람들 사이로 순식간에 사라지는 것을 보고 한 번 더 감탄했다.

'대단한 기술이군. 아니면 사람들이 밀집한 장소에서 일을 해 온 자로서의 경험인가?'

적측 사이보그가 고개를 좌우로 돌리는 한편, 치프가 1분도 안 되어 데스디아 곁으로 돌아왔다.

"작업 끝."

그는 데스디아에게 권총을 내밀었다.

데스디아는 깜짝 놀라 자신의 망토로 권총을 숨겼다.

"무슨 수로 이걸 가져온 거지?"

"내 특기 중에 하나랄까? 이제 빠져나가자고. 롸켓과 알파 스쿼드가 기다리고 있어."

둘은 붉은 9월단의 사이보그를 피해 백화점 밖으로 나갔다.

"저기, 뎃디."

"왜?"

"아까 보니까 이 백화점에 꽤 신경을 쓰던 것 같았는데, 왜 그랬어?"

"아, 그거?"

데스디아는 어떻게 얘기를 할까 하다가 고글을 벗으며 가볍게 웃었다.

"알타이르 여성용 의류… 특히 속옷은 여기에서만 팔거든."

"그냥 통신판매로 구입하지?"

"답답하군. 우리 회사엔 택배가 안 오잖아?"

"아……."

치프는 납득했다는 듯 고개를 끄덕인 뒤 데스디아와 함께 수송기에 올라탔다.

그들이 떠난 직후, 백화점 내의 대형 TV에 긴급 속보가 떠올랐다.

앵커는 붉은 9월단의 최후라는 말을 꺼내며 컨테이너 속에서 죽은 붉은 9월단의 시체를 모자이크 처리하여 내보냈다.

피에 젖은 무기를 통해 동료들이 죽었음을 확실히 목격한 사이보그는 급히 권총을 꺼내 TV중에 하나를 쏘려고 했다.

"으아아아아!"

그는 분노하여 비명을 질렀다.

하지만 그의 총에서 뿜어진 것은 탄환이 아니라 치프가 바꿔치기한 물총이었다. 물총 안에는 물조차 들어있지 않아 공기만이 피식피식 뿜어졌다.

그는 인질이라도 잡으려 했지만 백화점 경비원들이 중화기와 경비로봇을 앞세워 포위해 왔기에 아무 것도 할 수 없었다.

바닥에 물총이 떨어지는 것을 끝으로, 붉은 9월단은 확실히 전멸되었다.

*　　　　*　　　　*

붉은 9월단의 전멸 소식이 퍼진 다음 날, 실버로드는 부하들이 임시로 모여 있는 폐건물을 향해 자신의 탁한 은발을 찰랑찰랑 흔들며 걸어갔다.

건물 앞에는 기관총을 든 파란색 중장갑 전투복의 남자 두 명이 수호신처럼 서 있었다.

"어서 오십시오, 실버로드님."

전투복을 투시하여 그들의 신분을 확인한 실버로드는 왼손을 들어 가볍게 인사했다.

"별일 없나?"

"실버로드님의 소집에 응하여 도착한 자들이 두 무리밖에 없습니다."

"빅시티에 잠입한 20여 개의 조직 중에 두 무리만 왔다고?"

실버로드는 답변을 원했지만 그의 궁금증은 곧바로 풀렸다.

중장갑 전투복의 남자들이 머리에 구멍이 나면서 쓰러진 것이다.

부하들이 저격당했음을 알아차린 실버로드는 아지트로 쓰는 폐건물을 봤다.

최상층인 9층을 향해 검은색 바지에 흰색 셔츠를 입은 누군가가 포탄처럼 유리창을 뚫고 돌입했다. 섬광수류탄과 연막탄이 동시에 터지고 9층 사방에서 총성과 불꽃이 마구 터졌다. 그러나 총성은 금방 비명으로 바뀌었고 곧이어 그곳은 조용해졌다.

뒤이어 검은색 경장갑 전투복을 입은 자들이 8층부터 2층까지 날다람쥐처럼 떼로 돌입해 연막탄 등을 터뜨렸다.

"후후, 하하하하하!"

실버로드는 웃음을 터뜨리며 건물 안으로 들어갔다.

1층은 원래 별것이 없었기에 볼 것도 없었지만 2층은 그렇지 않았다.

손도끼를 양손에 각각 쥔 안드레이가 총에 맞지 않거나 치명상을 피한 실버로드의 부하들을 도끼로 패서 목을 날리거나 몸뚱이를 두 동강냈다.

실버로드와 잠깐 눈이 마주친 안드레이는 고개를 다시 돌려 생존자들을 무참히 도살했다.

3층으로 올라간 실버로드는 샷건에 상체가 박살난 시체가 문을 뚫고 계단 위로 퍼지자 발걸음을 멈췄다.

"실례."

경장갑 전투복을 입은 죠니가 그 시체를 방 안으로 끌어당겨 실버로드의 길을 터주었다.

4층도, 5층도, 6층도 마찬가지였다. 그 인원 모두가 사살당하거나 참살당했고, 구석에 숨어 있던 자들은 건물 벽을 뚫고 들어온 저격소총 탄에 사망했다.

실버로드가 실성한 듯 웃으며 7층에 올라가자 UNSMC 대원들이 열을 맞춰 계단을 내려왔다.

그들은 실버로드를 건들지 않았다. 아예 신경조차 쓰지 않았다.

그래서 실버로드도 7층과 8층을 무시했다.

"하하하하!"

그는 크게 웃으며 계단을 올랐다.

9층의 방문 앞에 도착한 실버로드는 총에 너덜너덜해진 정문을 발끝으로 슬쩍 밀며 들어갔다.

방 안에 놓인 회의용 탁자엔 치프가 선글라스를 쓴 채 기대어 서 있었다.

탁자의 끝에는 서류 봉투가 놓여 있었다. 서류 봉투를 열어 내용물을 본 실버로드는 쓴웃음을 지으며 봉투의 내용물들을 탁자 위에 흩어놓았다.

"살아 있는 내 부하들이 몇이나 있는지를 묻는 게 빠르겠군."

실버로드가 뿌린 내용물은 적당한 사이즈로 출력된 사진들이었다.

붉은 9월단의 컨테이너 사진을 시작으로, 어제 죠니가 이끄는 브라보 스쿼드와 안드레이의 델타 스쿼드가 청소해 버린 조직들의 시체 사진들은 하나같이 끔찍했다.

시체의 훼손 상태가 도저히 인간이 저지른 것이라고는 생각하기 힘들 정도로 전위적이었다.

"성(性)적으로 학대당한 놈들은 없으니까 안심해. 우린 그런 취미 없어."

치프는 선글라스를 벗어서 셔츠의 주머니 안에 넣었다.

"이제 너 하나 남은 것 같은데, 어떻게 죽여줄까?"

"후후, A-1730이여. 죽는 건 네 친구들이야."

"응?"

"분명 레투가 보안국장이 재구축 치료를 받았었지?"

실버로드가 단말기를 꺼내들었다.

"우린 그런 식으로 재구축된 신체를 다시 분해할 수 있어. 건하운드 따위를 분해시키는 것처럼 말이야. 신체 재구축 치료는 우리가 세상에 뿌린 기술이니까 간단하지."

순간 권총을 빼든 치프는 단말기를 든 실버로드의 손목을 노렸다. 그러나 탄환은 그의 피부를 뚫지 못하고 튕겨 나가기만 할 뿐이었다.

"거래를 해볼까?"

실버로드는 단말기를 엄지로 쓰다듬으며 웃었다.

"사만다 카터와 네 친구의 목숨을 교환하는 거야. 물론 네가 보안국장의 목숨을 선택할 리는 없겠지. 애초에 그를 친구라고 생각하긴 했나? 하하하하하!"

실버로드는 웃었다. 표정이 굳어진 치프는 총을 내렸다.

권총을 든 치프의 손이 분노로 덜덜 떨렸다.

『그라니트 : 용들의 땅』 6권 끝